北京大学·国子监大讲堂

# 文苑英华
## ——中国古代文学作品讲读（下）

北京大学首都发展研究院　组编

北京大学出版社
PEKING UNIVERSITY PRESS

## 图书在版编目(CIP)数据

文苑英华：中国古代文学作品讲读．下／北京大学首都发展研究院组编．—北京：北京大学出版社，2017.9
（北京大学·国子监大讲堂）
ISBN 978-7-301-28775-0

Ⅰ．①文… Ⅱ．①北… Ⅲ．①中国文学—古典文学—文学欣赏 Ⅳ．①I206.2

中国版本图书馆CIP数据核字(2017)第224586号

| | |
|---|---|
| 书　　名 | 文苑英华——中国古代文学作品讲读（下）<br>WENYUAN YINGHUA——ZHONGGUO GUDAI WENXUE ZUOPIN JIANGDU（XIA） |
| 著作责任者 | 北京大学首都发展研究院　组编 |
| 责任编辑 | 杜若明 |
| 标准书号 | ISBN 978-7-301-28775-0 |
| 出版发行 | 北京大学出版社 |
| 地　　址 | 北京市海淀区成府路205号　100871 |
| 网　　址 | http://www.pup.cn　新浪微博：@北京大学出版社 |
| 电子信箱 | zpup@pup.cn |
| 电　　话 | 邮购部 62752015　发行部 62750672　编辑部 62767349 |
| 印刷者 | 三河市北燕印装有限公司 |
| 经销者 | 新华书店 |
| | 650毫米×980毫米　16开本　14.5印张　160千字<br>2017年9月第1版　2017年9月第1次印刷 |
| 定　　价 | 38.00元 |

未经许可，不得以任何方式复制或抄袭本书之部分或全部内容。
**版权所有，侵权必究**
举报电话：010-62752024　电子信箱：fd@pup.pku.edu.cn
图书如有印装质量问题，请与出版部联系，电话：010-62756370

# 本书编委会

**主　编**　吴志攀
**编委会委员**（按姓氏笔画排序）
　　　　　　于迎春　万鹏飞　白　宇　杜晓勤
　　　　　　李中华　李平原　李国平　李　简
　　　　　　李鹏飞　张学智　陈战国　郑　园
　　　　　　韩水法　韩茂莉　程郁缀　雷　虹
　　　　　　蔡满堂
**编委会执行委员**　李平原
**编委会秘书组成员**　程　宏　刘　翊　王婧媛
　　　　　　　　　　李　雯

# 目　录

前　言 …………………………………………………（1）

第十五讲　春花秋月何时了

　　——唐五代词欣赏 …………………………郑　园（1）

第十六讲　千古风流人物

　　——东坡及其词欣赏 ………………………郑　园（30）

第十七讲　风流总被雨打风吹去 ………………郑　园（55）

第十八讲　元杂剧

　　——关汉卿《窦娥冤》………………………李　简（77）

第十九讲　冯梦龙与他的"三言"……………李鹏飞（91）

第二十讲　明清小说中的骗子故事 …………李鹏飞（110）

第二十一讲 《聊斋志异》
——狐、鬼、花、妖的艺术世界（一） ………… 李鹏飞（132）

第二十二讲 《聊斋志异》
——狐、鬼、花、妖的艺术世界（二） ………… 李鹏飞（152）

第二十三讲 清代拟话本小说《五色石》与
《八洞天》 ……………………… 李鹏飞（172）

第二十四讲 李渔的《无声戏》与《十二楼》 … 李鹏飞（189）

第二十五讲 论贾宝玉 ……………………… 李鹏飞（208）

# 前　言

不知不觉,北京大学国子监大讲堂已经举办了10个年头。想当初,北京2008奥运会前夕,北京市作出《关于大力推进首都学习型城市建设的决定》,北京市委教工委、东城区积极响应,经过和北京大学多次沟通和磋商,决定以国子监700年太学底蕴为基础,立足北京大学百年学术传统,延续蔡元培先生平民教育理念,面向社区居民开展国学公益讲座,共同构建民族的、大众的、权威的国学文化学习平台。经过各方努力,2007年9月8日,"北京大学国子监大讲堂"在北京孔庙和国子监博物馆彝伦堂开坛授课,北京大学哲学系教授李中华以"论语与现代文明"首讲揭幕。国学大师、中国当代著名哲学家、北京大学教授汤一介先生亲笔题写"北京大学国子监大讲堂"的匾额。

10年来,在北京市委教工委、北京大学的关心支持下,在东城教委、北大首都发展研究院、东城区社区学院等单位的通力配合下,截至2017年9月,北京大学国子监大讲堂共开办固定讲座164期,流动讲座30余期,数万人次学员到现场聆听,10万市民通过网络参与学习、互动。课程内容涵盖中文、历史、哲学、艺术、北京人文历史等国学文化多领域内容。李中华、程郁缀、阎步克等40余位校内外知名教授、优秀学者走上讲台,为首都市民提供了原汁原味、异彩纷呈的国学盛宴。

10年来,北京大学国子监大讲堂从最初的固定课堂到今天的"固定课堂＋流动课堂＋空中课堂＋体验式学习",国学教育的平台向着四九城里每一方学习的沃土延伸;从最初单一的纸质媒体传播到如今的"纸质媒体＋网络媒体＋自媒体"的立体传播模式,大讲堂的声音走进千家万户,激励着社区百姓求知的心灵!

为了进一步发挥北京大学国子监大讲堂国学教育的辐射引领作用,2013年起,北京大学国子监大讲堂增设了流动大讲堂,每年推出8至10个精品讲座,下社区、进学校,有力地推动了东城区学习型街道、学习型学校的建设。2015至2016年,充分利用信息技术手段,"北京·东城·学网"网站版、移动端和大讲堂微信公众号相继上线,市民可以通过电脑、手机点击进入大讲堂,了解课程信息,观看讲座视频,记录学习轨迹。

10年来,北京大学国子监大讲堂得到了社会各界的广泛关注和认可。2008年,入选"首都市民终身学习服务基地"。2009年,成为首批首都市民学习品牌。2014年,被评为全国"终身学习活动品牌"。北京大学国子监大讲堂已经成为老百姓家门口的国学精品课堂,成为北京学习型城市建设一张闪亮的名片。

我们欣喜地看到,党中央和社会各界已经形成共识,重视传统文化,传播和弘扬优秀传统文化是我们国家正在努力去做的事情。我们相信,北京大学国子监大讲堂正在从事的工作也是其中的一分子,我们愿意为在全社会传承国学尽绵薄之力。

# 第十五讲　春花秋月何时了
## ——唐五代词欣赏

郑　园

谢谢大家在这么冷的天来听课,我希望这一个半小时是一次温暖的旅程,大家能够通过我对古典诗词的讲解获得一种美的享受和一些新的启发。

我们的古人是很富有童心的,他们会在满天星斗的夜晚爬到屋顶上去,用一根竹竿把星星打落下来当作灯烛使用。咱们常说中国文学史是群星灿烂,我们也可以学着古人的样子打下一颗星星作灯烛,如果通过学习这些古诗词能够照亮我们的内心,让我们有美好的感受,我觉得这个传统文化课的目的就达到了。

现在言归正传,我这个课关于词的讲解有三次,第一次就是今天的唐宋词欣赏,第二次是北宋词欣赏,第三次是南宋词欣赏。

在一般的概念里,我们的提法是唐诗、宋词、元曲、明清小说。这并不是说在唐以前就没有诗了,如果大家跟着中文系的课程学习过,或者有一些基本的文学史知识,就会知道在唐以前也是有非常好的诗的。同样的,并不是在宋以后就没词了,也不是元明清三朝除了曲和小说以外就没有别的文学体裁了,这只不过是说一个时代有一个时代的文学。如果在某个时代中,某一种文学体式达到了非常高的境界,像作

者多、作品多、杰作多这样,我们就会采用这样的一种说法。

如果大家不满于最基本的作品赏析,想要再了解得深入一点的话,我们就需要从文学的发展脉络讲起了,就是说它是怎么起源、怎么发展的,这样也可以使我们对具体作品地赏析更有深度。基于这个考虑,我们这一讲就从词的起源开始讲起。

什么是词?词是配合音乐的一种文学体裁,简单来说词就是一种歌曲的歌词,就像现在流行歌曲的歌词一样,它和音乐的关系是非常密切的,所以一开始它被称作曲子词,作词的人就叫曲子相公,到后来才把它简称为词。

词还有几个需要大家注意的地方:第一点,词来自民间的。最早收录词的集子叫《敦煌曲子词》,这是从敦煌莫高窟发现的。通过这部集子,我们可以了解到一些当时民间词的情形。其实任何文学都是从民间来的,民间是文学吸收养分最好的地方,所以说老百姓的力量、民间的力量其实是最重要的。第二点,词是娱乐的需要。词是在饮酒设宴的时候吟唱的,这是词的功能。因为在隋唐的时候,经济发展得很好,那时候的大都市也很繁华,于是就产生了娱乐的需要。一般来说娱乐是干什么的呢?我们现在可能是唱卡拉 OK 之类的,当时的人们就是亲友聚会喝酒,喝酒的时候为了助兴就会唱曲子,这样就有了填词的需要,而且有些文学素养很好的人也参与了填词。词既然是为了饮酒设宴的助兴才产生的,那么在最开始的时候它的性质不可能像诗那样严肃咏志,词是很轻松的、是娱乐的。最后一点,词是配合燕乐而作的。这个"燕"不是燕子的"燕",也不是北大的燕园、燕国那个"燕",它其实就是宴会的那个"宴"。这个燕乐是怎么回事呢?隋唐以来,新的音乐从西域地区传入中原,与汉族原来

## 第十五讲 春花秋月何时了——唐五代词欣赏

有的音乐结合起来就产生了燕乐。我们传统的中国文化是特别重视音乐的,这和"礼乐"的传统有关,当年孔子就说他自己在听了舜时的音乐以后,"三月不知肉味",可见音乐对人的感发力量之强。我们最早的音乐叫做雅乐,到后来还有一种清商乐,这个雅乐和清乐是我们正统的音乐。隋唐的时候因为疆域在扩大,跟外界的联系也增多,新的胡乐就从西域传进来了。这个胡乐有什么特点呢?它有独特的乐器,也就是琵琶。大家看过《丝绸之路》,琵琶这种乐器有二十八调,音律繁多,变化丰富,用它制出来的新乐曲会有很多不同以前的新颖感觉,大家都知道白居易的《琵琶行》,它里边有一大段关于琵琶女弹奏琵琶的描写,我们可以想象当时用琵琶弹奏的新乐是非常美妙的。胡乐和中原原有的音乐结合起来是燕乐,而词就是配合燕乐来的。有的人可能会问,汉乐府不也是有音乐的吗?既然都是配着音乐演唱的,词跟汉乐府有什么不一样呢?一方面是由于它们所配的音乐不同,另一方面汉乐府是先有了歌词,然后才给这个歌词配乐的,而词则叫作"倚声",是先有调子才有歌词的,这两点区别很重要。

最早的词是隋唐时期的民间词,这个我们待会儿再讲。随着词的发展,渐渐地开始有一些文人也尝试着去作词了,他们发现除了诗以外,这个小调子也挺有意思的,这就有了中唐文人词。它的代表作家是张志和、白居易和刘禹锡。但这只是尝试阶段,这个时候它和民间的歌曲还是很相近的。到晚唐的时候,虽然大多数士大夫看重的仍然是作诗写文章,仍然把词看作是玩儿的东西,但是有一个人已经和大家不一样了,这个人就是温庭筠。温庭筠是第一个专力写词的人,因为他的人生很坎坷,所以就专门写词,到了他手里词已

经基本确定了是婉约的风格了,这个待会儿我们也会讲到。此外还有一个人,他就是五代时期的南唐后主李煜,刚才在上课之前有一些老师在底下已经能够背诵李煜的词了,这个非常好。就是李煜把词的境界打开了,他把词从最开始的娱乐变成了个人化的抒情。再下来发展到北宋,这个时候的词家就很多了,而且有很多都是大家。我只点到几个,后面我们再讲。像柳永、苏轼、周邦彦这几位,柳永是第一个大力创作慢词的人,慢词的音调跟小令不一样,实际上柳永是通过这种方式把词的长度增加了,柳永的一生基本上都在写词。而苏轼则是把词给改变了,他把诗的元素放到词里了,所以在他以后,词的整个品格都有了非常大的改变,我们下节课主要就是谈苏轼的。另外还有周邦彦,他主要是在词的音乐性、技巧性方面有很多的创造。到了南宋,词已经繁荣到极致了,它的代表作家有李清照、辛弃疾和姜夔,此外当然还有很多很多位名家了,但是我们这个课只能提到这么几个人。在元明两代,词暂时呈现出了一种消歇的状态,而清代是文学复苏的时期,文章复古、诗的复兴都在这个时候,词也不例外,词在这个时候也复兴了,不过这都是后话,我们今天不讲。以上这些就是词的基本发展脉络。

我们先来看看当初的民间词是一个什么样子,这是敦煌曲子词里的一首,我们先来读一下它。《菩萨蛮》,这是词牌的名字,表示的是词调。

枕前发尽千般愿,要休且待青山烂。水面上秤锤浮,直待黄河彻底枯。　白日参辰见,北斗回南面。休即未能休,且待三更见日头!

这是一个男女相恋的誓词,他们是很相爱的,而且人的

## 第十五讲 春花秋月何时了——唐五代词欣赏

感情冲动起来也的确是会用发誓来表明自己对爱情的忠贞的,在这里主人公举了几个不可能出现的事情,一个是"青山烂",一个是秤锤浮到水面上,一个是黄河干枯到底,还有一个"白日参辰见","白日参辰见"是什么意思呢?"参"这个字读"shēn",参星和辰星一个是西出东没,另一个是东出西没的,这两个星星永远不可能碰面,但是现在主人公说它们不但碰了面而且都在白天出现了,这不是怪事吗?还有"北斗回南面",北斗星转到南边去了,这也是不可能发生的事情。已经举了这么几个不可能发生的事情了,发誓的人还嫌不够,他说即使这样子我还是不能断绝对你的感情,除非是半夜三更见到了日头才行。这就是当时的民间词,它非常的口语化,感情很真挚朴素。

刚才我说过词跟乐府非常像,因为它们都是民间来的,这首词跟汉乐府中的一首感情基调的确是很像的,我们来看这首汉乐府:

> 上邪,我欲与君相知,长命无绝衰。山无陵,江水为竭。冬雷震震,夏雨雪。天地合,乃敢与君绝!

老天爷啊,我想跟那个人相知相爱,"长命"的"命"就是令的意思,老天下命令让它永远不断绝吧。除非是出现什么情况我才可能跟你断绝了呢?"山无陵",让山没有山头了,"江水为竭",跟刚才黄河彻底干枯了是一个意思,"冬雷震震",冬天打雷,"夏雨雪",夏天下雪,这当然是不可能的,除非是窦娥冤了。不过即使这些全都出现他还是不能够断绝感情,还得再出现什么?"天地合",除非天和地合了,万物生灵全部都没有了,那你和我的爱情才可以终了,"乃敢与君绝"。你看这是多么决绝的誓言,民间的男女相恋是非常真

挚、非常热烈的,这种感情在以后的文人词里也还有一些,但已经没有这么真纯了。

刚才举了早期词做例子,希望大家能够对词有一个基本的了解。我们现在再来讲一下词在形式上的三个特点,这样可以更好地去理解词。

第一个特点是词有调名,刚才我们说的《菩萨蛮》就是词调,它又叫词牌,比如说《南乡子》、《如梦令》、《水调歌头》这些都是。因为胡乐本身是有很多调子的,它传过来再跟中原的音乐相结合就又创制出很多的新调子。大家知道,诗是有题目的,像李白的《静夜思》,王维的《山居秋暝》,杜甫的《春夜喜雨》,即使像李商隐的无题诗,其实也是以"无题"为诗题的,可是词并不一定有题目,尤其是在最开始的时候,因为词的内容并不被看重,大家更看重它的音乐性。词调是规定词的音律的,每个词调的字数、字音、位置都是一定的,不能随便更改,所谓调有定句、句有定字、字有定声。比如说《念奴娇》这个词牌,它的第一句一定是四个字,像我们最熟悉的苏东坡那首《念奴娇》,第一句就是"大江东去",而且平仄一定是"仄平平仄",如果你写的是"平平仄仄"那这就不是《念奴娇》了。有些人觉得学习填词好像比学写诗更容易一些,其实不是这样的,词比诗更难写,它的规定很多,诗就是要押韵、要基本的平仄对就行。比如说,我现在想写一首词,首先要选词调,需要看这个词调是不是符合我现在想要表达的感情。有一个词牌叫做《贺新郎》,我们乍一看它好像是结婚用的是不是?实际上它和结婚毫无关系,它是用来表达激昂慷慨的情绪的,南宋张孝祥就用《贺新郎》来表达过自己对故国的怀念、对抗击敌人的信心。还有一个词牌叫做《千秋岁》,"万古长存千秋",这好像是祝寿的词牌吧?其实又不然,《千

## 第十五讲 春花秋月何时了——唐五代词欣赏

秋岁》的情绪是很悲哀的,秦观曾经写过一首《千秋岁》,那里面有一个名句叫做"落红万点愁如海",他在这里写的是自己悲慨的心情。后来秦观去世了,他的好朋友苏轼、黄庭坚,还有好多其他的师友们都唱和了《千秋岁》这首词来表达对他的哀悼和怀念。所以我们不能光看表面,一定要研究词调到底是表达什么情绪的,然后再根据它的平仄、字数来决定怎么去填写一首词。

第二个特点很好理解,就是词要分段。词也有不分段的,比如说李清照的《如梦令》:

> 昨夜雨疏风骤,浓睡不消残酒。试问卷帘人,却道海棠依旧。知否知否,应是绿肥红瘦。

这种很短的小令是不分段的,但是大部分词都要分段,一般来说分为上下两段,这个在词里叫做"片",或者叫"阕",还有的叫做"遍"。这个"阕"最早的意思是指古代在祭祀完成以后把门关上,后来一段音乐的结束也可以叫"阕"了,所以我们也可以说一阕词,还可以说这首词的上阕写了什么、下阕写了什么。至于"遍",因为词是用来歌唱的,而且一般来说都是要重复的,这个重复不一定是对整个第一段的重复,它也可能是只重复第一段的后半段,也就是表达感情的那部分。诗是不分片的,词则要分片,而且词的上片和下片不是截然分开的,它们有一个呼应的关系,仍然要相关联。所以古人在写词的时候特别注意"过片",在第二段开始的部分要特别注意做好衔接,虽然我们不写词,但是大家在欣赏的时候也要特别注意这个地方。

词的长短不一,我们把词大致分为小令,中调和长调三类。小令一般在五十八字以内,中调在九十字以内,长调就

在九十字以上了。不过这只是一个大概的分法,五十九字可能也叫小令,而八十字可能就是一个长调了。最短的小令是十六字令,只有四句话,最长的长调是南宋吴文英的《莺啼序》,吴文英特别善于写这种很长的东西,它有四叠,也就是四片,大概有二百四十个字。

第三个特点是长短句,这个是一目了然的。诗有五言、七言,也有杂言,但是一般来说都是比较整齐的。而词最大的特点就是长短句,即使像《浣溪沙》那样都是七个字的,还是和诗有不一样的地方。为什么呢?《浣溪沙》是三句三句的,是奇数,不是诗那样上下句两两对应的。而且它还分了段,跟诗是不一样的。大部分词都是句子长短参差不齐的,所以人们也常把词叫做长短句,比如说北宋秦观的词集就叫做《淮海居士长短句》,辛弃疾的词集名叫《稼轩长短句》,这种长短错落不齐的句法有利于表达更丰富、更复杂的情感。一般来说,词表达的情感都是婉约幽微、柔美曲折的,所以近代有一位研究词的大家,就是大家都熟悉的王国维先生,他在比较诗和词的不同时就说"诗之境阔,词之言长",诗让人感觉到的境界非常开阔,而词的"言长"并不是说它啰唆,而是指词所表达的感情很丰富婉转、曲折摇曳。

刚才我们介绍的是词的起源和特点,接着再来看几首早期比较重要的词。

第一首是《菩萨蛮》,相传这个是李白写的:

平林漠漠烟如织,寒山一带伤心碧。暝色入高楼,有人楼上愁。　　玉阶空伫立,宿鸟归飞急。何处是归程,长亭更短亭。

这首词也是从敦煌曲子词里找出来的,可为什么说它的

## 第十五讲 春花秋月何时了——唐五代词欣赏

作者是李白呢？因为大家一看这首词就觉得它跟我们刚才讲的那些民间词的感觉是不一样的，它的艺术技巧非常成熟。据后人研究考证，这个词可能是托名的，因为李白名气大，干脆就托名说是他作的。古人跟今天的人不一样，现在是不管你写的好不好，反正最重要的就是出名，把我的名字落上就行。古人不是这样，古人重视的是我作品能不能流传，所以他们往往会托名一个很有名的作家，比如说李白。不过这个还没有确论，只是沿着词的发展脉络看过来，确实会觉得这首词不寻常，它写得已经非常成熟了，这首词还被誉为"百代词曲之祖"，但是因为时间的关系我们今天不多讲了，留给大家自己下去体会一下吧。

下一首是大家很熟悉的《渔歌子》，它的作者张志和很有意思，这个人才分很高，他十六岁就入了太学，而且很受当朝皇帝的欣赏，据说皇帝还亲自给他取了名字。不过可能是这个张志和天性散淡，他自己辞了官，泛舟在三山五湖之间做了一个钓翁，他自己还给自己起一个号叫"烟波钓徒"，当然了这是一种士大夫情怀，张志和肯定不是真正的渔夫。这个张志和的书、画、诗都非常好，但是我们往往一提到他就会想到这首小词，因为它的影响很大。这首词是他和自己的好朋友，也是唐代著名的书法家颜真卿，还有其他一些人一同在船上饮宴时写下的。我们现在一起复习一遍吧，大家应该都非常熟悉这首词了：

> 西塞山前白鹭飞，桃花流水鳜鱼肥。青箬笠，绿蓑衣，斜风细雨不须归。

西塞山在湖北，这首词写的是一副江南水乡的美景，山前有翩翩的白鹭在飞，有红艳的桃花盛开，还有肥美的鳜鱼

在水中游动,在这样的环境之中,词的主人公渔翁穿着绿色的蓑衣非常散淡潇洒地在那里垂钓。不过大家要注意,真正的渔夫生活可不是这样的,那是很辛苦的,这首词写的其实是一种士大夫情怀,是一种潇洒、洒脱的隐者风度。这首词在当时已经传唱很广了,很多人都唱和了这首词,词的唱和跟诗的唱和是一样的,都是根据韵脚来和,这首词的影响之大,一直到北宋的苏轼、黄庭坚都还有《渔歌子》的和词。我们知道当时唐朝和日本的文化交流很多,当时日本的嵯峨天皇非常喜欢中国的诗词,他为这首《贺新郎》写了五首和词。我们现在有一本书叫《百首渔歌子》,光这个词牌就有这么多首词,而且题目中说的一百首是成数,实际上肯定会超过这个数量的。

现在我们再来欣赏一下白居易的词。白居易是中唐时期的著名诗人,他只是用余力写了一下词,但是写得非常好。他有三首《忆江南》,我这里选了两首,咱们来看一下:

第一首:

江南好,风景旧曾谙。日出江花红胜火,春来江水绿如蓝。能不忆江南?

第二首:

江南忆,最忆是杭州。山寺月中寻桂子,郡亭枕上看潮头。何日更重游?

这个是白居易晚年写的词,他回忆了自己当初在江南当官时的情景。白居易曾经是杭州最高的行政长官,那时的一些感受在晚年回忆起来觉得特别美好。第一首其实很简单,"风景旧曾谙"的"谙"就是熟悉的意思,这个风景还是旧时熟

## 第十五讲 春花秋月何时了——唐五代词欣赏

悉的样子。他只讲了两个情景,一个是太阳刚从江上冒出来,明朗灿烂,江花染上了朝晖,红得像火焰一样,另一个是春天的江水"绿如蓝","蓝"是一种颜色非常亮的颜料,这是说江水比那个蓝颜料还要美。第二首就具体地讲到杭州的地方特色了,在杭州有很多桂树,中秋恰好是桂树飘香的季节,"山寺月中寻桂子"是一个传说,在月宫中有一个非常大的桂树,那个桂树会落下子来,人们可以去捡那个桂树落的子,这是当时流行的风气。"郡亭枕上看潮头",白居易当时在杭州当郡长,中秋节前后的钱塘江浪是最大的,白居易就躺在郡亭的枕头上,朝着窗外很悠然自得地看着万丈巨浪。因此他感叹说,"何日更重游?"什么时候"我"才能再游一次呢?因为这个时候他已经到晚年了,很可能再也不能重游杭州了,所以很感慨。

我们把这几首早期的词总结一下,它们有什么特点呢?第一是小令和齐言比较多,因为它们和民间词很接近,都比较短,而且表达的感情也很简单。而且这些多是诗人用作诗的方式写出的词,所以用齐言更容易把握这种新的文学体裁。第二点,它的题材比较广泛,我们刚才举的例子有咏志的,有写风土人情的,当然也有写爱情的,因为时间关系我不多讲了,大家有兴趣可以找来看一看。早期词的题材是非常广泛的,到了晚唐温庭筠手中才把它的题材变窄了,局限成写男女之情的了。第三点就是风格,它们的风格自然清新,这也是从民间词中得来的,不过毕竟有文人参与了创作,所以文字更加雅化,情调也变得高雅,不那么浅白了。

接下来我们讲晚唐五代词。晚唐五代词可以分为两个中心,一个是西蜀,一个是南唐。为什么是这两个中心呢?大家知道五代十国是战乱连绵的,短短几十年间朝廷不停地

更换,唐亡之后,有梁唐晋汉周,南方还有十个国家,这些其实是当时的节度使自立为王了。只有那些相对来说比较安定,经济有所复苏的地区,文学才能够发展,当时具备这些条件的一个是西蜀,另一个就是南唐。西蜀在长江上游,它的都城是成都;南唐在长江下游,首都是南京。成都号称天府之国,而南京更是从三国以来经济文化就非常兴盛。所以比较起来,南唐的文学发展更胜西蜀,南唐词的质量比西蜀词的要更好,这个待会儿我们再讲,我们先来看看西蜀词。

西蜀词又叫花间词,这是一个很美的名字,这和它多写风花雪月、男女相恋之事有关。我国古代的第一部文人词集就叫《花间集》,花间词的得名也和这部集子有关,它是后蜀人赵崇祚编辑的,选入了唐末五代温庭筠、韦庄、李洵、皇甫松等十八位词人的五百首词,其中十四人曾出仕西蜀,所以它也被看作是西蜀词的汇编。这些词的内容和风格非常相近,通常是以女性和爱情为主题的,比如女性的美貌服饰或情人间的离愁别绪这些,用字华丽,婉转含蓄,后人把他们称为花间词派。其实在编花间词的时候,温庭筠已经去世很多年了,但是我们仍把他视为花间词的开山鼻祖,因为是他开创了这么一种风格、一种题材。

我们先来讲一讲温庭筠。温庭筠字飞卿,山西祁县人,这个祁县在太原附近。温庭筠的诗与李商隐齐名,世称"温李",他是中晚唐以来诗人中专力作词的第一人,像我们刚才讲的白居易就是玩票的性质,温庭筠则是花间词的鼻祖。他这个人恃才傲物,一生落魄,据说长得非常丑,丑到什么程度呢?古代有一个专门捉鬼的钟馗,这个钟馗丑得让人害怕,温庭筠有一个外号就叫"温钟馗"。但是人不可貌相,他非常有才华,他的另一个外号叫作"温八叉",温庭筠很善于写诗,

## 第十五讲 春花秋月何时了——唐五代词欣赏

即使是写那种有规定韵脚、专门题目的很不自由的诗,他叉八次手就能写完一首八韵诗。温庭筠还经常在考场上当替考,替别人考的时候都能高中,到了自己就考不中了,他只能一直依附权贵,做一个食客,在别人家吃饭、为别人服务,他的心里其实也是很郁闷的。我举一个例子,他和当朝的宰相令狐绹关系密切,这是因为他跟令狐绹的儿子交好,所以能经常出入令狐绹的家。当时的皇帝是宣宗,宣宗很喜欢小词,令狐绹想给宣宗进一些新的词,让宣宗高兴,但是他自己没有这个才华,就请温庭筠来替他作,温庭筠当场就给他作了几首词,其中就有一首后来很著名的《菩萨蛮》。令狐绹说我请你帮我写了,但你千万别在外边跟别人说,说了可不太好,没想到温庭筠转身就把这件事宣扬开了,他觉得我有才华,你再想怎么样不还是得求我么?这样性格的人,他的遭遇能不坎坷么?我们看一下后人对他的词的评价,"温庭筠极流利",就是说他的词很流畅,"宜为花间集之冠",是花间集里写得最好的人。还有人说,"温飞卿精妙绝人,然类不出乎绮怨",就是虽然他写得非常好,但是只是写写绮丽哀怨的东西,题材很狭窄。

我们来看一首温庭筠的代表作《菩萨蛮》:

小山重叠金明灭,鬓云欲度香腮雪。懒起画蛾眉,弄妆梳洗迟。　　照花前后镜,花面交相映。新帖绣罗襦,双双金鹧鸪。

这首词写的是什么呢?温庭筠的时候词还没有题目,假如咱们给它起一个题目的话,叫什么好呢?它写的其实就是梳妆这件事,主人公是一个贵族女子,因为平民女子不能这么晚才起床,她天没亮就得织布采桑去,贵族女子没什么事

儿可做,她把自己打扮好就行。头两句写她睡了一个晚上,带着残妆,"小山重叠金明灭",这句话有歧义,一种解释说这个"小山"是屏风,我们知道过去的屏风有几折,曲折如山,或者屏风上画有山的图形,太阳光照上去明暗不一,所以说"小山重叠金明灭",但是这个解释不太合适。我觉得应该是另一种解释更合理,这个"小山"指的是女子的眉毛,唐明皇是一个非常浪漫的风流皇帝,他给女子们定了十种样式的眉妆,其中一个就是小山眉,"小山重叠"指的是女子睡了一晚上,眉妆已经乱了。"金明灭"的"金"指的是额黄,是唐代女子很流行的一种装饰,她们把在额头上涂的黄颜色的东西叫做额黄,是一种很明亮艳丽的额妆,"金明灭"是说这个额黄睡了一晚上有点褪色了。"鬓云欲度香腮雪","度"是掩盖的意思,乌云般的鬓发乱垂下来盖住了她的香腮,"雪"是说她的肌肤非常洁白。这两句都是在讲女子的残妆,古代是很重视鬓发仪容的整齐的,我们看《红楼梦》里有一次姐妹们在一起玩闹,林黛玉的头发乱了,宝玉给她使了一个眼色,她就悄悄地进到屋子里去抿头发了。接下来两句写的就是女子要起来理妆了,"懒起画蛾眉,弄妆梳洗迟",这个好像没什么可说的,但是大家要注意,词已经从女子的外表讲到她的内心了,这里有两点可以关注,一个是"懒",一个是"迟",为什么呢?咱们再接着往下看。"照花前后镜,花面交相映",妆成以后女子非常明艳动人,她在鬓角上插了朵花,前后照着镜子,古代的镜子很讲究,有一个梳妆镜,身后还有一面镜子,前后左右照一照,花和脸交相辉映,非常漂亮。妆成以后还要换上新衣服,"新帖绣罗襦","新贴"是过去在绣花的时候要先有一个布在上面,或者剪一个纸样,绣出来之后再把这个纸样抽掉,她的新衣服上贴的就是一对金鹧鸪。到这儿整

## 第十五讲 春花秋月何时了——唐五代词欣赏

首词就结束了。刚才有位老师说这个题目应该叫做《梳妆》,确实是这样的。但是大家要注意体会词的含蓄美,尤其温庭筠的词是很婉约曲折的。梁启超曾经在分析韵文的时候说,中国传统的文学以含蓄为美,就好像听弹琴要听弦外之音,吃橄榄要吃那点回甘一样,含蓄才能达到这样的效果。这首词并没有讲什么事情,但是结尾的"双双金鹧鸪",是不是就能让我们想到女子懒起梳妆的原因呢?她可能是因为看到了一对鹧鸪,所以想到了自己的形单影只。女子思念的那个人不在身边,可能是远游去了。《诗经》里也有一句话:"自伯之东,首如飞蓬。"自从"我"爱的那个人到东边去了,"我"的头发就天天像蓬草一样飞乱。所以女子在打扮好了之后反而觉得更寂寞了,但是她身为贵族女子又不能直接把这个话说出来,这一切只能让读者自己去体会了,这就是温庭筠词的风格,"鬓云"、"香腮雪"、"蛾眉",这些字面都是很华美的,可是表达的感情又很含蓄,同时又有一些细节来表达人的内心活动。

再比如说《更漏子》这首词:

> 梧桐树,三更雨,不道离情正苦。一叶叶、一声声,空阶滴到明。

夜半想起自己所爱的人睡不着觉,这个时候再听到外面夜雨打梧桐的声音,更觉得自己处境凄凉了,所以"空阶滴到明",一直到天亮了也不能入睡。

温庭筠也有写得比较疏俊的词,比如说《忆江南》:

> 梳洗罢,独倚望江楼。过尽千帆皆不是,斜晖脉脉水悠悠。肠断白蘋洲。

这也是一个女子，刚才的女子是梳洗，现在是梳洗罢，她独自坐在楼边看着过往的船只，但是看了一天，从"梳洗罢"看到了"斜晖脉脉"，太阳都已经落山了，对方还没有来。这首词的最后倒是没有含蓄，所以有的人就批评他，说本来到了"水悠悠"已经很美了，读者也已经知道你要表达的情意了，何必再来这么一句"肠断白蘋洲"呢，把意思一下说尽了，没有回味了。

下面我们来讲讲韦庄。韦庄字端己，京兆杜陵人。古人的字和他的名一般都是相关的，你看他名字叫"庄"，庄重的"庄"，所以他的字叫"端己"。屈原字叫"平"，"平"和"原"是同一个意思。此外还有好多这样的例子，比如杜甫字子美，"甫"就是古代对男子的美称，和"子美"是相对应的。韦庄比温庭筠晚生了二十年，他经历了唐王朝的衰落和灭亡，一直活到了五代十国的分裂混乱，是在战火纷飞中度过的大半生。直到晚年，韦庄才因为一个特殊的机缘在成都认识了王建，王建是前蜀的国君，非常欣赏他的才华，所以在唐朝灭亡后，韦庄已经七十岁了，王建又把他请到自己这个地方来，让他当自己的宰相，据说前蜀这个国家所有的典章制度都是韦庄制定的，可见王建对他的看重。

韦庄经历了乱离之苦，他的性格和人生经历跟温庭筠都是不一样的，所以他们写出来的词也不一样。我们先来看一下后人对他的词的评价，"似直而纡，似达而郁，最为词中胜境"。这是说他的词写得非常好，好在哪儿？看起来很率直，其实迂回曲折；看起来很放达，其实郁结惆怅。我们看一首他的词，大家可以体会一下。

这首词也是《菩萨蛮》，你看都是用这个词调来写，但是不同的人会写出不同的感觉。韦庄的《菩萨蛮》其实是一组

## 第十五讲　春花秋月何时了——唐五代词欣赏

词,他写了五首,我们选的这是第二首。这五首词是韦庄晚年在西蜀当宰相以后写的,大家欣赏作品要知人论世,得注意这个背景,这样才能对这首词的理解更加深刻。古人的乡土观念是很重的,有一个词叫做"叶落归根",而且人越老越会盼着早日"叶落归根",韦庄也是这样子的,但是他已经回不去了,中原连年战火纷飞已经不是原来的样子了,何况唐王朝已经灭亡,他即使能回去也无家可归。这首词歌咏的是江南,而韦庄的晚年是在成都度过的,因为王建对他非常信赖,所以这首词里面是借江南来比喻蜀地的,而且韦庄年轻的时候到处流离,在江南生活过很长一段时间,江南留给他的印象很深,相当于他的第二故乡。

人人尽说江南好,游人只合江南老。春水碧于天,画船听雨眠。垆边人似月,皓腕凝霜雪。未老莫还乡,还乡须断肠。

这首词写得很沉痛,前面写的江南景物很美,而且他自己不说江南好,他说旁人说江南好,这里其实有一个意思在里头:大家都说江南好,其实是在劝他,你虽然是一个游子,但是在这里终老也很好的,别回你的家乡了,你的家乡现在战火纷飞,有什么可回的呢?韦庄同时也是一个诗人,他有一首诗非常有名,叫《秦妇吟》。这个《秦妇吟》里面讲的就是当时中原残酷地烧杀掳掠,这段历史非常可怕,当时长安被乱军围困,已经断了粮,再加上大雪,有很多人饥寒交迫被冻死在大雪里,甚至还出现了卖人肉的,有的人还没冻死呢,肉就被别人割下来吃了。所以江南人就劝他,江南这个地方多富足安宁啊,你就终老在这儿吧。而且"画船听雨眠",你看他非常讲究,本来是船,他这里要讲"画船",因为这样更能激

发读者的美感。不仅是景物美,人也一样很美,"垆边人似月,皓腕凝霜雪","垆"就是过去卖酒垒的高台,这个垆边卖酒的女子非常美,怎么美呢?韦庄的文字清丽简约,和温庭筠是不一样的,他不去写女子的眉毛怎么样,眼睛怎么样,他只说"人似月",这个人像月亮一样皎洁明媚,而且又有一个具体的动作,"皓腕凝霜雪",因为这是一个卖酒的女子,在倒酒的时候露出了她洁白的手腕,那个手腕就像凝结着霜雪一样,非常美。但是在这里有一个转折,"未老莫还乡",这句话好像是别人在劝他,也可能是他在自我宽慰,反正没有到老,就别回去了。你看这一句话里有几个转折,"还乡"是他的心愿,可是"莫还乡",因为你还不到老的时候呢,但是实际上这首词已经是韦庄晚年写的了,他还在说"未老莫还乡"呢,这就完全是强自宽解了。"还乡须断肠",确实是没有办法回去,因为已经回不去了。

　　韦庄这首词跟温庭筠的有什么不一样呢?除了我刚才说的字面清丽,不像温庭筠那么华美之外,还有一个更重要的区别,韦庄是抒发主观感情的,而温庭筠的词你在里边能看出来他本人是什么情绪吗?温庭筠的词是代言体,是让那些歌女们在宴饮中演唱的,而韦庄不是为了这个,也许他也会让歌女去演唱,可是他的词是为抒发个人情志而作的。所以有人说温庭筠是客观的词人,韦庄是主观的词人,韦庄的词更有一种感动人心的力量。

　　下首词我给大家念一下,这首词我很喜欢。它跟刚才那个的情调又不一样了,实际上它更像民间词,虽然词到文人手里已经被雅化了,但还是保存了民间词中一些淳朴的东西。这首《思帝乡》也是单调,没有分段。

## 第十五讲　春花秋月何时了——唐五代词欣赏

　　春日游,杏花吹满头。陌上谁家年少,足风流。妾拟将身嫁与,一生休。纵被无情弃,不能羞。

　　这首词我一读大家就知道是什么意思了,也不用特别地讲,它就是写一个年轻的姑娘,在外面看见了一位翩翩少年,于是一见钟情了,希望自己能够嫁给他,这首词虽然简单,但是很动人。你看"春日游",这大概是三月三出门踏青了,三月三是过去的一个节日,这时候春天的气息已经很浓了。现在已经没有这个节日了,也不给我们放假,在过去,士大夫们在三月三这一天会干什么呢?就是饮酒作乐,《兰亭集序》写的三月三那天曲水流觞赋诗的雅趣。现在西安专门建了一个曲水流觞池,如果大家去西安的话可以看一下,这个在故宫也有,都是模拟古人当时情景的。我不知道新建的那些可操作性怎么样,其实我们也不清楚古人具体是怎么做的,大概是一个人从水中取一盏酒,他喝一口之后把酒留下来,而且酒杯也不会沉下去,酒杯会顺着水面流,流到谁旁边谁就拿起来喝一口酒,并且作一首诗,我们只能想象当时的情景应该是很美的。士大夫在三月三是这样的,那么作为年轻的女子呢?她们平常是不能抛头露面的,只有在这个时候才可以穿上最漂亮的衣服出来游逛一下。所以虽然第一句话只有三个字"春日游",但是它把春天那种的万物复苏的大背景写出来了,在这样的大背景下什么样美好的情谊都可以有。

　　接着一句是"杏花吹满头",杏花是春天的花,可是桃花也是啊,他为什么不用桃花呢?韦庄的词很清雅,他比较喜欢白色、绿色,所以用杏花更合适一点儿。缤纷的杏花吹到了头上,而且是"满头",大家注意这个"满"字,其实有一种很喜悦的情绪在里面,出游本来心情就很好,再有花瓣落满身

上,内心的那种喜悦一下子迸发出来了。李煜也写过一首词,"砌下落梅如雪乱,拂了一身还满",那是另一种很惆怅的情绪。我们这首词里面的"满"则是因春天生发出来的喜悦之情。这个时候女子一抬眼看着谁了?"陌上谁家年少",一个翩翩佳公子,而且是"足风流",并不是"足富贵"或者"足华贵",如果是这种审美标准的话这个女子就庸俗了,"足风流"是一种年轻人的自然情意。其实韦庄本人在年轻的时候也是非常风流潇洒的,他在《菩萨蛮》里有一句"当时年少春衫薄",大家可以想象春天风吹着他的衣衫,也是翩翩公子的感觉,"骑马倚斜桥,满楼红袖招"。这首词里面的女子也是碰到了这么风流潇洒的少年人,于是就一见钟情了。下面的"妾"并不是妻妾的"妾",它就是对自己的称呼。这个女子那么喜欢他就想许身给他了,而且愿意一辈子跟他好。"纵被无情弃",这是一个转折,因为男子都是喜新厌旧的,如果被他无情地抛弃,我也不会为今天而后悔。你看这个女子即使想到了过后会被抛弃,现在也愿意嫁给他,因为她在最美好的时候遇到了最美好的人。这是另外一种风格的词。

下面我们来欣赏一下南唐词。南唐词代表人物有三位,简单说就是二主一相,二主就是南唐中主李璟和南唐后主李煜,宰相是李璟的宰相冯延巳。

李璟字伯玉,他也是名与字有关联的,"璟"是一个斜玉旁,是与玉石有关的。他是南唐中主,好读书,多才艺,他在位的时候需要不停地跟别国对抗,也没有过多少安宁的生活,所以他的词也比较愁苦。李璟存词不多,只有四首,可其中有一首被王安石称为南唐以来最好的词。冯延巳是南唐的宰相,宋初的人评价他"学问渊博,文章颖发,辩说纵横",说这个人学问很好,嘴又会说,文章也写得好,他的词集叫

## 第十五讲 春花秋月何时了——唐五代词欣赏

《阳春集》。这个人因为时间关系不能多讲了,但是大家可以留意一下他,因为他的词对北宋初期的大词人晏殊、欧阳修影响非常大,比如说他有几首词跟欧阳修的词是互见的,就是欧阳修的集子里有这首词,冯延巳的集子里也有,二者风格相近,大家没有办法辨别。

我们来看一下他们两位的词。一首是李璟的《摊破浣溪沙》,这是《浣溪沙》的一种变体,所以叫《摊破浣溪沙》。还有《水调歌头》,其实它本来是《水调歌》,这是一个大曲,由很多很多的曲子组成,最开始的那一点儿就叫"水调歌头"。李璟的词我来读一下:

> 菡萏香销翠叶残,西风愁起绿波间。还与韶光共憔悴,不堪看。　　细雨梦回鸡塞远,小楼吹彻玉笙寒。多少泪珠无限恨,倚阑干。

这里面最有名的两句就是"细雨梦回鸡塞远,小楼吹彻玉笙寒",王安石非常喜欢这一首,但是我们没有时间详细说了。再来看冯延巳这首词《谒金门》,这个"谒"就是拜访的意思:

> 风乍起,吹绉一池春水。闲引鸳鸯香径里,手挼红杏蕊。　　斗鸭阑干独倚,碧玉搔头斜坠。终日望君君不至,举头闻鹊喜。

这是讲一个姑娘在等待自己思念的人,但是这个人并没有来。其中最有名的句子是"风乍起,吹绉一池春水"。史书里有一个故事,当时南唐君臣经常讨论文学,有一次李璟在跟宾客闲聊的时候,冯延巳也正好在场,他就故意问冯延巳:"风乍起,吹绉一池春水,干卿何事?"冯延巳回答说,我这句

当然比不上您的"小楼吹彻玉笙寒"了。他回答的很得体,用自己的名句对应别人的名句,也把对方抬高了。所以我们说南唐词比西蜀词质量高,这是因为他们崇尚文学,经常研究文学,而在西蜀多是些落魄的文人写作代言体交给歌女们去唱。

最后我们就来讲李煜。李煜字重光,是五代十国时期南唐的最后一个君主,所以人们称他为李后主。他为什么字"重光"呢?这个字和他的名字相关,但是还有一层特殊的意思。因为传说李煜生下来以后是重瞳子,就是有两个瞳仁,像一个横着的八。这个是有讲究的,只有贵相的人才长这种瞳仁,据说只有五个人是重瞳子。大家想想都有谁?李煜是一个,舜也是重瞳子,造字的仓颉他也是,还有一个是项羽,这都是一些英雄、帝王。当然我们的现代医学可能会认为这个是眼睛有问题,但古人不去管它,就认为这是贵相。李煜二十五岁就继位了,这是最好的年华,可惜不是在一个好的时代,因为三十九岁的时候他就国破家亡了。李煜被赵匡胤俘虏后也想过自杀,但可能是没有那个勇气,据说城破的时候他还在寺院谈禅呢,根本没有意识到已经国破家亡了。李煜被掳到北宋的都城以后只过了两年多的时光,而且这两年过得非常悲惨,他说自己是终日以泪洗面,最后也没能得到善终,四十二岁就被赵匡胤的弟弟赵光义用鸩毒毒死了。"鸩"是一种鸟,它是剧毒的,人吃了以后头和脚会不停地抽搐,然后头和脚弯成弓一样,就像过去的那个织布机似的,头和脚挨到一起,最后气结而死,死得很惨。这是一个"生在深宫之中,长于妇人之手"的亡国皇帝,他的悲哀我们是不能完全体会的,但是通过他的词,我们可以试着感受一下。

我们先来看看后人对他的评价,王国维在《人间词话》里

## 第十五讲　春花秋月何时了——唐五代词欣赏

讲到,"温飞卿之词,句秀也",就是说他只是句子很美,"韦端己之词,骨秀也",这个可以理解成他的结构很好,或者他是情感很好,而"李重光之词,神秀也",这个美是没有办法表达的,已经上升到神的境界了。"词至李后主而眼界始大,感慨遂深,遂变伶工之词而为士大夫之词",词这种体裁到了李后主的时候境界才大起来了,才有了人生的感慨在里边,不再是一般乐师或歌者的词了,而是有了士大夫的情怀和寄托了。另外他说,"尼采谓一切文学,余爱以血书者",这个尼采是德国的一个著名的哲学家,他说一切的文学,我喜欢用血泪情感写出来的,也就是生命喷薄出来的。还有一个人在评价李后主的时候说了很有意思的话,他说"毛嫱、西施,天下美妇人也",这两个是天下公认的美女,"严妆佳、淡妆亦佳",她们打扮得很讲究的时候很漂亮,淡扫蛾眉的时候也很漂亮,就是苏轼"浓妆淡抹总相宜"的意思,甚至"粗服乱头亦不掩国色",她穿着粗布衣服,头发乱蓬蓬的,也不能掩盖她的美色。他就用这个来做比喻,认为温飞卿是需要浓妆的美人,韦端己是淡妆的美人,而李后主则粗服乱头的美人。这个不是在批评李后主,而是在说他怎么样都好,就是穿着那种最破的衣服也不能掩盖他的好处,因为他的美对人有一种直接的感发力,是不必刻意修饰的。

　　李煜存词只有 30 多首,以他投降被俘为界可以分为前后两期。一般认为,他之前的词是华美雍容的,之后的词则有很深的人生感慨。但是我觉得也不能完全这样讲,因为一个人是统一的,经历了一些事情后可能会使他发生很大的改变,但最根本的性情是不会因为境遇不同而改变的。我们现在就来举一首他前期的词,再举一首他后期的词,大家可以体会一下他到底是一个什么样的人。我刚才说他的性情始

终未变,这个性情就是一个"真"字,他是一个有赤子之心的人,不会去掩盖自己。

先来看《玉楼春》:

> 晚妆初了明肌雪,春殿嫔娥鱼贯列。凤箫吹断水云闲,重按霓裳歌遍彻。　临风谁更飘香屑,醉拍阑干情味切。归时休放烛花红,待踏马蹄清夜月。

这是他早期在深宫里奢华的夜宴图。"晚妆初了明肌雪",我们前面讲了,女子的梳妆很讲究,早妆、晚妆、宴会妆是有区别的,它们的浓淡也不同,这个晚妆大概属于是比较明丽的。"初了"是刚刚化完妆,"明肌雪",很漂亮明艳,光彩照人。"春殿嫔娥鱼贯列",他讲的不是一个女子,而是一群女子,这个"春殿"也许是春天的宫殿,也许只是他的一种修饰写法,因为一说"春殿"就有一种特殊的感情在其中了。那些美丽的女子排着队进殿来了,进来干什么?来唱歌跳舞的,夜宴要开始了。"凤箫吹断水云闲",大家看他的用词,"凤箫"是把箫做成像凤凰的样子了,而"断"字用得非常重,实际上就是说歌舞了很长时间。下面的"水云闲"也有的版本叫做"水云间",这是讲时间久的。李煜当时肯定是临池设宴的,下面是湖水,天上有行云,箫声响遏行云,水和云都闲闲的,好像也参与到他们这个夜宴里来听美妙的乐曲了。"重按霓裳歌遍彻",这个"裳"字读"cháng","霓裳"是霓裳羽衣曲,传说唐玄宗跟一个道士到了月宫中,听到了非常美的一套大曲,当时那些仙女们告诉他这叫霓裳羽衣曲,他醒来后才发现自己是做了一个梦,不过梦中的曲调还记得,于是就把它写下来了,其实这是他自创的,而杨贵妃又很会跳舞,她随着霓裳羽衣曲跳的就叫霓裳羽衣舞,这个在白居易的

## 第十五讲 春花秋月何时了——唐五代词欣赏

《长恨歌》里也提到过,不过这个曲子随着唐王朝的灭亡也亡佚了。李煜有两个皇后,一个是大周后,一个小周后,大周后非常会跳舞,李煜自身的音乐修养也非常高,他们两个人一起复原了这首曲子。"重按",是说唱了一遍还不够,又要再重新弹奏,大家可以想象"歌遍彻"是什么样的情景,他们这场宴会一定是非常欢畅淋漓的。有了视觉和听觉上的表现还不够,词的下片又说"临风谁更飘香屑",中国传统中是很讲究香文化的,有专门熏衣服的香,也有专门熏卧室的香,甚至还有在口里含的龙涎香,所以也是宫女在宫殿里煮专门的香了,正在这样欢乐的宴饮之时闻到了飘来的幽香,这就又具有了嗅觉上的美。"醉拍阑干情味切",可能已经是喝醉了,就在半醉微醺的时候,手舞足蹈、拍击阑干,这个时候感觉到心里的滋味真是酣畅淋漓的舒服,情味真切。这样还不够,已经时夜半时分了,李煜要从行乐的地方回到寝宫了,"归时休放烛花红",他说不要把蜡烛点亮,为什么呢?因为天上有一轮清月,让月亮澄澈的光照下来,照着我骑马回去吧,"待踏马蹄",好像我们就能够听到马蹄的声音传来了,他说就这样踩着摇曳的月光回去吧,因为这场宴会太酣畅淋漓了,我的心里还有回味,所以要慢慢地体会这一切。大家看李煜前期的享乐生活是非常舒适的。

可是他"一旦归为臣虏",这一切都烟消云散了,只有日日以泪洗面。大家看这首《浪淘沙》:

> 帘外雨潺潺,春意阑珊,罗衾不耐五更寒。梦里不知身是客,一晌贪欢。 独自莫凭栏,无限江山,别时容易见时难。流水落花春去也,天上人间。

这个我都不用讲,大家一看就明白。他用的是倒叙手

法,"梦里不知身是客",这其实是一个客居此地的俘虏做了一场回家的梦。在他的梦里那些美好的东西还在,可惜这只是一枕黄粱,只有帘外那寂寞的雨还在潺潺地响着。李煜说现在虽然已经是暮春天气了,但是薄薄的衣服不能耐寒,这种将明未明时候的寒冷,真的只是身体上的寒冷吗?半夜醒来,想到过去的一切如梦一般,这种心中的寒冷该是多么的悲哀。"独自莫凭栏",这是自己劝自己,一个人就别去凭栏了,过去是宴饮欢乐,醉拍阑干,现在是思想往事,悲从中来。可他其实还是去凭栏了,"无限江山,别时容易见时难",离别时的时候身为俘虏,没有回味的机会就被带走了,现在想再见那真是不可能了。"流水落花春去也",这种暮春天气中一切像流水一样,这个"流水"在李煜词里经常出现,他讲的就是一种迁逝之悲,逝去的一切都永远不会再回来了,"天上人间",这个真是天上与人间的区别呀。

我们抓紧时间来讲最后一首词,这首《虞美人》大家也都很熟悉,它可以说是李煜的绝命词,为什么这么说呢?因为这首词写完以后他就被御赐的毒药毒死了。其实在历史上,新君往往会给他这种被俘虏的亡国之君一个空名号,让他终老的,尤其是像李煜这样一个人能干什么?他还能复国吗?可是宋朝的开国皇帝们都很多疑,我们都知道赵匡胤杯酒释兵权的事情,他弟弟的性格跟他差不多,对李煜不能放心,卧榻之旁岂容他人酣睡,干脆把他干掉算了。此外还有一个说法,为什么说这是他的绝命词呢?李煜这个人很单纯,即使被抓了他也是一样。他曾经有一个丞相叫做徐铉,徐铉投降之后成了赵光义的大臣。有一天赵光义就问徐铉,你最近有没有去看过你的旧主啊?徐铉说我不敢私自去看他,赵光义说没事,你就奉旨去吧。徐铉过去一看,李煜的境况非常寂

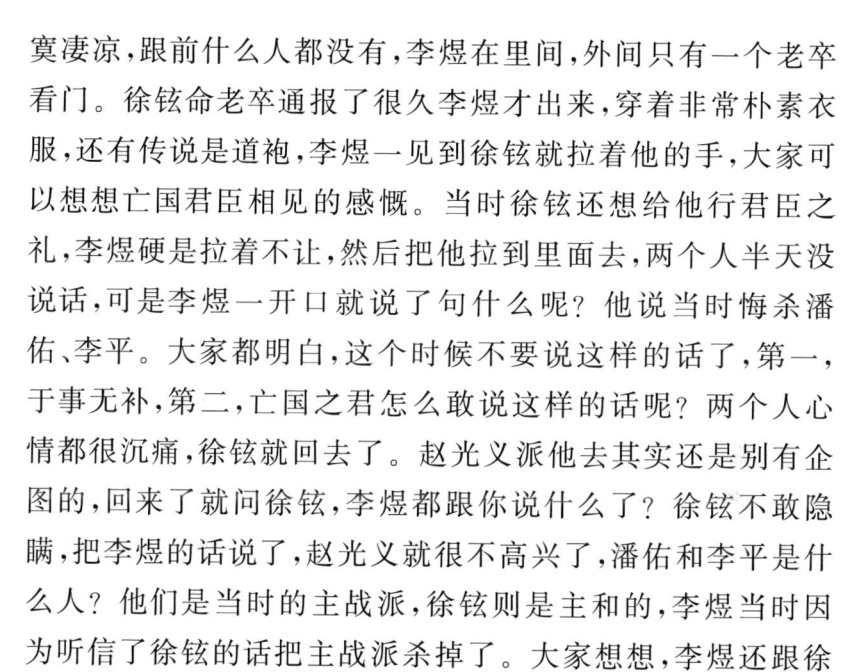

## 第十五讲 春花秋月何时了——唐五代词欣赏

寞凄凉,跟前什么人都没有,李煜在里间,外间只有一个老卒看门。徐铉命老卒通报了很久李煜才出来,穿着非常朴素衣服,还有传说是道袍,李煜一见到徐铉就拉着他的手,大家可以想想亡国君臣相见的感慨。当时徐铉还想给他行君臣之礼,李煜硬是拉着不让,然后把他拉到里面去,两个人半天没说话,可是李煜一开口就说了句什么呢?他说当时悔杀潘佑、李平。大家都明白,这个时候不要说这样的话了,第一,于事无补,第二,亡国之君怎么敢说这样的话呢?两个人心情都很沉痛,徐铉就回去了。赵光义派他去其实还是别有企图的,回来了就问徐铉,李煜都跟你说什么了?徐铉不敢隐瞒,把李煜的话说了,赵光义就很不高兴了,潘佑和李平是什么人?他们是当时的主战派,徐铉则是主和的,李煜当时因为听信了徐铉的话把主战派杀掉了。大家想想,李煜还跟徐铉说这种话,可见他是多么单纯的一个人。这样一个人作为君王可能真的是很无能的,但作为诗人这正是一种非常可爱的品格,所以他的词才写得这么真。

我们一起来看这首词:

> 春花秋月何时了,往事知多少。小楼昨夜又东风,故国不堪回首月明中。　　雕栏玉砌应犹在,只是朱颜改。问君能有几多愁,恰似一江春水向东流。

上来就写"春花秋月",春天的花那么明媚,秋天的月亮那么澄澈,这都是非常美好的东西,但是他接着又讲"何时了",什么时候是个尽头呀。这个就很奇怪了,因为一般人看到春花秋月应该感到非常珍惜生命才对,但是李煜这时只觉得无奈和悲哀。杜甫有一首诗,"国破山河在,城春草木深。感时花溅泪,恨别鸟惊心",花、鸟都是非常好的东西,但是因

为国破了,所以看到花我都要哭泣,听到鸟叫我的心都要惊一下。李煜其实也是有这样一种情感在里头的。"往事知多少",过去的事情如今全都不堪回首了。我们来看这里的"春花秋月",这是一种对举的手法,并不一定是指春天的花和秋天的月,因为春天的月亮也很漂亮啊。类似的用法还有"秦时明月汉时关",这也并不是指秦时的明月、汉时的关,而是说秦汉时的明月,秦汉时的关。另外他这里讲的是所有人都会有的人生感慨,并不是他自己一时的情绪。因为春花秋月是我们都能感受到的东西,"年年岁岁花相似,岁岁年年人不同",过去的事情再也不会回来了,这是所有人都有的一种共通的感情。

我们接着看下面,"小楼昨夜又东风,故国不堪回首月明中",虽然他说不堪回首,但毕竟是回首了,而且就是因为这一回首,才觉得如今的生活是无法忍受的,因为过去的生活安宁又舒适,现在这么寂寥难耐,天天以泪洗面,这样的对比,情何以堪?这里还有一个章法上的连接,"小楼"是指自己的居住地,"昨夜又东风"的"东风"是跟前面的什么相呼应的呢?对,就是"春花"。因为东风不就是春风吗?下面的"月明"也是和"秋月"相联系的,虽然这里是春月,但是我们刚才讲了这是对举的手法,春月、秋月都不是实指。总之是在这种明月的夜晚,夜不能寐,加倍地思念起了自己的故乡,尽管故国已经不堪回首了。

接下来说的其实全部都是他对过去的追想。"雕栏玉砌应犹在",这个"雕栏"不就是"我"当年醉拍的阑干么?"玉砌"就是台阶,也是"我"曾经多少次流连过的地方。"应犹在"的"应"一种想象,他并没有真的看到,只是想它们大概还在吧。物是人非,物总是无情的,而人则是多情的,那些东西

## 第十五讲 春花秋月何时了——唐五代词欣赏

还在,可我的朱颜已经改变了。"朱颜"就是年轻红润的容颜,其实才几年啊,在这被俘的几年里,他的容颜就已经改变了么?可是我们知道伍子胥就曾一夜白头,而李煜此时是什么心情大家也能想见。大家注意,前面这六句用的都是对比手法,"春花""秋月"是宇宙中的永恒现象,春花开了又落,秋月缺了再圆,可是人的生命一旦流逝就永远不会再复返了,而"东风"也是年年如期而至的,但是故国已经不堪回首了,"雕栏玉砌"同样是常在不变的,但他的青春已经老去了,已经无法再回当年了。当这三组强烈的对比完成之后,大家就可以感受到他悲哀的情怀了,而且我们并不觉得这是一个亡国之君特有的情怀,反而能体会到一种宇宙间的普遍悲哀。最后他来了一个总括,"问君能有几多愁",这问的其实是自己了,可是愁能计算吗?愁是一个非常抽象的东西,但这正是词人手段高超的地方了,他能够把愁具体化,把这种抽象的东西非常形象地推到读者的面前。他说这个愁就像春水一样绵延不绝,会永远流下去的。而且我们要注意一下它读起来的音节,"恰似一江春水向东流",这样一泻到底,好像把内心中涌动的感情全都喷薄出来了。这就是李煜的《虞美人》,也是他的绝命词。

我觉得我今天的讲解是非常浅的,请大家课下再自己体会吧。我们下节课来讲北宋词,谢谢大家!

# 第十六讲　千古风流人物
## ——东坡及其词欣赏

郑　园

　　咱们上次课后有位先生跟我说想听一下古词的吟诵，我回去找了一些，也不知道大家能不能接受这种风格，因为不习惯的话会觉得这种吟诵像念经一样。上次课给大家放的音乐是《虞美人》，这次放的是《水调歌头》，但它们都不是古调，只是现代人谱的曲，演唱者是邓丽君，所以大家可能觉得还挺悦耳的。我们今天先讲课吧，最后有时间的话我给大家放一下，如果时间紧张就下次课放。大家需要的话也可以把它们拷走，没有带 U 盘的话就请下次带来，因为这个找起来不太容易，我还请了几位专家帮忙，所以希望可以有更多的人听到。

　　今天咱们来讲东坡词，北宋著名的词人实在是太多了，仅在《全宋词》里就有一千多位，所以我们一一讲来恐怕是没有时间的，但如果以后有机缘，我也愿意继续跟大家分享。由于时间有限，我就挑了一位最著名的词人苏东坡，咱们来讲一下他的词吧。其实我更愿意让大家了解他的为人，我们有一句话叫做"知人论世"，他写这首词的背景是什么，他这个人是什么样的性格，等大家了解了这些，你对整首词的印象就不一样了。其实对东坡来说，他只是用余力作词，他人生最大的追求其实是治国平天下，其次才是诗和文，词在他

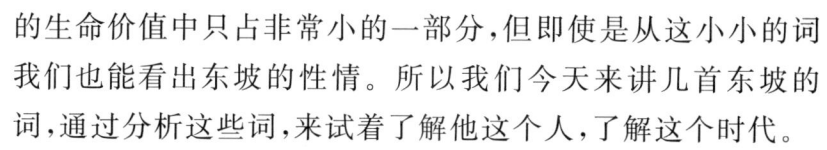

## 第十六讲 千古风流人物——东坡及其词欣赏

的生命价值中只占非常小的一部分,但即使是从这小小的词我们也能看出东坡的性情。所以我们今天来讲几首东坡的词,通过分析这些词,来试着了解他这个人,了解这个时代。

先来讲讲东坡他的魅力,我想从古到今没有哪一位文人比东坡更为家喻户晓了,好像只要一提起他大家都知道。我看在座的很多都是老先生了,大概都看过一部早期的电影,是讲苏小妹的。其实东坡没有妹妹,他只有一个姐姐,是因为人们喜欢他,所以有了很多关于他的传说。比如说我们出去玩儿,到杭州西湖去,会看到西湖上有一条著名的苏堤,那是苏轼当时在杭州做知州的时候修建的。再比如我们到川菜馆去,也会有一道著名的菜,叫做东坡肉,这个东坡肉也是苏东坡发明的。苏东坡这个人非常特别,他实在是多才多艺,我今天就先简单地为大家介绍一下他的文学才华吧。

在文章方面,他是唐宋八大家之一。其他的几家大家也都知道,唐代有两家,宋代有六家,其中"三苏",就是苏洵、苏轼、苏辙这父子三人。南宋的时候还有一个民间谚语:"苏文熟,吃羊肉;苏文生,吃菜羹"。这个话很好理解,要参加科举考试的士子如果把苏轼的文章搞熟了,那肯定能得官,就过上了好日子,能吃上羊肉了,但是反之就只能去吃青菜羹。可见苏轼文章写得好,这一点已经深入人心了。还有一件轶事,苏轼的文章在当时就已经驰誉天下了,甚至还流传到了日本和高丽。在高丽有一个人姓金,他生了两个儿子,给一个取名叫金福轼,另一个叫金福辙,那个金福轼后来果然考取功名,做了大官,当时人就认为这是多亏了名字的保佑,可见大家对苏轼是非常崇拜的,而且金福轼中榜那年苏东坡还只有四十多岁。

在诗歌方面,苏轼开创了宋诗的风格,他与黄庭坚并称

为"苏黄"。我们提起诗歌就说唐诗,诗歌在唐代的时候已经非常繁荣了,宋人怎么样才能开创出新的格局呢?好比说你要种一片田地,种豆种瓜都已经种满了,怎么才能在这个地上再去开垦出新的东西来呢?唐代之前可能都是半荒的地,随便种点什么都可以,但是到宋代的时候局面就不一样了。所以苏轼能够开创出宋诗的风格,是具有非常高的才华的。

词是我们今天要讲的重点,文学史上一般会说苏轼开创了词的豪放风格。我们上节课也讲了,之前的词风都是婉约的,写的多是男女欢爱,到了苏轼的手里他做到了"无事不可入,无意不可入",就是写什么都可以、怎么写都可以,并且把这个词的地位提高到像诗一样了。这里我想提醒大家注意,这个"豪放"并不是粗豪张扬的意思,这里的"豪放"指的是题材情调。词通过苏轼开出了一个新局面,他跟南宋著名的词人辛弃疾并称为"苏辛"。

还有苏轼的书法,他的字非常好,他流传下来的有一个行书的帖子叫《黄州寒食诗帖》,被称为"天下第三行书",我们知道"第一行书"是《兰亭集序》,"第二行书"是颜真卿的《祭侄稿》,"第三行书"就是他的作品,现在保存在台湾的故宫博物院里。

另外,苏轼的画也非常好,他开创了湖州画派,善于画瘦竹和怪石。你们可能已经发现了,苏轼在文艺上的这些才华很多都不是继承自前人的,而是富于开创性的,所以东坡很了不起。

我们以上谈的这些都是苏轼在文学艺术方面的才华,其实他是全能式的,甚至还懂医学,他能给别人看病,留下的中药方子被人收集起来流传后世。苏轼还专门写过烹饪方面的东西,我们了解比较多的大概就是东坡肉了,实际上他创

## 第十六讲 千古风流人物——东坡及其词欣赏

造了二十多种美味佳肴,如果大家翻他的文集都可以看到。

大家请看,这是元代赵孟頫画的东坡,这是东坡画像中最具代表性的一幅。虽然赵孟頫没有见过苏轼,但是他可以查找到很多的相关材料,据史书说他个子很高,而且很清瘦,这幅画表现得就很传神。其实著名的东坡画像中最早的一幅是李功林画的,这个人跟东坡同时,而且两个人是好朋友,待会儿我们要讲到。

这一幅字也请大家看一下,这是《寒食帖》,是寒食节苏轼在黄州写下的一首诗,我相信咱们这里肯定有研究书法的先生,请诸位欣赏一下这幅字。

这是东坡著名的《前赤壁赋》,他有两首《赤壁赋》,在见到这幅字之前我没有想到他会是这种风格,我认为它应该像《寒食帖》一样的,因为我当时理解的东坡是一个飞扬超旷的人,可是大家看这幅字写得很端正。后来读多了他的文学作品也就理解了,其实他是一个很中正的人,他的思想中有道家的成分,也有佛家的成分,但是还是以儒家为根本的。

这里我引了林语堂《苏东坡传》里的序,其实我并不喜欢林语堂《苏东坡传》的叙述方式,但是如果大家想快速地了解苏东坡的话可以找这本书来看,因为这是现代第一部苏东坡传,并且林语堂这个人还是很有学问的,这里面虽然是小说笔法,但是都有根据。这本书说:"他是一个不可救药的乐天派,一个伟大的人道主义者,一个百姓的朋友,一个大文豪、大书法家,创新的画家,造酒实验家,一个工程师,一个憎恨清教徒主义的人,一位瑜伽修行者,佛教徒,巨儒政治家,一个皇帝的秘书,酒仙,厚道的法官,一位在政治上专唱反调的人,一个月夜徘徊者,一个诗人,一个小丑。"这个"小丑"当然不是贬义了,这是因为东坡这个人特别爱开玩笑,非常幽默

诙谐,所以林语堂就说他是一个"小丑"。这里罗列了这么多种身份,每一样都是有出处的。比如说工程师,西湖上的苏堤就是东坡组织人建的。还有东坡五十九岁那年,他被贬谪到了惠州,发现那里因为海水倒流,只有几口井是甜水,但是甜水井都被当地有权势的人占了,老百姓只能喝咸水。苏东坡当时已经不是地方官了,但他为地方上出了一个主意,搞一个引水工程,把城外山上的泉水引进城来。这个引水工程用什么材料呢?就是用竹子。但是那时候没有现在这么方便,需要人工把竹子一节一节连起来才行,竹子连接不了那么紧,总是会漏水。苏东坡想了一个办法,在竹子接头的地方缠上麻,外面涂上漆,水流过去的时候麻会膨胀,而外面涂漆又不容易腐烂,这样就解决了难题。我们有一位专门研究东坡的老师,他跟我说当年文革的时候到边远地区去,也参与了一个引水工程,但是他不知道水管应该怎么接,就去请教当地的工人,人家教给他的办法就是在接头的地方缠麻。最神奇的是这位老师在文革结束后回到学校读了文学专业,还专门研究东坡,隔了这么多年他看到东坡这句话的时候简直太兴奋了,他说哎呀九百多年前东坡就是这样做的。这是我举的一个例子,我说一下结果,地方官采纳了东坡的办法,效果非常好,全城的人都喝上了甘甜的泉水,惠州的百姓一直都很感激苏东坡。

　　古往今来的大才子非常多,像李白、杜甫、李商隐、白居易,这些人也都是很有才华的,可是没有一个人像东坡那样有魅力、那样令老百姓亲近他。东坡做地方官时勤政爱民,肯为老百姓做实事,而且也有做实事的能力,我也非常喜欢李白,他的理想很令人振奋,但是好像不大能真的做成什么事情,而东坡是既能说又能做的。东坡他自己也说,我这个

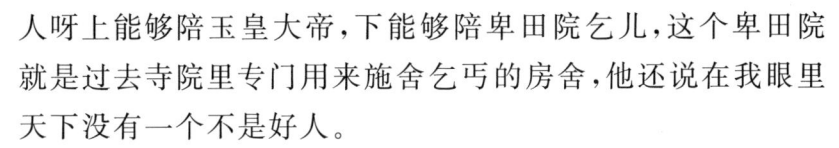

## 第十六讲 千古风流人物——东坡及其词欣赏

人呀上能够陪玉皇大帝,下能够陪卑田院乞儿,这个卑田院就是过去寺院里专门用来施舍乞丐的房舍,他还说在我眼里天下没有一个不是好人。

我们先来了解一下他的生平,后面就好讲一些。

苏东坡活了六十六岁,我们看他的生卒年是公元1036年到公元1101年,这样一算其实是六十五岁啊？但古人是按农历算的,而且一出生就算一岁,咱们现在一般都说他享年六十六岁。东坡字子瞻,号东坡居士,但这个东坡实际上是在他在四十六岁以后才开始用的名号,过去都叫他苏子瞻,四十六岁以后他才是苏东坡。这是他黄州生活的一个最好的纪念,这个我们一会儿要讲到。东坡是四川眉山人,三苏祠就在眉山,大家去旅游的话可以看一下,他与父亲苏洵,弟弟苏辙合称为"三苏",这父子三人都是很著名的大文学家、大政治家。苏轼还有一个小儿子叫苏过,他的文章也不逊于父亲,所以有人说苏轼是"大苏",苏过是"小苏"。

东坡一生历经了仁宗、英宗、神宗、哲宗、徽宗五朝,宋代最主要的朝代都被他经历过了,他在新旧党争的漩涡里挣扎了半生。我想给大家讲一下新旧党争,这个很重要,就像你们之前读李商隐的诗,如果不知道牛李党争的话就没有办法理解李商隐的处境。什么叫新旧党争呢？这个"党"不是我们现在所说的政党,在当时只要大家的治国理念一样、性情相近,大家是好朋友,就可以成为一党了。当时的北宋积贫积弱,这样的局面是一代代积累下来的,宋太祖他杯酒释兵权后国家的兵力就越来越衰落,国家财政也不行了,虽然北宋是封建社会最富有的一个时代,但是国家的财政反而入不敷出。而且北宋还受到西夏和辽的骚扰,在这种情况下国家其实是很危急的。朝廷大官分为两派,一派是主张全面改革

的,这个是以王安石为代表的新党;还有一派是旧党,他主张要慢慢来,遵守前朝的成规,不要轻易地改革,旧党的代表人物就是司马光。想要增加国家财政,王安石能有什么办法呢?只有从民间敛财。尽管他的想法很好,但是他用人不当,手下一群人贪污成风,使得老百姓深受其害。

苏东坡在新旧党争中处于什么样的位置呢?他一开头是跟司马光站在一起的,因为他是一个很温和的人,觉得王安石太急切了,所以他跟王安石非常不和,自然被归做了旧党。但是苏东坡"一肚皮不合时宜",在新党当政的时候他是旧党,等旧党当政了,把新党全部废掉了,他又说不应该全废,应该把王安石做得好的东西推行下去。苏东坡说这个话也不是随便说的,他在地方上前后待了十三年半,很了解民情。但是旧党并不听他的,当时他跟司马光也发生了很大的冲突。苏东坡是一心为了国家、人民好的,但结果就是新旧党两边都不讨好。"文革"的时候有一种说法,说苏东坡是两面派、投机派。这个话很奇怪,其实它刚好说反了,东坡正因为不是两面派,才会有这么不好的遭遇,如果他是两面派,跟着司马光或者王安石谁都能干,那就不会有后来那么悲惨的遭遇了。

我们再简单地说一下他的仕途经历。东坡一生经历了两次在朝、贬谪的循环,他的人生是非常坎坷的。这要是换了一般人,经历一次就够受的了,忽然间就把你贬到了非常偏僻荒远的地方,让你觉得完全没有生还的希望了,又在忽然间把你从贬所提升回来担任朝廷命官,甚至被放到皇上陪读的重要职位上,可以直接给皇上进谏,这样大起大落的命运实在是苏东坡才承受得起的。

东坡二十二岁中进士,这个算是得名早的,他和二十一

## 第十六讲 千古风流人物——东坡及其词欣赏

岁的弟弟随同父亲乘船出蜀,当时谁也不知道世间有苏轼这么一个人,但是"一举成名天下知"。当时的主考官是欧阳修,他是当时名重天下的文学家和政治家,他给他的朋友梅圣俞写信的时候说,我看了苏东坡的卷子,"老夫当避路,放他出一头地也",就是说我应该让贤了,他的才华更高。"出人头地"这个词就是从这儿来的。欧阳修甚至还对他的孩子说,别看现在我这么有名,再过三十年谁也不会再提起我了,大家知道的就只有苏轼了。苏东坡非常幸运地遇到了这么一位好老师,他不但不嫉贤妒才,而且还这么热心地奖掖后进,是一个真正的伯乐,所以苏东坡一生都非常感激欧阳修,并且受欧阳修的影响也很大。

在东坡二十二岁中了进士以后,他的母亲就去世了,所以他要回乡守孝三年。这是古人特别重视的一种礼节。到他守孝完回来,去的第一个地方就是陕西凤翔,在那个地方帮地方官做了一些秘书性质的工作,待了三年半之久。等他结束凤翔的工作以后他的父亲也去世了,所以他又一次回到了四川守孝,这也是他最后一次回四川了,之后他就到处流落再也没有回到过自己的故乡。

又是三年之后,东坡回到了朝廷,这时刚好是王安石新法得势的时候,他在朝廷跟王安石起了冲突,很快就待不下去了,所以他就自己请求外任,想到地方上去做事。当时一般在朝廷做官的人,哪怕忍辱负重、委曲求全都不愿意到地方上去,但是东坡无所谓,只要能做事就行。于是他就先后到了杭州、密州等好几个地方去做了几任知州。

在东坡四十四岁这一年,他的人生发生了很大的转折。这一年他以"讪谤朝政"的罪名被抓到了御史台,为什么说他讪谤朝政呢?当时他不满意王安石的新法,做地方官的时候

经常给皇帝上奏章说新法哪个地方不太合适了、需要改良，这当然会引起执政新党的不满了，大家对他怀恨在心，就去找他的诗，在里面挑了一些句子说他讽刺朝廷。这在当时是很重的罪名，最早的文字狱就从这儿开始了。苏轼被抓去的御史台是专门处理政治犯的，它也叫"乌台"，为什么叫"乌台"呢？因为御史台集了好多的乌鸦。苏轼在那个地方被关了一百三十多天，每天都被拷问折磨，这个在《宋史》上是有记载的，每天怎么去问他的，他招了什么，他每天做了什么，这些都有文字材料。这样的对待非常残酷，在肉体上和精神上是双重的折磨，所以几次他都想自杀。虽然我们现在这么佩服东坡的旷达，但是人都有脆弱的时候，他也是血肉之躯，也有觉得熬不下去的时候。但是他跟我们常人不一样的地方就是他不但最终挺过来了，而且挺过来以后把自己的心胸放得更加开阔了。

  我们在座的有很多老先生，也都经历过"文革"，有的人经历过苦难会更加理解苦难，理解那些正在经历痛苦的人，会用自己的一点微薄力量去安慰他，或许你能做的只是握着他的手倾听他说的话，但这已经足够了。也有的人不是这样，他们在经过苦难之后觉得为什么唯独我要遭受这些呢，他可能会反过来把这些东西再加到别人的身上去。这就是人和人不同。我们今天学东坡，我想或许并不是为了学他的诗词，更要学的应该是他的那种精神，我们在经历苦难的时候，应该用一种什么样的心态去对待它。

  苏轼在御史台被关押了一百三十多天，有很多人都在拼命地营救他，其实人们应该对此避之不遑的，但是大家不顾安危，甚至有的人已经退休了，还重新出来去为东坡说话。营救东坡的人中有一个特殊的人物，他就是王安石，当时给

## 第十六讲 千古风流人物——东坡及其词欣赏

东坡定罪的是王安石手下的那些小人,跟王安石本人其实没有特别大的关系。王安石劝皇帝说,我没有听说过盛世会杀士人的,请求您不要杀东坡吧。经过多方面的努力,皇帝自己又很爱才,所以最后东坡被放了出来,作为罪官贬谪到了黄州,得了一个"黄州团练副使"的虚衔,大概相当于一个县的武装部副部长,也没有什么实权,并且是"本州安置",就是说你是一个罪人,不能离开黄州,相当于假释。苏轼在黄州度过了非常艰难的五年,五年之后皇帝换人了,太后主政,司马光他们全上去了,所以就又重新启用了他。但是不久,东坡就跟司马光发生了冲突,又不能在朝廷立身了,再次请求外任,这次的外任又去了杭州和其他的一些地方。到了他五十九岁这一年,新党再次执政,这时王安石已经被罢免了很多年,王安石本人都已经去世了,那些人品非常不好的新党上台之后的第一件事就是把旧党全部驱逐,东坡当然在劫难逃,他一下被贬到了惠州。惠州属于现在的广州,我们今天觉得那是经济发达的地方,但是在宋朝不是这样的,那里是蛮夷之地,而且瘴气很重,这个瘴气就是当地的湿热气,湿气热气积攒到身体里,人就很容易得病,并且吃的还是那种生水,也很容易就得传染病去世了。所以那时候把人贬谪到惠州去是非常重的惩罚,一旦过了岭,一般就没有什么北归的希望了。

把苏轼发配到惠州还不够,到了六十二岁的时候还要让他渡海到儋州。那时候船只也不是那么发达,渡海到海南去可真是九死一生。东坡这个人也是命大,到六十五岁的时候宋徽宗继位了,这时候天下大赦,六十五岁的他又回来了。在他六十六岁的时候人在常州,他当时很想回乡去买一块田地,跟他最亲爱的弟弟生活在一起,但这点心愿已经办不到

了。东坡染病去世之前，他把孩子们招到面前说，我这个人一辈子没有做过什么坏事儿，所以你们别担心我会下地狱，我死的时候你们千万不要大声地哭，为什么呢？害怕你惊扰了那些老人。人到年龄大的时候经常会对生死有一种特别地担忧，听到哀歌也会心有戚戚然，所以东坡在临死的时候还在说这样的话，你们可以想一下他是一个什么样的人。其实在我看来，东坡这么旷达有趣，他活到八九十岁大概是没什么问题的，但是因为长期遭受折磨，尤其是这几年处于瘴疠之地，也没什么吃的，身体就变得非常虚弱了，这些都在他诗文里有反映，他回来的路途上给别人写信就说，当初陪他一起坐船渡海的人好多都染了瘴病死了。

接下来我想简单地说一下他的气节。"苏门六学士"之一的李廌其实应该算作是东坡的弟子，他在东坡去世之后写了一篇文章，其中有这么一句，"皇天后土，鉴一生忠义之心；名山大川，还万古英灵之气。"这个被时人评为定论，大家都认为东坡最主要的品性就是忠义，连他的政敌王安石、司马光都这样子讲。司马光是以忠直立朝的，连他都跟皇帝说，我的忠直赶不上苏东坡，有些话他敢说，我都不敢说。东坡为什么敢这样呢？因为他无私。只有一个人非常无私的时候，才能"无欲则刚"。东坡去世六十九年后，南宋给他追加了一个谥号，他的谥号叫做文忠，就是说他有文学的才华，也有忠直的品性，这个"文忠公"的谥号在之前还曾经赐给过东坡的老师欧阳修。

苏东坡为什么会这么有气节呢？苏辙在写给他的墓志铭里曾经说过，东坡早年就"奋厉有当世志"，大家看的《苏轼传》其实就是根据苏辙的那篇墓志铭写的。墓志铭说苏洵当年曾经到处游学，十岁的苏东坡就由母亲程夫人教他识字读

## 第十六讲 千古风流人物——东坡及其词欣赏

书。程夫人的家学非常好,古代有很多伟大的母亲,这个程夫人就是其中之一,她不仅教苏轼识字,而且还教导他做人的道理。程夫人讲到《后汉书》的《范滂传》时叹了口气,苏轼就问"轼若为滂,母许之否乎?"程夫人说如果你能做范滂,难道我不能做范滂的母亲吗?这个范滂是东汉末期一个志士,当时宦官专政,政治非常黑暗,范滂登车揽辔,有澄清天下之志,但他很快就被宦官陷害,治了死罪。在赴刑场的时候他告别自己的母亲,说孩儿今天不孝,不能给您养老送终了,请您原谅我。范滂的母亲就说,你这是为国而死,我会为你骄傲,你留下了这么美好的名声,我还要求你长寿吗?这是苏轼的母亲为十岁的他种下的一颗种子,东坡一生果然没有辜负她。还有一件事,当司马光主政、苏轼再次回到朝廷的时候,他曾经给一个朋友写信,"昔之君子,惟荆是师;今之君子,惟温是随。所随不同,其随一也。"这个"荆"就是指的王荆公、王安石,"温"是指温国公司马光,而"君子"则是在反讽,他说过去的那些人都把王安石当老师,现在的人呢,都去追随司马光了,看起来他们追随的人不同,其实他们都是在追求权势罢了。苏轼跟他们不一样,他不愿意勉强自己这样做,所以就在朝廷待不下去,只能到地方上去,不过他每到一个地方就为一方百姓做事,在杭州兴修水利,在密州就去治理蝗灾。

  我们来看这首词,这是他在徐州时写的。苏轼在徐州干了一件非常大的事情,当时黄河经常泛滥,有一次徐州就发了洪水,当时水势非常凶猛,人们非常惊慌,当地的富人们纷纷卷着细软准备逃跑。当时如果让这些富人们都走了,一定人心大乱,那这个地方肯定就不保了,所以东坡亲自出去说,有我在这座城就有保障,你们谁都不能走。他先安定了人

心，然后去找了禁军，当时的禁军是归皇帝直接管理的，按理说不归苏轼这个地方官管，但是东坡当时满身泥浆去找了他们，说现在是非常时期，请你们一定要去帮我们修筑堤坝，要不整个徐州城就都完蛋了。禁军看到东坡这个样子也被感动了，说东坡都这样做，我们有什么不能做的呢？所以军民合心筑了一条长堤坝，把洪水拦住了。后来为了纪念这件事就用黄土在城东门建了一座楼，因为土克水嘛，一年之后，东坡有一天晚上做梦，写下了这首词。

这是一首《永遇乐》，"彭城夜宿燕子楼，梦盼盼，因作此词"，盼盼是唐代张建封的爱妾，张剑锋去世以后盼盼也没有再改嫁别人，她一直住在张剑锋当年给她建的燕子楼上，这作为一位女性来说是非常不容易的，就成为一段佳话流传了下来。这是东坡做这首词的因由，东坡和一般人是不一样的，一般人写这首词可能就去写一些香艳之事了，可是东坡却把它写到哪里去了呢？我们来看整首词：

> 明月如霜，好风如水，清景无限。曲港跳鱼，圆荷泻露，寂寞无人见。紞如三鼓，铿然一叶，黯黯梦云惊断。夜茫茫，重寻无处，觉来小园行遍。　　天涯倦客，山中归路，望断故园心眼。燕子楼空，佳人何在？空锁楼中燕。古今如梦，何曾梦觉，但有旧欢新怨。异时对、黄楼夜景，为余浩叹。

他想说的是，你看那么美好的一位佳人已经逝去了，只剩下一座燕子楼，所以"古今如梦"啊。东坡的这种人生如梦并不是一种消极的人生态度，其实只有把人生空幻的一面看清楚，才能认清自己人生的意义。东坡就说，你看他们当年的楼还在，但是已经人去楼空了，那人真的曾经存在过吗？

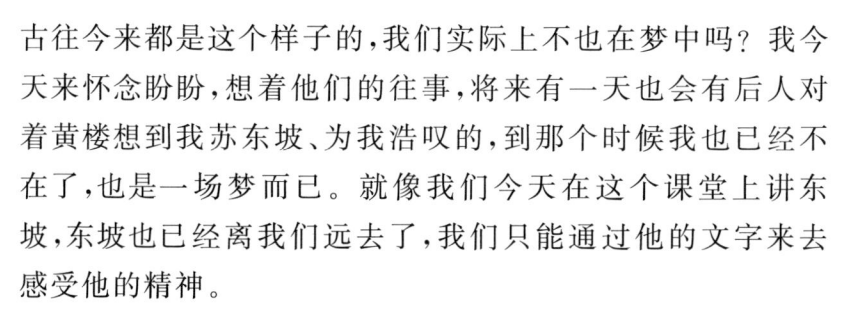

## 第十六讲 千古风流人物——东坡及其词欣赏

古往今来都是这个样子的,我们实际上不也在梦中吗？我今天来怀念盼盼,想着他们的往事,将来有一天也会有后人对着黄楼想到我苏东坡、为我浩叹的,到那个时候我也已经不在了,也是一场梦而已。就像我们今天在这个课堂上讲东坡,东坡也已经离我们远去了,我们只能通过他的文字来去感受他的精神。

现在我们再来看一下他的贬谪心态和人生境界。东坡六十六岁时遇赦北归,重游金山寺,这时离他去世只有两个月了,他看到金山寺一副自己的画像,那是李功林十多年前为他画的,他当时还是非常潇洒、非常意气扬扬的。时过境迁,东坡看着自己当年的画像苦笑着写下了这么一首诗,"心似已灰之木,身如不系之舟。问汝平生功业,黄州惠州儋州。"你要问我平生最大的功业是什么,那不是在朝廷或者地方上做的那些事儿,我的平生功业都是在黄州、惠州、儋州这些贬谪之地建立的。这可以看成是东坡的一种自嘲,他有十二年的时光在贬所度过,这样的一生实在是很坎坷的。但是我们隔了这么久再回过头来看历史,觉得恰恰是黄州、惠州和儋州成就了东坡,因为如果没有这样的一种经历,可能我们今天见到的东坡就会是另外一种面目了,正是因为他能够在艰难苦境里坚持操守,而且苦中作乐,所以他的人生才能这么的丰富、这么的有趣。

比如说岭南之贬吧,很多被贬到岭南的人都觉得自己没有希望了,很痛苦、很消沉,韩愈当年在贬官岭南的途中,他的侄孙追上了他,他就写了首诗给自己的侄孙看。前面几句还好,"一封朝奏九重天,夕贬潮州路八千",他说我早上上了一封奏章给皇帝,晚上他就把我贬到离朝廷八千里路以外的岭南去了。"本为圣明除弊事,肯将衰朽惜残年",我本来是

想为皇上做一些好事情的,所以现在却把我贬到这地方,但是我也心甘情愿不后悔。"云横秦岭家何在,雪拥蓝关马不前",这是讲当时他看到的情景。"知汝远来应有意",这个"汝"就是来看他的侄孙,"好收吾骨瘴江边",你现在来赶上我,就是等着来收我的骨头的吧。其实到最后还是很沉痛的。还有柳宗元也是,他也是一代大儒,结果被贬到了广西柳州,也是说什么"海畔尖山似剑芒,秋来处处割愁肠。若为化作身千亿,散向峰头望故乡"。这个我就不用解释了,大家都能感受到这种情调。

　　东坡是怎么做的呢?他的排遣方式是"此心安处是吾乡",我回不到故乡没关系,只要我的心安定,走到哪儿都是我的故乡。你看他在黄州的时候给朋友写的信中就说,"临皋亭下不数十步,便是大江,其半是峨嵋雪水,吾饮食沐浴皆取焉,何必归乡哉!"他这种自我宽解非常重要,我每天喝的水、洗澡用的水都是家乡峨嵋的雪水流下来的,那我跟归乡不是一样的吗?后来到了惠州他又说,"南北去住定有命,此心亦不念归,明年买田筑室,作惠州人矣。"我明年买个房子,就准备终老在这里当惠州人了。他曾经还写过一封信给朋友说,其实想想也无所谓,比方说我就是惠州出生的,是这儿的一个老秀才,一辈子也没中举,那么不也是在这儿终老一生吗?

　　后来他又被贬到了儋州,为什么会被贬到这里呢?因为他有个政敌叫章惇,这个人也很奇怪,但是今天没时间我就不多说了。当年章惇和他是同时考取功名的,相互之间还非常敬重,但是章惇做了宰相后就不能容忍东坡在朝中了,把他一贬再贬,贬到了惠州还不行,还要把他贬到海南去。章惇说儋州的"儋"右半边跟苏子瞻的"瞻"右半边不是一样吗?

## 第十六讲 千古风流人物——东坡及其词欣赏

雷州的"雷"下边那个"田",跟苏子由的"由"不也是很像的吗?所以就把苏子瞻贬到了儋州,把苏子由贬到了雷州,这个人非常的卑鄙。东坡被贬儋州之前见到了自己的弟弟,在他们匆匆告别之前东坡宽慰弟弟说,"他年谁做舆地志,海南万里真吾乡"。这个"舆地志"就是地理志,他说海南万里也可以是我的故乡啊。而且我们还应该感谢皇恩,皇上还是挺好的呢,"圣恩尚许遥相望",还能够让我们互相远望对方,这还不行么?东坡在儋州度过了几年时光,等他北归的时候儋州人民不舍得他走,他当时也给海南人民留了一首诗,前面两句就说"我本海南民,寄生西蜀州。"我本来就是海南的人,我只是偶然寄生在西蜀眉山罢了,而且他还给海南人说以后如果我有机会一定还会再回来的。

我们再看看东坡在黄州时的情况,他不只在心理上做自我宽解,而且还很积极地去面对这种困难的处境。当时在黄州他是一个罪官,根本没有俸禄的,而且他这个人平常不太会储蓄,所以要用他手里的钱来养活一家二十来口,怎么办呢?东坡想出了一个节约的好办法,他说每天用一百五十文钱,每个月开始的时候就取四千五百文,把它切成三十块挂到屋梁上,取钱的时候需要用画叉去挑下来。为了让自己不随便用,东坡就把叉子给藏起来了,如果这一天过完了还能够有余钱,就把余钱放到一个大竹筒里,有客人来了需要额外的花费时就花这个钱,东坡很有意思,他很会想办法的。就这样,东坡支撑了一年,一年之后他也没有办法了,幸好有朋友帮他申请到了一片荒地,在城东一个山坡上,这也是"苏东坡"这个名号的出处,他就在东坡上耕种,并且在东坡上盖了房子,写了好多诗,他在那里真的就做一个农民做的事情,而且非常快乐,因为他觉得自己能靠自己的力量来做事情,

能够把家人和朋友都安顿下来了。其实东坡在黄州是很辛苦的,也没有什么吃的,他刚到黄州的时候给朋友写信说,"黄州真如井底",就是说这个地方非常闭塞,但是不久之后他就觉得很高兴了,他说哎呀黄州这儿好东西很多,因为"黄州好猪肉价贱如泥土",这个黄州就是湖北的黄冈,当地人不懂得吃猪肉,所以价格很便宜,东坡就自己买来吃,而且发明了一道佳肴"东坡肉",他把锅洗干净,"柴头罨烟焰不起","罨"就是掩盖的"掩",具体的我也不懂,可能是说让柴火燃着,但是不要让它有明火,慢慢地去熬,这样做出来的肉就非常好吃。后来人们怎么知道"东坡肉"的呢?东坡到杭州去,当时的西湖很脏,不是我们今天看到的这样,东坡就带领大家做疏浚西湖的工作,工程量非常大,大家都很累,他让厨师按照他的这个办法去做点儿肉来犒劳民工们,这个"东坡肉"才传出来。如果大家到杭州去问当地的老百姓,我想他们都可以给大家讲讲这个传说的。

那么东坡在惠州的时候呢?东坡觉得他可以吃到荔枝也是值得很高兴的。"罗浮山下四时春,卢橘黄梅次第新",就是说那个地方气候温暖,很适宜长水果。"日啖荔枝三百颗,不辞长作岭南人",我每天能吃到这么美味的荔枝,我愿意常做岭南之人,你看他的心态是多么的旷达。东坡还说,"白头萧散满霜风",就是说他头发已经花白了,"小阁藤床寄病容",而且这时候他还生着病呢,但是"报道先生春睡美,道人轻打五更钟"。这时候他是寄居在人家寺庙里的,他说我现在春睡正美,所以你敲打五更钟时轻一些,不要把我吵醒。我们现在读起这些来觉得非常潇洒,会很佩服他,但是据说这首诗惹火了章惇,因为章惇本来是想置他于死地的,可是你竟然还在那儿吃荔枝、春睡美,你还过得挺优哉游哉?那

## 第十六讲 千古风流人物——东坡及其词欣赏

不行,继续把你往南贬,然后接着就把他贬到了儋州。

到了儋州以后是一个什么情况呢?"此间食无肉,病无药,居无室,出无友,冬无炭,夏无寒泉,然亦未易悉数,大率皆无耳。"就是一个字"无",什么都没有。那时候那里只有黎族人,汉民是很少的,而且要吃没有肉,病了没有药,住也没处住,出门找不到熟悉的人,冬天海风来的时候又冷又没有炭火取暖,夏天还非常热,总之就是什么都没有,这种情况下他还说,"惟有一幸,无甚瘴也",但是没有传染病呀,这就很好。人生不如意十有八九,东坡总能从剩下的一二中发现事情的好的一面。接着他又说,"尚有此身,付与造物,听其运转,流行坎止,无不可者",就是不管怎么说,我还活着,那我就随遇而安吧。于是东坡就入乡随俗了,我们知道黎族同胞当时吃的东西可不一般,他们是蝙蝠老鼠都能吃的,东坡到那儿之后始终跟大家在一起,大家怎么过他也能怎么过。吃的问题解决了,"病无药"怎么办呢?他就自己去想办法找药,东坡在中医方面是很有研究的,而且他还把自己的药分给了当地的老百姓。"居无室"是说他当时才去的时候没有房子住,不过儋州的县官非常好,让他住在官府里借居,但是章惇真是不择手段地要把东坡置于死地,他还派人去看东坡到底过得怎么样,一看东坡还住在官府里,马上就把他赶出去了。因为东坡为人非常好,所以当地的黎族同胞就帮助他用桄榔做草房,这个桄榔是当地一种特殊的树种,也叫砂糖椰,东坡在树叶搭的房子里住的也很舒服,甚至他还专门写了一篇文章,就说我在这个茅草房里也住得很开心,你能把我东坡怎么样呢。还有一个故事,当地有一个老婆婆看到东坡把椰子壳戴到头上在路上散步,老婆婆就说,学士你那些往日的富贵可真是一场春梦呀。这要是别人听了可能会觉

得挺难过的,但是东坡不觉得,反而觉得这话说得好,后来每次见到这位老婆婆东坡都叫她"春梦婆"。东坡跟当地人感情深厚的记载还有很多,这里就不细说了。

我们现在就来讲一下东坡的词吧,东坡的词后人有很多评价,我觉得王灼评价得非常准确,王灼是南宋人,他离东坡的时代不远,他在一本专门论词的书中说,"东坡先生非心醉于音律者,偶尔作歌,指出向上一路,新天下耳目,弄笔者始知自振"。我们说过东坡是用余力作词的,但是他的词好就好在指出了向上一路。因为在他之前的人做的词只是"小歌词",谁都没把词当回事,到了东坡手里才把词的地位提高了、题材扩大了,并且他词里写的情感都是超旷的,是能够生发人的,能够让人向上的,我认为这是东坡词最重要的一点。我们现在就直接来看东坡词吧,其他的要讲的枝节太多了,就不一一说了。

《江城子》这首词非常容易理解,它是东坡豪放词的代表,既是情调上的豪放,还有内容题材上的扩展,实际上东坡情调豪放的词数量并不多。我给大家读一遍:

> 老夫聊发少年狂,左牵黄,右擎苍。锦帽貂裘,千骑卷平冈。为报倾城随太守,亲射虎,看孙郎。　酒酣胸胆尚开张,鬓微霜,又何妨!持节云中,何日遣冯唐?会挽雕弓如满月,西北望,射天狼。

这写的是一次出猎,前半部分是说虽然东坡年龄大了,但他还愿意像少年人那样潇洒地牵着黄狗,举着苍鹰,率领千骑"卷平冈",你看那个"卷"字用得多好。满城的人听说苏轼在打猎,大家都出来看这位了不起的太守了,他在这里用了一个典故,"亲射虎,看孙郎",当年孙权曾用他的双戟杀死

## 第十六讲 千古风流人物——东坡及其词欣赏

过一只伤了他坐骑的老虎。后面东坡喝了酒,他就更加的豪迈了,虽然我有白头发,但是这又怎么样呢?我这一腔爱国的志向是不会改变的,所以他最后说"西北望,射天狼",这是因为当时西北方有北宋的两个强敌,辽国和西夏国,古人认为天狼星就是主侵略的,看到天狼星就说明将要有战争发生了。你们看这真是豪杰之士才能写出来的词。

东坡不仅是一位爱国志士,他还有非常丰富的情感,同样是《江城子》这个词牌他还写过另外一首词,这首词是写给他的亡妻的,是"乙卯正月二十日夜记梦",是他记了自己做的一个梦,借此表达了他对亡妻的怀念之情。

苏东坡前后有过三个妻子,第一个妻子就是这里写到的王弗。王弗十六岁嫁给他,二十七岁去世,陪了他十一年,他们两个是同乡,夫妻感情很深。他第二个妻子就是王弗的堂妹,叫做王闰之,也是陪了他好多年。王闰之非常能干,在那篇赤壁赋里东坡感叹说今天这么好的月色,又有这么好的鱼吃,可惜就是没有酒喝,这时候王闰之就拿出了一壶酒,说我早就准备好了,这个妻子很懂事儿。他的第三任妻子其实是一位侍妾,她原来是个买来的婢女,名叫王朝云。朝云十二岁的时候被王闰之从杭州买来,一直陪伴着苏轼,是苏轼的红颜知己。有一次苏轼拍着自己的肚皮问大家,你们知道我这肚皮里装的是什么吗?有人说学士的肚皮里装的都是锦绣文章,他说不对,另外一个就说你里面装的都是见识,他也说不对,朝云说你这是一肚皮的不合时宜,东坡说这才对了。后来东坡到岭南去的时候遣散了众亲,因为那个地方生活很艰苦,这时候只有朝云一路跟着他,而且据他的诗里说,当时他让朝云走的时候朝云还跟他生了气,后来很不幸,朝云就是在惠州去世的。不过我觉得这也是很幸运的,能够陪着这

么一个人,在生活上照顾他,在精神上理解他,这样为他终老而死。

我们现在说说他为第一任妻子写的这首词:

> 十年生死两茫茫;不思量,自难忘。千里孤坟,无处话凄凉。纵使相逢应不识,尘满面,鬓如霜。　夜来幽梦忽还乡,小轩窗,正梳妆。相顾无言,惟有泪千行。料得年年肠断处,明月夜,短松冈。

这是他日有所思,夜有所梦,在妻子死去十年的时候,忽然梦到了她。"十年生死两茫茫",我们被生死隔在两边,阴阳茫茫不能相见。"不思量,自难忘",他的感情非常深挚,最亲爱的人去世很久之后,可能你的心里就会被眼前的事情占据,不再时时想着她了,但是你真的忘了她吗?没有,就算不提起也永远不会忘记的,她已经埋在你心底了。"千里孤坟,无处话凄凉",因为他的妻子葬在家乡,而东坡一直都没有能够再回到家乡去,所以不能到她坟上去祭奠。他从妻子的角度设想,妻子应该是很想我的,但是她的凄凉无处诉说,我也感到思念和凄凉,我的思念和凄凉也无处可说。"纵使相逢应不识",这里转折了一下,就算是我们今天能够相见,你也肯定不认识我了,为什么呢?因为我"尘满面,鬓如霜"了,这可不是说他天天不洗脸真的都有灰尘了,而是说人经历了这么多世事沧桑,他已经很憔悴了。"夜来幽梦忽还乡",在梦中他回到了故乡,而且第一个就见到了自己的妻子。"小轩窗,正梳妆",她正靠在窗边梳头发呢,这是多么家常的一个情景,可能当年他们在一起的时候他就经常看到妻子这样梳妆打扮,这是非常温馨的。但是他接着说"相顾无言,惟有泪千行",十年没有见面了,梦中乍一相见,有多少话可以说,可

## 第十六讲 千古风流人物——东坡及其词欣赏

是一时之间竟然不知道该说什么了,"惟有泪千行"。到这里又从梦中转出来了,东坡说"料得年年肠断处",每年断肠的地方都是"明月夜,短松冈"。这个"短松冈"是指他埋葬妻子的地方,这个场景非常的凄凉。我想大家读了这首词肯定非常有感慨,因为它把真挚的情意和凄凉的感受都写得非常好。

我们古代的文学作品中有很多悼亡诗,比如说潘岳的悼亡诗,元稹的悼亡诗,都是悼念妻子的,但他们写的都是妻子刚刚去世时的痛苦,没有人像东坡这样把十年之后的感情还写得这么深挚的。而且人们以往都觉得词这种东西就是男女欢爱的小道,但是到了东坡这儿,连这么深情的东西都能写到词里去了,这就是我们刚才说的"向上一路"。

我们再来看另一首词,这是悼念朝云的,但是他没有直接写出来,而是用《梅》作为题目:

> 玉骨那愁瘴雾,冰肌自有仙风。海仙时遣探芳丛,倒挂绿毛幺凤。 素面常嫌粉涴,洗妆不褪唇红。高情已逐晓云空,不与梨花同梦。

他表面上好像是在写岭南的梅花,你看他说"玉骨那愁瘴雾",这个瘴雾就是岭南才有的。惠州的梅花很特别,是天下没有第二家的,它那个梅花是白色的,像梨花一样,但是它在梅花叶子边上有一圈红色,非常美,东坡就它来象征着高洁坚贞的朝云,你看他用的词都是"玉骨"、"冰姿"、"有仙风"。"素面常嫌粉涴",就是素面朝天、不施脂粉的意思,这个"涴"是沾污、玷污的意思,因为梅花是纯白的,就像朝云的品性一样。"洗妆不褪唇红",虽然它的花落了,但是叶子还是红的,这也是在讲朝云。"高情已逐晓云空,不与梨花同

梦",这个"晓云"其实就是"朝云"了。因为时间关系我就不多讲了,这是他的两首悼亡词。

我们来看下面这首词:

缺月挂疏桐,漏断人初静。谁见幽人独往来,缥缈孤鸿影。　惊起却回头,有恨无人省。拣尽寒枝不肯栖,寂寞沙洲冷。

上课前就有位老师跟我说他特别喜欢这首词,因为这首词写出了他的感受,我想不仅是他,可能在座的各位,包括古往今来的很多读者,在读这首词时都会有心有所感。

我简单地说一下这首词,这是东坡初到黄州寄居在寺院时写的。这首词跟前面的梅花词有点类似,它好像也是咏物的,咏的是一只鸿雁,实际上这里面寄寓了更深的感慨。那时他才从监狱里出来,刚到黄州,也没有朋友,不知道自己未来的命运是什么样子的,内心非常痛苦,晚上也睡不着觉,他就常常到月下去散步,所以"谁见幽人"的"幽人"就是指的他自己。他觉得只有那一只失了群的大雁能了解我这个幽人的心情,那么这个"幽人"就既是大雁,又是他自己了。"惊起却回头",这可以视为在说人,因为他刚刚受了折磨,他那种害怕担忧的情绪还在,所以"惊起却回头";但也可以视作在说大雁,因为大雁的习性是这样的,它们聚集在水池边,会有一只雁作看守,其他的雁就可以休息,可是失了群的大雁是随时都可能遭受危险的,它会处于一种很惊恐的状态。"有恨无人省",他有委屈怨恨但是别人谁都不知道。"拣尽寒枝不肯栖,寂寞沙洲冷",尽管如此,他也没有想过要委曲求全或者同流合污,"良禽择木而栖",就像凤凰非梧桐树不肯栖一样,他这里也是在说自己的品性高洁坚贞。"寂寞沙洲

## 第十六讲　千古风流人物——东坡及其词欣赏

冷",没人能理解他了,只有他自己在这里徘徊。

但是过了一段时间呢,东坡已经不是先前的那个很忧愁委屈的东坡了,他又变得旷达了,而且打算常住黄州,买了田地还要找个房子住,在跟朋友去看房子的路上忽然遇到了一阵急雨,他又写了一首词。当时他们都没有带雨具,同行的朋友都非常狼狈,只有他自己不在乎,觉得下了雨还会再放晴的,这就是东坡了不起之处,从一件小事儿中他也能找出哲理来,而且能够安顿人生的地方。

莫听穿林打叶声,何妨吟啸且徐行,竹杖芒鞋轻胜马,谁怕?一蓑烟雨任平生。　料峭春风吹酒醒,微冷,山头斜照却相迎。回首向来萧瑟处,归去,也无风雨也无晴。

他说"莫听穿林打叶声",这是风雨来了,"何妨吟啸且徐行",无所谓呀,不要那么狼狈,还可以从容安详地往前走。"竹杖芒鞋轻胜马,谁怕?一蓑烟雨任平生",如果找一句话来代表东坡的品格,我认为这句话就可以,风也好,雨也好,都没关系,一生都可以这样子度过。"料峭春风吹酒醒",春天寒冷的风,把他的酒给吹醒了。"微冷,山头斜照却相迎",阵雨过后太阳又出来了。"回首向来萧瑟处",回过头看刚才下雨的那个地方,"归去,也无风雨也无晴",也没有什么风雨,也无所谓晴,人生不就是这样子吗?你时时会碰到风雨,时时会遇到天晴,当遇到风雨的时候你会想到它总有晴的一天,当你遇到晴的时候你也要有所准备,所以东坡就是这样做的,他到黄州如此,最后到儋州也是如此。

东坡有一首诗说:

参横斗转欲三更,苦雨终风也解晴。云散月明谁点缀,天容海色本澄清。空余鲁叟乘桴意,粗识轩辕奏乐声。九死南荒吾不恨,兹游奇绝冠平生。

东坡到了海南是什么样的心态?在这南荒中九死一生我也不感到遗憾,因为这次出游对我来说比平生任何一次都有趣,我见到了那么多平常在中原见不到的东西。而且诗里面有这么一句,"云散月明谁点缀,天容海色本澄清",天上的明月有时候会被云给遮住,但是遮住了没关系呀,要相信那个云还会散开的,月亮仍然是那么皎洁,就像我这颗心一样,任何小人诬蔑我都没有用,总有一天他们多行不义必自毙,而我的品格终会显现出来的。

由于时间的关系,我就把我最想讲的《水调歌头》留到下次再讲给大家吧,今天课就到这里,谢谢大家。

# 第十七讲　风流总被雨打风吹去

郑　园

咱们现在开始上课,这一讲要讲的是南宋词。上次大家说要听一下吟诵,咱们就来听听苏东坡的《水调歌头》吧。这首词刚好上次也没讲,我就先简单地跟大家介绍一下,这首词是苏东坡在密州当地方官的时候写的,密州就是山东高密,他在下面的小序中也说了"丙辰中秋,欢饮达旦,大醉,作此篇兼怀子由",就是说他在中秋佳节喝酒喝得非常高兴,而且一直喝到了早晨,喝了个大醉,在酒后写出了这首词,同时也借此表达自己对弟弟子由的思念。之前我们也讲过他对妻子的感情是很深挚的,而他与弟弟的感情也很深厚,他们兄弟真正相聚的时间很少,但是他们的心意永远是在一起的,这一点非常感人,但是我们今天时间有限,只能讲这么一首词了。

历来的中秋词很多,但这首词出来以后有人评论说,"此词一出,余词尽废",就是说不管有多少人写过类似的中秋词,最好的一首就是它了,其他的词都比不了,简直不用再去读了。我们来看看这首词:

　　明月几时有,把酒问青天,不知天上宫阙,今夕是何年。我欲乘风归去,唯恐琼楼玉宇,高处不胜寒。起舞弄清影,何似在人间。　　转朱阁,低绮户,照无眠。不应有恨,何事长向别时圆。人有悲欢离合,月有阴晴圆缺,此事古难全。但愿人长久,千里共婵娟。

月亮每月一圆,在八月十五那晚它是最美的,所以古往今来的人们都喜欢在中秋佳节表达思亲念远之情,东坡也不例外。这首词他上来就说"明月几时有,把酒问青天",这个句子可以倒一下,变成"把酒问青天,明月几时有",他拿着酒杯问青天,这一轮明月是从什么时候开始有的呢?接下来他又问,"不知天上宫阙,今夕是何年",天上也有琼楼玉宇,今天它又到了哪一年呢?这个"今夕是何年"来自《诗经》,《诗经》里有一句话叫"今夕何夕,见此良人",就是说今天是一个什么日子呀,我看到你了,你正是我想见的那个人,他并不是具体地在问今天是哪一天,而是在感叹今天真是一个美好的日子啊。"我欲乘风归去,唯恐琼楼玉宇,高处不胜寒",也有一个版本叫"又恐",这都是一样的,我们这里选的是"唯恐"。天上这轮明月让我产生了非常美好的情意,我就想乘着一阵风到天上去看一看,但是中秋天气已经很凉了,如果我飞到天上去那可比地上还要冷。"高处不胜寒"的"不胜"就是禁不住、受不了,高处的寒冷可能更让我受不了的。大家注意这里有一个词叫"归去",他明明是一个人间的人,到天上去为什么讲"归去"呢?我们知道李白叫"谪仙人",东坡也是这样的,像他们这些人都被称为是文曲星下凡,所以他到天上去应该是"归去"。其实"明月几时有,把酒问青天"这几句就是来自李白的诗,"青天有月来几时,我今停杯一问之",但是李白的诗句式比较舒缓,不像东坡劈空而来那么简洁。紧接着他又说起"舞弄清影,何似在人间",既然天上去不了,那不

## 第十七讲　风流总被雨打风吹去

如喝了酒,舞一番剑来排遣一下内心的情绪吧,古时候的男子喝酒以后经常趁醉起舞的,我们可以想象东坡当时飘飘如仙的样子,这哪像是在人间啊。

底下接着讲,"转朱阁,低绮户,照无眠",这个"转"字用得非常好,过去说一个事物缓慢地变化,或者是时光的缓缓流逝就用这个"转"字。月亮慢慢地转过了红色阁楼,这是女子住的地方,在这里指的就是相思之人的居所,"低绮户"的"绮户"是雕刻着花纹的窗户,这时候夜深了,月亮已经很低了,已经到窗户旁边了。月亮照着的是什么人呢?是无眠之人,他怀着心事在明月之下也不能成寐。张九龄有一首诗也是讲月亮,他说"海上生明月,天涯共此时。情人怨遥夜,竟夕起相思"。这位情人也是有相思之苦的,他整个晚上都睡不着觉,在这么美好的夜晚更起了相思之念。东坡到这里又说了,"不应有恨,何事长向别时圆",他说月亮你不应该有什么怨恨的,可为什么总是在别人分别的时候那么圆呢?这句话问得非常无理,但看似无理,实则有情。所谓"天若有情天亦老"、"物是人非事事休",人们总是会去埋怨大自然,为什么?就是因为他自己有情,所以会把大自然这些无情之物也看成有情的。我上节课也说,东坡这个人特别善于在困境中发现适合自己的生存方式,他会用旷达的胸怀把一切不如意都消解掉,他想起自己心爱的弟弟时是很难过的,因为他们已经七年没有相见了,但是他能非常超脱地说"人有悲欢离合,月有阴晴圆缺"。人生欢乐的时间是比较少的,而痛苦离别则是非常多的,正如天上的月亮一样,这是大自然的规律,我们应该顺从这种规律,更何况"此事古难全",从古到今就没有解决过。所以我只能是怀着这种旷达的心情,"但愿人长久,千里共婵娟"了,就是说既然我们不相见,那么就各自

盼望着身体健康吧,只要抬头看到的是同一轮明月,即使我们相隔千里又怎么样。这就是苏东坡,你们看他有多么旷达,而且他这首词写得清丽婉转,不食人间烟火,他的弟子黄庭坚就说有一股仙气在里头。其实大家可以慢慢体会,这首词看起来写得很清简,实际上是很耐人寻味的。

我请大家来听一下这首词的吟诵,它跟演唱不一样,大家听着可能不是那么婉转动听,但它有一种古意在里头。有些东西不一定第一次听就能感到好,它可能是耐人寻味、值得反复咀嚼的。就像你认识一个人一样,一开头被吸引的,未必就能够长久,刚开始还对他有点看法的,可能慢慢地就觉得他好了。关于吟诵大家以后慢慢体会吧,我就是想告诉大家吟诵是这么一个东西,我们刚才听的好像是常州腔,它还有其他不同的腔,当然古谱已经不在了,当初是怎么唱的我们完全不知道了。

我们今天要讲的是南宋词,南宋有很多非常了不起的词人,我们只能挑两三个来讲。

先来介绍一下南宋词的大体走向。公元1126年,北宋的两个皇帝被金国掳走,公元1127年北宋就灭亡了,南宋也就开始了。北宋有一批人跟着朝廷过江南渡,这样一批词人就叫南渡词人。到了南宋中晚期大致有两派词人,一派是以辛弃疾为代表的辛派词人,另一派是以姜夔为代表的格律派词人。辛弃疾是爱国志士,他的词基本上承接的是苏东坡,辛词的题材很多,词风博大豪迈,有一种英雄豪杰之气。而姜夔更讲究词艺,注重词在艺术上的提高和完善,他的词写得也非常好,但是我们今天就不讲他了,大家有机会的话可以看一看姜夔词。

我们先来看南渡词人,它的代表是李清照。李清照是山

## 第十七讲 风流总被雨打风吹去

东济南人,济南以前叫历城,她号易安居士,传下来的词叫做《漱玉词》,大概有五十多首。她还曾经写过一篇《词论》,提出了词"别是一家"的说法,认为词并不是诗的附庸,她提高了词的地位,这是很重要的一点。而且李清照批评了晚唐李煜到北宋诸大家的词,有的人就对她很不满,尤其因为过去人重男轻女,就觉得李清照你凭什么这样子说,连苏东坡你都批评,而且批评得太苛刻了。不过李清照确实很有才华,词写得确实好,后来的辛弃疾也在自己的词中写"效易安体",可见她的词都已经好到有名家来效仿了。古代的才女是非常多的,不过通常她们不太有机会显露才华,我们光看一部《红楼梦》里面就有不少才女,而且据说《红楼梦》中很多人物都是有现实原形的。但是我们在这里讲李清照并不仅仅因为她是才女,她的才华实在太高了,南宋的人评价她就说,这个人不仅压倒巾帼,而且是不让须眉,她不仅在女子里面是第一流的,而且并不逊于男子。

李清照是名门之后,她的父亲李格非是当朝重臣,文学修养很高,以前还曾经追随过苏东坡,是苏门后四学士之一。李清照的母亲也是名臣之后,有很高的文学修养。在这样的家庭环境里培养出来的女子不仅有才华,而且是有格调、有见解的。李清照在南渡的时候曾经写过一首叫做《乌江》的诗,"生当作人杰,死亦为鬼雄。至今思项羽,不肯过江东。"你看这是一种什么气派呀,一般男人也比不上。她说做人就要顶天立地,她非常痛恨南宋朝廷的无能懦弱,所以才赞誉项羽。因为项羽明明可以回去江东的,但是他非常有英雄气概,不愿意苟且偷安,觉得自己的失败无颜面对江东父老,所以就自杀了。李清照就觉得我们应该像项羽这样,不能苟且偷安,应该去坚决地抗击敌军,收复失地。但是她一个女子

说话是没有分量的,只能在诗里发泄一下罢了。

我们再来看一下她的感情生活。有人把婚姻分成四等,第一等婚姻叫做可意,第二等叫做可过,第三等叫做可忍,第四等叫做不可忍,如果照这个等级分呢,李清照的婚姻应该算是第一等的可意了。她的丈夫叫做赵明诚,赵明诚的父亲在朝中做着非常大的官,而且他的文学修养非常高,很爱读书,他们门当户对,夫妻情意相投,两个人能够有思想上的交流。这本来是极好的,可是世间不如意事常八九,南渡之后赵明诚去世了,李清照就一个人孤独终老。后面也有人考证说她改嫁过,是否改嫁了这个都没有证据,即使她改嫁了那个婚姻也没有维持很久,而且并不幸福,这个我觉得不用去管它,因为这对她的人格没有任何的影响,我们也不要对这个事情太好奇。

那么我们就来看一下她的词,我们先看她前期的词,然后再看她后期的词,她的词前后期的分别就在于南渡,时代的变迁、人生的变化对她有很大的影响。

她的前期词是这首《醉花阴》:

昨夜风疏雨骤,浓睡不消残酒。试问卷帘人,却道海棠依旧。知否知否,应是绿肥红瘦。

当时他们夫妇俩的感情非常好,但是赵明诚要门去游学或者做官,两个人不能老是依随在一起,所以李清照就经常写一些词寄给赵明诚来表达她的相思之情。有一次她就寄了这么一首《醉花阴》,赵明诚一看觉得妻子写得太好了,他有心跟妻子比一比,所以三天三夜不睡觉,写了五十首词,把李清照这首词夹在里头,然后请他的一个好朋友来评定哪首最好,那个朋友看了半天,说"只三句绝佳"。哪三句呢?就

## 第十七讲　风流总被雨打风吹去

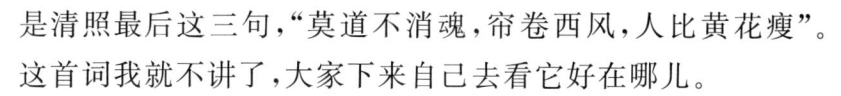

是清照最后这三句,"莫道不消魂,帘卷西风,人比黄花瘦"。这首词我就不讲了,大家下来自己去看它好在哪儿。

我们来看另一首《一剪梅》,这也是赵明诚出远门,他们俩难舍难分,李清照找了一个锦帕,把这首词题在上面,这个故事很浪漫:

> 红藕香残玉簟秋,轻解罗裳,独上兰舟。云中谁寄锦书来,雁字回时,月满西楼。　花自飘零水自流,一种相思,两处闲愁。此情无计可消除,才下眉头,却上心头。

这首词格调非常的清雅,我们简单地讲一下。"红藕"就是指的荷花,"香残"是说荷花要凋谢了,这已经是秋天了。"玉簟"是形容竹席像是用玉丝编成的一样,而且你看她用词用得很好,她不用"玉簟凉",而用了这个"秋"字,这就让人觉得意味深长,而且读起来字面上非常美。"轻解罗裳"的这个"裳"是古代女子的裙子,在这里指的是衣服,"独上兰舟",她换上便装走到了木兰舟上,泛到荷塘里去了。为什么泛舟泛到荷塘里呢?我的理解是古人总会受前人诗词的影响,她一定是读过《古诗十九首》的"涉江采芙蓉"才会这样写的,那首诗也是讲相思之苦的。清照在这里是用了一个古意,意思就是说虽然荷花已经谢掉了,但是我还是愿意用它来寄托我的相思之情。接着她又说,"云中谁寄锦书来,雁字回时,月满西楼",古人有鱼雁传书的说法,把鲤鱼肚子剖开里面有对方写的书信,这个很特别。还有一种说法是把书信附在雁足上,让南来北往的大雁充当信使,清照就是看到了天空中的大雁,心里想难道是你给我寄来书信了吗?这个时候恰好"月满西楼"。刚才我们讲《水调歌头》,也写到月光照满了朱

阁的景象，在这时候有心事的人往往就会"竟夕起相思"了。

下片讲"花自飘零水自流"，这就是我们第一节课强调过的"过片"，过片很重要，它使下片跟上片联系了起来。为什么说花自飘零呢？对，就是因为上面讲到"红藕香残"，古人经常用花的飘零、水的流逝来写青春的改变。李清照要表达的就是自己空房独守，不能跟爱人常在一起的悲哀。"一种相思，两处闲愁"，我跟你两个人心意相合，我想君时君思我，两处都在悲愁。"此情无计可消除"，可是我也没有办法消解离愁别绪，我刚刚舒展了眉头，心里又再次充满了离愁。你看她这个词写得非常美是不是？我们读起来觉得字面很美，意境也很美，这就是清照早期词的风格，她写得很高雅脱俗、清丽婉转，是婉约词宗。但是这毕竟是一个没有经历过大的悲伤的人写出来的"闲愁"。

到了后期李清照就完全就不一样了，她的父亲死了，丈夫死了，她自己得了一场大病也几乎要死了，病好以后身体也非常虚弱。她一生中辛苦收集的文物，大半毁于战火，剩下的一点儿又被小偷给偷走了，她真是国破家亡，孑然一身了，南渡之后到了陌生的环境，身边连一个熟悉的人都没有，这是常人都无法忍受的痛苦，更何况清照本身就是一个内心情感非常丰富，也非常敏感的人，这样的人所受的痛苦一定是加倍的。那我们就来看一下她晚期的代表作《声声慢》，这首词是李清照五十二岁的时候写的。

寻寻觅觅，冷冷清清，凄凄惨惨戚戚。乍暖还寒时候，最难将息。三杯两盏淡酒，怎敌他、晚来风急。雁过也，正伤心，却是旧时相识。　　满地黄花堆积，憔悴损，如今有谁堪摘？守着窗儿，独自怎生得黑。梧桐更

## 第十七讲 风流总被雨打风吹去

兼细雨,到黄昏、点点滴滴。这次第,怎一个愁字了得!

这首词一读之下大家印象最深的地方是哪里呢?就是它这个叠字,是不是?它一开始就来了十四个叠字,"寻寻觅觅,冷冷清清,凄凄惨惨戚戚",之前从来没有人这样写过,也没有人敢这样写,而且清照不是刻意求工,这是非常合乎她当时情绪的。她寻觅的是什么呢?这样一个孤独之人,几乎失去了一切,在寂寞的时光中她的动作好像是在寻觅,但其实是内心彷徨不安的表现,她也不知道自己在找什么,是在找故国吗?在找故乡吗?找过去的那些柔情蜜意吗?一切都已经找不着了。所以底下紧接着说"冷冷清清",这"冷冷清清"既是说环境,也是说自己内心的孤独,真是"凄凄惨惨戚戚",这下面的词句都是在这么一种心情下写出来的,她全是用的白描笔法,写的真是如在目前。"三杯两盏淡酒,怎敌他、晚来风急",李清照是个才女,她也有名士的风度,在她的词里出现过很多次"酒",她和赵明诚当初也经常斗茶斗酒,不过现在只剩了她一个人在这里孤独地喝酒了,而且酒味太淡薄了,既不能消解她内心的痛苦,也敌不过晚来凄厉的秋风。刚才我说她是个婉约词人,婉约就是不直接地去写,她明明是想要写自己很愁苦的,但是她偏不写,我们知道酒能解愁,她写酒实际上就是想用酒来浇自己心中的块垒,不过酒也浇不了,而且是"怎敌他、晚来风急"。接着说什么呢?"雁过也,正伤心,却是旧时相识",她说这个大雁可是她旧时相识的,为什么呢?我们刚刚讲过她的另一首词,多少次他们夫妇分离的时候,她都是望着大雁想着"云中谁寄锦书来"的,所以现在看到大雁就想起了过去的时光。并且大雁南来北往的,她自己也是一个被迫南渡的北方人,有很多的不习惯,所以看着大雁也觉得这是她旧时的相识,那么她内心的愁苦你们可以想见,"正伤心"也是大雁勾起了她的伤心。

　　下片紧接着,她把目光从远方天空的大雁收回到了目前,目前是什么呢?"满地黄花堆积"。"黄花"指的是菊花,菊花已经"憔悴损",落了一地了。刚才我们还提到她的"人比黄花瘦",那个是相思之苦,是"为伊消得人憔悴",现在可不是瘦,也不只是憔悴了,现在已经是五十二岁的老妇人了,"如今有谁堪摘",是在说摘菊花呢,还是在问还能有谁会来怜惜她?好像是在说花,同时也是像在说人,花和人是一体的。"守着窗儿",因为没有人邀约她,没有熟人在这儿,所以她只好一个人从早到晚坐在床边触目伤情。"独自怎生得黑",就是说怎么才能挨得到天黑呢,因为从早到晚都这么寂寞无聊,对于欢乐的人来说总觉得春宵苦短,但对于痛苦的人来说一分钟一秒钟都是难挨的,李清照想过去是伤情,想未来是毫无希望,对这样一个人来说时光就是非常重的负累。我们再想想李煜的"春花秋月何时了",春花秋月是极美好的事情,可是他却带着无奈,带着不耐烦,满心想着的都是这什么时候才是个尽头呢,因为他也是在挨时光,他也是一个没有未来、没有希望的人。而且大家看这个"怎生得"用的是当时口语,李清照的词朗朗上口,她从来不用那些很晦涩的词,她总是把口语用进去,而且不会让人觉得浅俗,就是既让人读得懂,又不损伤她清雅的格调。大家觉得这样的情景已经是难以忍受的了,结果她还没有完,还继续说"梧桐更兼细雨",就是到了黄昏的时候,梧桐叶上又滴落了细雨,大家可以想想黄昏时候的落寞,再加上下着雨,那种心情太难受了,这点滴的细雨像是打在心头一样。到这时候她的感情已经郁结到已经不能再郁结、将要喷涌而出了,这也很像李煜

## 第十七讲　风流总被雨打风吹去

的写法,李煜也是在郁结到最后的时候说"恰似一江春水向东流"一泻而下的,她则是说"这次第,怎一个愁字了得"。这就是李清照晚年的词,写的很凄凉,基本上就是她当时生活的写照,而且她用词很好,那种格调不是一般人所能达到的。

好了,清照就给大家讲到这里,我们下面再来看一个李清照的老乡辛弃疾。他也是济南人,而且还有人把他们俩拿出来放在一起,说他们是"二安",为什么呢?李清照号易安居士,辛弃疾字幼安。辛弃疾是两宋词人中写词最多的,他写了六百多首词,第二名是苏东坡,写了三百六十二首。辛弃疾的词不但数量多,而且题材内容也很丰富,不过我们今天只能挑他的几首词来讲。

辛弃疾是一代英豪,英雄豪杰之气在他身上表现得最是淋漓尽致。在他出生前十三年的时候北宋灭亡了,他的家人没有像李清照那样跟着朝廷南移到杭州去,他们家累太重,就一直在沦陷区里生活。他的祖父也是一位爱国志士,从小就跟他讲要收复中原,经常带着他到处走,指点给他看那些都是我们的失地,将来有一天你有了机会就一定要来做这件事情,像东坡的母亲一样,辛弃疾的祖父也给他种下了一颗爱国的种子。

在辛弃疾二十岁的时候他到金国的首都去赶考,也就是现在的北京,他的祖父就告诉他说一定要沿路多留意地理形势,多做些地图,将来有一天会用得着。在他二十二岁这一年,金国内部发生了变乱,北方有一个叫做耿京的农民带着两万人揭竿而起了,当时辛弃疾也已经聚集了两千义士,他听到消息之后立刻带着人马投奔了耿京。这一点是非常难得的,因为辛弃疾是个士大夫,古时候的知识分子经常会觉得农民的头脑比较简单,而辛弃疾并没有觉得自己在耿京手

下会委屈了自己,他只有一个心事,那就是收复中原。辛弃疾到了耿京那里之后,耿京也非常高兴,就请他做了掌管文书的书记官,这个职务是很重要的,这是掌管军事机密,草拟文书的。辛弃疾就跟耿京提建议,他说咱们这样做是不行的,我们必须要跟中央政府联合起来,耿京很信赖他,就派他去见高宗皇帝了。辛弃疾带了几个人去见了高宗,高宗当然非常高兴了,还给了他们一些赏赐,这样就算是联系上了,于是辛弃疾就又回来了。

可是在北回的时候他听到了一个消息,耿京的部队里出了一个叫张安国的叛徒,他被金人收买了,杀了耿京以后还把几万人的起义军解散了,而且当辛弃疾回来的时候张安国已经当上地方官了,手中还有军队。诸位,你们知道在这种时候辛弃疾是怎么做的么?辛弃疾真是一位豪杰之士,他带了五十精兵,毫不犹豫地夜闯张安国五万兵马的军营,并且活捉张安国,一路把他绑在马上带去高宗面前正法。我可不是在编故事,这是在公元1162年发生的震动一时的大事。

我们可以想象,这样一个有智慧、有胆气的人,又这么爱国,他终于南归了,南宋政府得多重视他呀?辛弃疾也是这样认为的,他到了南边以后就给高宗上书,写了十论九议,就是很多具体的治国和带兵方略,他不是一个空言的人,他跟东坡一样,是经过了一番深思熟虑才上的奏章。可当时的南宋是一个什么情景呢?我这儿还有一个地图,请大家先看看,这里是北宋,北宋的都城是在河南开封,这是南宋,以秦淮一线为界是金,你看金国占了多大的领地,大家再看看唐代有多大。再看一个让大家更为之振奋的地图,元是我们版图最大的,那时候已经打到欧洲去了,很厉害。南宋有一个诗人,写过《题临安邸》,这个"临安"就是杭州,"邸"就是旅

## 第十七讲 风流总被雨打风吹去

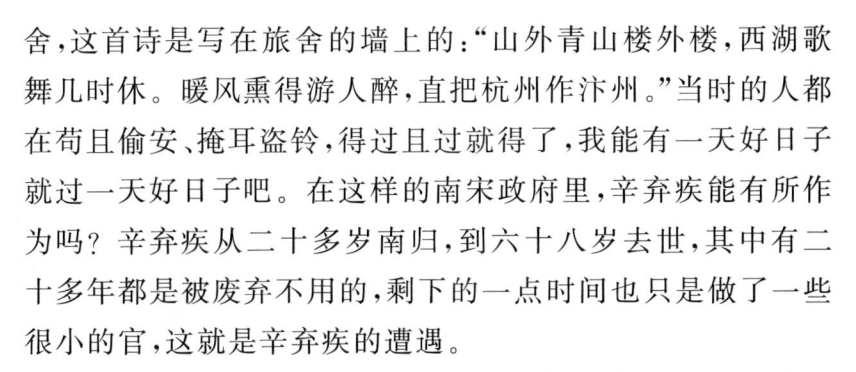

舍,这首诗是写在旅舍的墙上的:"山外青山楼外楼,西湖歌舞几时休。暖风熏得游人醉,直把杭州作汴州。"当时的人都在苟且偷安、掩耳盗铃,得过且过就得了,我能有一天好日子就过一天好日子吧。在这样的南宋政府里,辛弃疾能有所作为吗?辛弃疾从二十多岁南归,到六十八岁去世,其中有二十多年都是被废弃不用的,剩下的一点时间也只是做了一些很小的官,这就是辛弃疾的遭遇。

辛弃疾在晚年的时候曾经写过一首词,当时是有一个人在他面前慷慨激昂地表示要建立功名,可是对于辛弃疾来说他二十多岁就已经建立功名了,如今已经看够了世事沧桑,心中含着无奈和悲哀写下了"却将万字平戎策,换得东家种树书"。多么悲凉呀,当年他上书给皇帝的十论九议有什么用呢,还不如我种点树呢。这是他闲居在家的时候写的,这时候他给自己起了个名号叫做"稼轩","稼"就是稼穑,是耕种的意思,他说要在家安心当农民种树种田了,这个跟苏东坡是一样的。我有时候想这个南宋怎么能不灭亡呢,你看看连这样子的人他都不用。

我们来看他的这一首词《丑奴儿》,这是他闲居的时候写的,"书博山道中壁",是他题在路边山壁上的。这首词很简单,但是它意味深长:

少年不识愁滋味,爱上层楼。爱上层楼,为赋新词强说愁。　而今识尽愁滋味,欲说还休。欲说还休,却道天凉好个秋。

上下片有很明显的对比,是少年和如今的对比,有愁和无愁的对比。在这么强烈的对比之下他想说什么呢?他想说的东西是说不出来的。为什么?大家也有这样的感受吧,

在人生经历了很多沧桑以后,你想说什么能很顺利地说出来吗?不会的,因为千愁万绪剪不断理还乱,所以只能说说天气怎么样了,就是这样子的。

辛弃疾有一个好朋友叫做陈亮,也就是陈同甫,这个人跟辛弃疾从青年时代起就是好朋友,他们俩志趣相合,都是爱国志士,而且一样不受重用,命运非常坎坷,辛弃疾当时是被罢弃在家里做农民的,陈亮更惨,他被投入了监狱。这一天陈亮出狱了,他跑来找辛弃疾谈一谈,辛弃疾就写下了这首词《破阵子·为陈同甫赋壮词以寄之》。

这两位英雄豪杰在一起干什么呢?喝酒吧。两个人酒喝多了气势就来了,就像苏东坡《江城子》里说的"酒酣胸胆尚开张",陈亮看到辛弃疾的墙上挂了一把剑就舞了一场,辛弃疾当时很感慨,说剑啊,你今天才算是遇到知己了。这把剑其实也是他自己,因为剑不能杀敌,只能挂在墙上落灰,辛弃疾也是没有人来管他的。

我们来看他的词是怎么写的:

> 醉里挑灯看剑,梦回吹角连营。八百里分麾下炙,五十弦翻塞外声。沙场秋点兵。 马作的卢飞快,弓如霹雳弦惊。了却君王天下事,赢得生前身后名,可怜白发生。

这个"挑灯"是因为过去的灯是油灯,需要把灯捻子挑亮。挑灯干什么呢?想看看他的剑,想要杀敌。"梦回吹角连营","角"是军队的号角,他在梦中又回到军营里去了,而且这个"吹角连营"很悲壮,气势非常大。"八百里分麾下炙",这个"麾下"是指军旗,"八百里"是指牛,东晋有一种很珍贵的牛叫八百里驳,"炙"就是烤肉,士兵们早上起来就在

## 第十七讲 风流总被雨打风吹去

军旗下大口吃肉,大口喝酒,气势非常豪壮。"五十弦翻塞外声",我们知道"锦瑟无端五十弦,一弦一柱思华年",那是很悲哀的,但是这里讲的是种悲壮的情绪,"五十弦"指的是军中的各种音乐全部响起来,"翻"就是演奏。大家注意这里,为什么你们会觉得它的气势非常雄壮呢?因为除了景象豪壮之外,他还用了倒装的方法,把"八百里"和"五十弦"给提到前面去了,这样就显得很紧凑,很有气势了。大家可能也会写写诗词,那么就可以多注意一下这些细节。这个场景是在"沙场秋点兵",这样做了一个收束,非常好。下面是具体描写他作战胜利的情景了,"马作的卢飞快","的卢"是一种骏马,据说当年刘备就是靠这匹马脱险的。"弓如霹雳弦惊","霹雳弦惊"就是说弓拉满了,那个弦放开的声音像霹雳雷电一样响亮。这是讲壮士打仗时的激烈情景,他只用了的卢马和霹雳弦两个典型场景就给写完了。接着他说"却君王天下事",这个"君王天下事"是什么?就是抗金收复中原。"赢得生前身后名",就是要建功立业。这一切都非常好,既完满又非常有气势,显得很壮丽,可是他骤然一转,"可怜白发生"。前面的九句都是他的梦想,但是到了第十句幡然而醒,这一切只是一个美梦而已。你们看看这个老英雄多么壮烈,又是多么悲凉,这就是辛弃疾。

我再给大家讲一个辛弃疾的故事,大家就可以知道他真的是一位豪杰了。辛弃疾被闲置在家二十多年,但是有时也当过一阵小官。他这个人跟东坡很像,所以古人常并称"苏辛"是有道理的,他也是你不给我做事情的机会就算了,有了机会我就要做出点事情来。他去湖南当官做的第一件事就是建飞虎营,训练军队来抗金。建军队要花很多的钱,他在做的过程中就有人告他了,说他就是在浪费国家的钱。于是

皇帝就下了一道金牌，让他立刻停止，不许再做了。大家知道南宋还有一位英雄，就是岳飞，他当年已经要直捣黄龙府了，结果皇帝的金牌把他追了回来，最后就义风波亭。辛弃疾不一样，他把金牌藏起来，藏起来以后命令当地的老百姓，让大家立刻把屋顶上、水沟里的瓦，全给揭下来，三天之内飞虎营就建成了。这个时候辛弃疾才把金牌拿出来，上了个奏章说皇帝对不起，我接到你的金牌了，但是飞虎营已经盖好了。这个飞虎营当时影响非常大，在抗金的过程中起了非常大的作用。我有时候想辛弃疾这个人他值得吗？他这样子一辈子忠心耿耿，却被弃置不用。但是我想他也值得，他虽然壮志未酬，但是他的精神到现在还烛照着我们，就像辛弃疾、苏东坡、李白、杜甫那些先贤一样，让我有时候都觉得身而为一个中国人是非常幸运、非常美好的。后来南宋朝廷不听辛弃疾的话，打了一个大败仗，他六十八岁饮恨而亡，而且在临终前还在大喊"杀贼"，所以我们说多少风流人物就是这样子被"雨打风吹去"的，好在他们的精神在千百年后仍能够烛照着我们，让我们从他那里能够得到一些安慰、一些启发，这已经是非常好的了。

还有一点时间，我们来讲一下陆游的一首词，这首词大家耳熟能详，但是我讲它是为了讲后面很长的一个故事。

陆游比辛弃疾大十五岁，应该说是辛弃疾的前辈了，陆游非常看重辛弃疾这个人，非常欣赏他，他们俩有过一次相会，陆游还写过一首诗给辛弃疾来勉励他。陆游和辛弃疾很相似，他也是非常爱国，诗写得也很好，他"六十年间诗万首"，诗的数量也非常多。梁启超在读他的诗的时候非常感慨，说"诗界千年靡靡风，兵魂销尽国魂空。集中什九从军乐，亘古男儿一放翁"。这个"放翁"是陆游的号，他说现在的

## 第十七讲 风流总被雨打风吹去

人都没有什么精神支柱了,真正的男子汉大丈夫也就是一个陆放翁。为什么呢?因为他集子里十篇中有九篇都是写的军营乐事,一般人谈到从军都会想到从军苦,可是陆游很豪迈,他写的都是从军乐。他的绝笔诗是写给儿子的《示儿》诗:"死去元知万事空,但悲不见九州同。王师北定中原日,家祭无忘告乃翁!"就是说我知道人死后一切都成空,但是看不到收复中原仍旧让我悲伤,假如有一天我们的军队能够平定北方,到了那天你们在祭祀的时候别忘了告诉一下你们的老父亲。从这首诗我们就可以看出他的一生系于何处。鲁迅先生曾经说过,"无情未必真豪杰,怜子如何不丈夫",就是说没有感情的人不见得他就是真豪杰,反过来说真正的豪杰他一定是一个多情又深情的人,"怜子如何不丈夫"也是这个意思,就是说要对儿女有亲情。那么陆游就是这样的人,他对祖国有这么深厚的情义,对他的亲人、爱人也有着同样的深情,这些感情是相通的。

  陆游那段爱情故事我想大家都知道,他跟妻子唐婉是表亲,陆游的母亲是唐婉的姑姑,他们俩青梅竹马,情意相投,婚后很恩爱,但是不知道唐婉怎么得罪了她的姑姑,她的婆婆非常不喜欢她,要求陆游把唐婉休掉。我们知道在古代"百行孝为先",他再和唐婉相爱也不能违抗母亲的旨意,所以只能劝唐婉回去了。在陆游三十一岁那年的春天他来到了沈园,这个地方很美,很多人都到这里游春,结果他就碰到了唐婉和她改嫁后的丈夫,大概那个时候陆游也已经结婚了,可是当年的感情并没有改变。唐婉的丈夫倒是非常通情达理的,唐婉告诉丈夫以后,他让唐婉给陆游送过去了一些酒菜。陆游看到唐婉以后,在极度悲痛之下写了一首词,题在沈园的墙壁上,这首词就是《钗头凤》,虽然大家都熟悉,我

们还是一起重温一下。

  红酥手,黄縢酒,满城春色宫墙柳。东风恶,欢情薄,一怀愁绪,几年离索。错!错!错! 春如旧,人空瘦,泪痕红浥鲛绡透。桃花落,闲池阁,山盟虽在,锦书难托。莫!莫!莫!

这首词的大意我想大家一看就明白了,可这首词最打动你的是哪里呢?就是那上下片最后的"错!错!错"和"莫!莫!莫!"吧?人在极其悲苦、欲说还休的时候,他吞吞咽咽,想说又说不出来,想吞下去又吞不下去,所以只能这样来表达了。

上半片讲的是他们相聚的场景,"红酥手,黄縢酒",你看他这个场景描写得非常好,词一定要用最简约、最经济的字数来表达最丰富的情感。这是唐婉来给他送酒菜了,他用了这么一个特写镜头,说是红润的手来给他端了一杯酒,来劝他饮。我们记得以前学韦庄的词,"垆边人似月,皓腕凝霜雪",这也是一个特写镜头。这本来应该是很美好的一个春天,一切都生机盎然,可是陆游说"东风恶,欢情薄",他的情绪太坏了,连使一切复苏的春风都让他觉得恶。这个词用的这么重,为什么?因为一切都可以复苏,但是他们的感情没法复苏了。一切都是错,我跟你的分离是错,我现在跟你相见仍然是错,这一切都是错。所以他下片说唐婉非常消瘦,而且哭的手帕都湿了,我们"山盟虽在,锦书难托",使君有妇,罗敷有夫了,我能再给你传递消息吗?不能了。所以莫再想了、莫再说了、莫再提了,一切都算了吧。

陆游对唐婉是这样的感情,唐婉对他也是同样的深情。唐婉看了他的词以后也写了一首和词,她这首词表达了自己

## 第十七讲 风流总被雨打风吹去

内心的孤苦、悲伤,和无人可以哭告的痛苦:

> 世情薄,人情恶,雨送黄昏花易落。晓风干,泪痕残,欲笺心事,独语斜阑。难!难!难! 人成各,今非昨,病魂常似秋千索。角声寒,夜阑珊,怕人寻问,咽泪装欢。瞒!瞒!瞒!

我不用讲大家都能看明白这首词。就在沈园相会的几年之后,唐婉就抑郁而亡了。

本来这个故事也就这样结束了,但是陆游真是一个非常深情的人。人在年轻的时候如果爱上一个人,你可能会想到为他而死,当时的感情是非常热烈的,但是过了一段时间之后这个感情就会淡下来,这也是人之常情。不过陆游的感情并没有随着时间的流逝而消减,他永远深藏着,把对唐婉的感情带到了人生的尽头。

> 枫叶初丹槲叶黄,河阳愁鬓怯新霜。林亭感旧空回首,泉路凭谁说断肠。坏壁醉题尘漠漠,断魂幽梦事茫茫。年来妄念消除尽,回向蒲龛一柱香。

这首诗是沈园相会之后三十七年写的,这一年陆游六十八岁,诗的题目也讲到了沈氏小园,他在这里说那是四十年前的事了,不过这个"四十"是一个成数,并不是实指。他说,多年之前我曾经写了一首词题在沈园的墙上,现在又到了沈园,但已经物是人非,连这个园子都已经三易其主了,我读了当年题下的那首词想到过去的情事,心里一阵怅然。"枫叶初丹槲叶黄,河阳愁鬓怯新霜",这是秋天的景象,枫叶和槲叶都变红或变黄了,"河阳愁鬓"是一个典故,是说我的鬓边又添了几根白发。"林亭感旧空回首,泉路凭谁说断肠",是

说我在沈园的林亭里感怀旧事,也只是空回首罢了,因为我所思念的那个人在几十年前就已经归于黄泉了,谁能替我向她诉说我这一片凄凉相思之情呢。"坏壁醉题尘漠漠,断魂幽梦事茫茫",沈园的墙壁都已经毁坏了,我当时喝醉了酒,题在上面的字也被灰尘蒙住了,时光已经过去了这么久,而我这一片断魂仍在,我对你的这种思念只能藏在深幽的梦里了,而那些往事又终究是不可追忆的。"年来妄念消除尽,回向蒲龛一炷香",是说我年龄大了,经历了这么多沧桑了,过去的那些欲念也渐渐地消除尽了,我就向着佛龛为你上一炷香吧。

又过了七年,这时候陆游已经是七十五岁的老人了,他又一次来到沈园,写下了两首绝句。

> 城上斜阳画角哀,沈园非复旧池台。伤心桥下春波绿,曾是惊鸿照影来。

我眼睛看到的是城墙上即将落下的夕阳,我耳朵听到的是角声的哀鸣,在这一片凄凉中我又来到了沈园,可是沈园已经不再是过去的那个样子了。这其实是一个春天,春天总是能够给人带来希望的,这桥下的春波也绿了,可是我看着这绿色却觉得触目惊心,为什么呢?因为这水曾经照过我爱的那个人的曼妙身影。"惊鸿照影"是说美女临流照影,把天上飞的大雁都惊着了。

第二首:

> 梦断香消四十年,沈园柳老不吹棉。此身行作稽山土,犹吊遗踪一泫然。

是说唐婉已经死去这么多年了,她的香气、她的身影,她

## 第十七讲　风流总被雨打风吹去

曾经有过的一切都已经消散了，就连沈园里的柳树都已经老到了不再吹柳絮了，可我还在这里思念你。我这把老骨头已经七十五岁了，我也快要归入尘土了，但是我还在这里凭吊你、思念你，为你落下了伤心的泪水。

有人评价这三首诗是"无此绝等伤心之事，亦无此绝等伤心之诗。就百年论，谁愿有此事？就千秋论，不可无此诗"。这个诗写得太感人、太美好了，即使我们都不希望有这样伤心的事情发生，可是应该有这样的诗存在。

这个故事还没有结束，陆游对这段感情真的是终老不忘的。他八十一岁走不动路，再也不能到沈园去了的时候，又在梦中重游了沈园，写下了两首绝句。

> 路近城南已怕行，沈家园里更伤情。香穿客袖梅花在，绿蘸寺桥春水生。

我走到城南就已经很不安了，为什么呢，因为城南是有沈园的。这已经是冬去春来的时候了，因为梅花的香气已经笼罩在游客的袖中了。沈园中那座桥下的水也又一次绿了，我的情意还在，我仍然没有忘记怀念沈园里的旧梦。

第二首：

> 城南小陌又逢春，只见梅花不见人。玉骨久成泉下土，墨痕犹锁壁间尘。

这就是所谓的"人面不知何处去，桃花依旧笑东风"了。不过这里说的是梅花，梅花代表一种很高洁的一种品格，这里用来象征他的爱人唐婉。上节课我们讲过苏东坡也是用梅花来象征朝云的。可是他接着说，我只看到了梅花，却看不到像梅花一样的你了。你的骨头可能都已经化成土了，但

见证着我们情事的那首词还写墙上,提醒着我们曾经发生过的一切。

陆游是八十五岁去世的,他最后一次写诗纪念自己和唐婉是在八十四岁的时候。诗的题目是《游春》,大概在这一年他身体又好起来了,又在写春天了:

> 沈家园里花如锦,半是当年识放翁。也信美人终作土,不堪幽梦太匆匆。

沈园里的春天又来了,园中繁花似锦,这沈园里的花有一半都是当年见证过你我情事的。我也相信每个人的生命都会归为一抔黄土,但我还是心有不舍,我舍不得的是这一场幽梦,这藏在沈园里的幽梦这么短暂,它难道也要随着我的生命逝去吗?

通过这些我们可以看到陆游是一个什么样的人,所以我们这堂课的主题是"风流总被雨打风吹去",不管你是为了国家大义,还是为了儿女之情,一切往事都会逝去的,不过总会有些什么能够留给我们。我们这三堂课只是概要地讲解了唐宋词,我在这里抛砖引玉,希望大家能够对我们的传统文化有一种亲近感。这样,我的目的就达到了。

最后我想对大家说,人生不如意事十有八九,所以我希望大家少一点儿"一江春水向东流"的哀愁,多一点儿"一蓑烟雨任平生"的洒脱,最后我祝愿大家"但愿人长久,千里共婵娟"。

# 第十八讲　元杂剧
## ——关汉卿《窦娥冤》

李　简

　　上次课上大家都说想听一听音乐，那我就为大家播放三首北曲吧，第一首是张养浩作的散曲《潼关怀古》，第二首是马致远《秋思》套曲中的最后一支，叫做《离亭宴上》，第三首是今天我们要读的关汉卿《窦娥冤》中的两折。刚才的那首《潼关怀古》是傅雪漪先生唱的，傅先生在这方面造诣很高。下面有先生问这个为什么有点像昆曲，我觉得您提的问题非常好。北曲产生在元代，元代的北曲怎么唱，我们也看不到什么材料了，所以并不知道它的节奏和旋律。我们现在有一些工尺谱，但是工尺谱都是没有节奏和旋律的，怎样破译工尺谱就是见仁见智的事情了。比如说，我们刚才听的马致远这一首就是北昆名家傅雪漪先生根据《九宫大成》作的。这个《九宫大成》是清人在公元1746年编成的，它保存了一部分南北曲的曲谱，连金代董解元的诸宫调都有，地位是非常重要的。但是我们仍旧不能肯定这些曲子在元代就是这么唱的，尤其是这些北曲可能也已经南曲化了，我们只能希望这些音乐材料是宫廷中保留的，它可以更近于当初的原貌。我们刚才听了两首北曲，大家现在觉得它和昆曲相近，其中的原因也不好说，也许它当初就是这样的曲调，也有可能是后来才发生了变化。我们听到的《窦娥冤》中最后的这一支

就是昆曲,它是苏昆的张继青演唱的,这完全是戏曲中的一个片段,它是昆曲里的北曲。由于时间的关系,音像资料只能给大家播放到这里了,我们今天要接着讲剧曲。

今天印给大家的材料上面第一首就是商挺的《潘妃曲》,这也是因为上次有先生说,他觉得这种俏皮的曲子很有特点。我也觉得元代散曲里写风情的这一部分俏皮活泼,的确是非常好的,我印给大家的是很有代表性的一首,它很有元散曲中独有的那种蛤蜊味、蒜酪味,让人觉得很坦率。

我们今天要讲的是杂剧,杂剧剧本和昆曲剧本、传奇剧本是不同的,我们如果能够完整地读完一本当然最好,但是时间比较短,就算只抽出一折来读时间已经不够。所以我就先为大家简单地介绍一下杂剧剧本的特点吧。

其实说起来一个杂剧的剧本并不长,和《长生殿》或者《牡丹亭》不一样,那种一个剧本就有五十几出,现在出版的印刷铅印本有半寸厚,元杂剧是比较短的。一本元杂剧通常由四折组成,有的杂剧会在四折之外再加一个楔子,还会在剧本结束的时候列一个题目正名,但这也不是每本杂剧都有的。什么叫"折"呢?我们上次讲过套曲,实际上"一本四折",就是一个剧本中有四个套曲,这个"折"是音乐上的概念,同时它也是情节上的段落,四折就是把一个剧本在情节上分成了四段,而且在每一折里还可以再分若干场,像我们今天看戏一样,舞台上演员从台上下去,成为空台,这就是一场,杂剧里也一样。"楔子"是很短的一个片段,有时只有一两支曲子,可以放在剧本的开始作为序幕,也可以放在折与折之间作为过场戏。通常来说,元杂剧在中国传统剧本里属于非常短的,比它早的南戏很长,比它晚的明清传奇也很长,到后来明代文人做杂剧的时候比以前还要更短,甚至只有一折,因为这些文人很多都有家班,可以把自己的心事通过杂剧发泄出来,并不担心商业市场,他只是为了娱乐自己和朋友。

  我们刚才说到有些杂剧会有"题目正名",在剧本结束的时候可能会有两句或四句,它的作用是概括整个剧本的剧情,并且最后那一句就是剧本的名字。比如我们上次讲过马致远的《汉宫秋》,它在整个剧本结束的时候就有两句,"沉黑江明妃青冢恨,破幽梦孤雁汉宫秋","破幽梦孤雁汉宫秋"是全剧的题目,而"汉宫秋"三个字就是剧本的简称。再比如关汉卿著名的《单刀会》,它是四句的题目正名,"孙仲谋独占江东地,请乔公言定三条计。鲁子敬设宴索荆州,关大王独赴单刀会",最后一句"关大王独赴单刀会"就是剧本的名称,"单刀会"就是它的简称。

  具体到每一折来说,杂剧是由哪几部分组成的呢?它有曲词、宾白和科范三部分。曲词就是唱的那个曲子;宾白是人物之间的道白,可以是韵白,也可以是散白;科范在剧本中简称"科",指演员的表情、动作和舞台效果。比如说,"把盏科",这是演员的一个舞台动作,他要喝酒了;比如说"起风科",这是舞台效果,舞台上要做出刮风的样子。通过科范,我们可以在读剧本的时候了解到演员是怎样做表情、做动作的,以及当时的舞台背景什么样,有哪些舞台效果等等。不过现在大部分元杂剧剧本都是明代印的,真正的元刊本杂剧只有三十种,这就出现了一个很复杂的问题,明代的本子和元代是不一样的,而现在我们能读到的最通行的本子已经是晚明刊印的了,所以我们在读的时候要心中有数。

  接下来是元杂剧的演唱方式,它跟后来我们今天看到的戏剧是不同的。元杂剧在演出的时候一个剧本只有一个人

唱，如果是男的唱，就叫末本，这个唱的人在角色上是正末，但他并不一定是故事的主角；如果是扮正旦的女的来唱，那么就是旦本。可以说元杂剧是独唱型的，南戏跟它就不一样，南戏是每个人都可以唱的。

以上我们介绍了元杂剧的一些基本情况，我想我们应该选一个最有代表性的元杂剧作家来做进一步的介绍，这里我选择了关汉卿，因为他是确立北杂剧规范的作家，他创作的剧本数量多，质量也高。

关汉卿的生卒年大约是公元1220年到公元1300年，这个并不能确定，只是一个估计。他是大都人，也就是我们北京人，北京在当时是重要的元曲创作中心，有很多出色的作家都是大都人。他的人生经历我们掌握的材料非常有限，只知道他在元代的中统和至元前期是在大都地区活动的，中统相当于公元1260－1263，至元相当于公元1264－1294，在元灭南宋以后他就到南方去了，我们现在认为他应该到过杭州，也到过扬州，因为他有赞美扬州和杭州风景的散曲。

关汉卿这个人多才多艺，而且很有个性，他有一首套曲叫《不伏老》，写得非常潇洒，我没有时间给大家读，大家有兴趣可以找来，几乎所有元曲的选本都会选这首《不伏老》。

〔梁州〕我是个普天下郎君领袖，盖世界浪子班头。愿朱颜不改常依旧，花中消遣，酒内忘忧。分茶攧竹，打马藏阄；通五音六律滑熟，甚闲愁到我心头？伴的是银筝女银台前理银筝笑倚银屏，伴的是玉天仙携玉手并玉肩同登玉楼，伴的是金钗客歌金缕捧金樽满泛金瓯。你道我老也，暂休。占排场风月功名首，更玲珑又剔透。我是个锦阵花营都帅头，曾玩府游州。

## 第十八讲 元杂剧——关汉卿《窦娥冤》

〔尾〕我是个蒸不烂、煮不熟、捶不匾、炒不爆、响珰珰一粒铜豌豆,恁子弟每谁教你钻入他锄不断、斫不下、解不开、顿不脱、慢腾腾千层锦套头?我玩的是梁园月,饮的是东京酒,赏的是洛阳花,攀的是章台柳。我也会围棋、会蹴鞠、会打围、会插科、会歌舞、会吹弹、会咽作、会吟诗、会双陆。你便是落了我牙、歪了我嘴、瘸了我腿、折了我手,天赐与我这几般儿歹症候,尚兀自不肯休!则除是阎王亲自唤,神鬼自来勾。三魂归地府,七魄丧冥幽。天哪!那其间才不向烟花路儿上走!

我们一般认为这首曲子是他的自述,他在里面感叹了自己的人生,表明了自己的生活态度,他很嚣张的宣称自己是"普天下郎君领袖,盖世界浪子班头",一个文人对自己的人生做出这样地价值判断是很少见的。他夸赞自己多才多艺时也说自己是"通五音六律滑熟","我也会围棋、会蹴鞠、会打围、会插科、会歌舞、会吹弹、会咽作、会吟诗、会双陆",他说自己对音乐很精通,而且擅长各种各样的游戏技艺,这也说明他对戏剧相关的那些东西是非常熟悉的。我们再来看他的交游,他和当时的剧作家有比较多的来往,他和王和卿、杨显之、费君祥、梁进之都是朋友,和当时的名演员朱帘秀关系也十分密切。他自己是一个很会玩的人,和剧作家、名演员们又都有交往,这对他写剧本是非常有好处的。他本人的个性是"高才风流",这是《辍耕录》里对他的评价。还有元代人作的《析津志》中也说他是"生而倜傥,博学能文,滑稽多智,云迹风流为一时之冠"。所以他的生活经历、才艺和个性都是他能写出那么多剧本的保障。

关汉卿其实是一个很特殊的文人,这也是那个时代所造

就的。元代文人的地位跟宋代是没有办法比的,宋代是文人地位最高的朝代了。科举考试就是在宋代走向完善的,比如说它创设了回避制、锁院制、糊名法等等,我们今天高考中的一些做法也是从宋代学来的,宋代的文人通过了科举考试就可以比较迅速地做官,唐代考完科举还要再参加释褐试呢。到了元代就不一样了,尤其是北方地区一度停止了科举考试,到后来虽然恢复科考,也未能恢复之前文人的地位。所以元代的文人比较抑郁,写出的文学作品比较愤激,甚至有些内容是比较消极的。关汉卿是元代前期人,经历了时代的变革,所以当他说自己是"浪子班头"的时候,其实是在向人生宣战,激切地表明这是我自己选择的生活。

  关汉卿创作的剧本非常多,根据记载他大概写了六十多个剧本,我们今天看到的是十八个,不过这十八个剧本在研究界是有争论的,比如说《鲁斋郎》《五侯宴》《单鞭夺槊》这些,有很多研究者并不承认是他作的。

  除了数量多,关汉卿的剧本质量也很高,比如说他很多剧本里面都有鲜明的社会批判,这是近年来提起关汉卿大家谈得比较多的一点,这是他作为中国传统文人责任感的体现。不过这只是他剧本中丰富内容的一部分,其实他对妓女的表现也是很有特点的。关汉卿对妓女很熟悉,他笔下的妓女丰满真实,我们从中可以读到那些女子对从良的渴望、担忧甚至是惧怕,这和其他许多人创作的剧本是不同的。元代写到妓女的剧本很多,但多是写妓女和书生相互慕色怜才,又冒出了一个有权势的商人捣乱,最后书生妓女终于冲破阻碍大团圆了。关汉卿的剧本更真实,比如说他有一部《谢天香》,写北宋著名的词人柳永和妓女谢天香相恋,柳永要去进京赶考,就把谢天香托付给了好朋友开封府尹钱可,钱可为了保护谢天香,假意娶她为妾,谢天香并不知道实情,在这种处境下谢天香是什么态度呢?谢天香既遗憾自己不能够嫁给柳永,但是又觉得她现在的生活也不错,同时还对钱可娶了自己却不理睬自己非常不满,这是非常真实的,把妓女从良时对现实的考虑以及对现实的无奈都写出来了。

关汉卿剧本中非常突出的一点还有他对传统道德的强调和肯定,比如说他经常在剧本中强调母亲的贤德、官员的廉洁,年轻人的读书勤学,尤其是宣扬读书这一点是很不容易的,因为当时读书人的地位已经很低了,但是关汉卿并没有因此否定读书的重要性,而且我们今天要讲到的《窦娥冤》,它很核心的一点也是对传统道德的强调。此外,关汉卿是一个传统文人,他的创作也没有离开他的身份,他的很多剧本中都有风流文士的趣味,比如《玉镜台》,这个故事用今天的眼光来看并不怎么美妙,有一个名叫温峤的才子为姑母的女儿刘倩英做媒,结果他用御赐的玉镜台为自己做媒娶了刘倩英,而刘倩英事先并不知情,两个人的年轻差距又非常大,所以他们婚后的关系很不好,后来温峤的朋友设水墨宴,如果温峤作不出诗来就要把他夫人的脸涂画,以这件事为契机两个人关系才变亲密了。关汉卿是一个文人作家,他有时候还有很深的历史感慨,否则他是写不出《单刀会》那样的剧本的。所以我觉得我们不能够用今人的眼光去选择性地看待关汉卿的剧作,他除了社会批判之外,还有很丰富的创作内容。

关汉卿的好作品很多,我想我们就取一部《窦娥冤》来体会一下吧。《窦娥冤》鼎鼎大名,它的情节我想大家都知道,这个故事讲的就是窦娥和婆婆蔡氏是两个寡妇,二人相依为命,不过她们并不是平民家庭,是一个放高利贷的人家,蔡氏

在去讨债的时候差一点被人勒死,被张驴儿父子搭救,张氏父子知道她们婆媳寡居,就想胁迫她们两个嫁给自己父子。张驴儿为了娶到窦娥就在羊肚汤里下毒药,想要毒死蔡婆婆,没想到反而毒死了自己父亲,于是张驴儿就诬告窦娥害死公公,窦娥为了救婆婆屈打成招,结果被斩首,当然最后的结局是冤情大白了。

关汉卿在这个故事里寄寓了对社会的批评,他将批评的矛头指向了官场的黑暗,窦娥对于官府是充满希望的,她认为官府可以维护公平,但是恰恰是官府的颠倒黑白使她含冤。不过这个故事的基础其实是传统道德,窦娥是关汉卿塑造的一个非常具有传统美的女性,她出场的时候才二十岁,非常年轻,而且从她唱词的感慨中也表现出她其实觉得生活并不美满,她是很寂寞的,不过这是一个为了贞洁坚守道德的人,所以后来她坚决不嫁张驴儿。除了贞洁,窦娥还非常孝顺,这也是传统道德的要求,正是因为她孝顺婆婆,担心婆婆被打,所以承担了罪名。这是一个严守传统道德的女子,最后反被社会以道德的名义杀害,这是窦娥悲剧的根本原因,也是整个剧本社会批判的基础,这种以道德批评为实质的社会批判,我认为是很有意义的,也很值得深入表现。

关汉卿的剧本到今天仍然能够适应舞台,我想原因是多方面的。

其一是它的情节非常紧凑,这也是西方戏剧理论所强调的,虽然中国的戏曲跟西方完全是两回事,但这种紧凑情节的确收获了良好的舞台效果。这个剧本一开始的楔子部分讲的是窦娥的爸爸太穷了,他欠了蔡婆的钱,只好把七岁的女儿送给蔡婆做童养媳,到窦娥正式登场她已经是二十岁的寡妇了,前面离开父亲、做童养媳、失去丈夫等等,这十几年的辛酸全都没有表现。第一折就是蔡婆带回张驴儿父子,第二折是张驴儿误杀父亲使她被冤枉,第三折窦娥就被冤杀了,第四折是终于昭雪冤情,这样的情节冲突非常紧凑,一波未平,一波又起。比如说蔡氏要被杀害了,剧情非常紧张,这时张驴儿父子出现了,观众的心情放松了,可没想到张驴儿父子带来的是更大的灾难,因此心情再度紧张,然后窦娥被屈打成招、被冤杀,以及她死前立下的三桩誓言,这都是直线往上走的,到最后就是昭雪,这样的舞台效果非常好。

还有一点,这也是中国戏曲很重要的特点,就是它并不一定要强调情节的推进,它经常会在情节推进到某一点的时候停下来,进行充分地展开,因为它的时空是自由的,可以在某一点上细细地唱半个小时。《窦娥冤》就是这样的,我们看第三折,在刑场上窦娥有大段的唱词,大家现在可以读一下,这是很好的曲词、很好的剧本。

"外扮监斩官上","外"和"正末""正旦"一样,都是角色行当中的一种,它是次于正末的角色。"(云)下官监斩官是也。今日处决犯人,着做公的把住巷口,休放往来人闲走。(净扮公人,鼓三通、锣三下科)",这是舞台上在表现的杀人之前的具体场景。"(刽子磨旗、提刀,押正旦带枷上)","磨旗"就是挥舞旗子,这是舞台上刽子手的表演动作,"正旦"就是指窦娥,这个剧本就是窦娥一个人唱的。"(刽子云)行动些,行动些,监斩官去法场上多时了!(正旦唱)【正宫·端正好】"这是一个套曲,"正宫"是宫调,然后下边"端正好"、"滚绣球"等等是曲牌。"没来由犯王法,不提防遭刑宪,叫声屈动地惊天!顷刻间游魂先赴森罗殿,怎不将天地也生埋怨。有日月朝暮悬,有鬼神掌着生死权。天地也,只合把清浊分辨,可怎生糊突了盗跖颜渊?为善的受贫穷更命短,造恶的

享富贵又寿延。天地也,做得个怕硬欺软,却元来也这般顺水推船。地也,你不分好歹何为地?天也,你错勘贤愚枉做天!哎,只落得两泪涟涟。(刽子云)快行动些,误了时辰也。(正旦唱)则被这枷扭的我左侧右偏,人拥的我前合后偃,我窦娥向哥哥行有句言",宋元人用这个"行"来表示方位,就是说我有一句话想跟哥哥说。"(刽子云)你有甚么话说?(正旦唱)前街里去心怀恨,后街里去死无冤,休推辞路远。(刽子云)你如今到法场上面,有甚么亲眷要见的,可教他过来,见你一面也好。(正旦唱)可怜我孤身只影无亲眷,则落的吞声忍气空嗟怨。(刽子云)难道你爷娘家也没的?(正旦云)止有个爹爹,十三年前上朝取应去了,至今杳无音信。(唱)早已是十年多不睹爹爹面。(刽子云)你适才要我往后街里去,是甚么主意?(正旦唱)怕则怕前街里被我婆婆见",这就是窦娥的善良了,她在临死的时候还想着不能让婆婆伤心,担心从前街里过怕被她的婆婆看见。"(刽子云)你的性命也顾不得,怕他见怎的?(正旦云)俺婆婆若见我披枷带锁赴法场餐刀去呵,(唱)枉将他气杀也么哥,枉将他气杀也么哥!告哥哥,临危好与人行方便。"这个"也么哥"是没有意义的语气词,但是在"叨叨令"里边的这个位置一定要用两遍这三个字。

"(卜儿哭上科,云)",这个"卜儿"是元杂剧里边的角色,就是年老的妇女。"天那,兀的不是我媳妇儿!(刽子云)婆子靠后!(正旦云)既是俺婆婆来了,叫他来,待我嘱付他几句话咱。(刽子云)那婆子,近前来,你媳妇要嘱付你话哩。(卜儿云)孩儿,痛杀我也!(正旦云)婆婆,那张驴儿把毒药放在羊肚儿汤里,实指望药死了你,要霸占我为妻。不想婆婆让与他老子吃,倒把他老子药死了。我怕连累婆婆,屈招了药死公公,今日赴法场典刑。婆婆,此后遇着冬时年节,月一十五,有瀽不了的浆水饭,瀽半碗儿与我吃;烧不了的纸钱,与窦娥烧一陌儿,则是看你死的孩儿面上!"这个"瀽"就是倒东西,泼东西的意思,这里是说在祭祀时浇奠剩下的东西,"一陌"就是一百个。"(唱)念窦娥葫芦提当罪愆,念窦娥身首不完全,念窦娥从前已往干家缘;婆婆也,你只看窦娥少爷无娘面",这个"葫芦提"我们上次课已经提到了,就是莫名其妙地得了罪过,"干家缘"就是做家务。"念窦娥伏侍婆婆这几年,遇时节将碗凉浆奠;你去那受刑法尸骸上烈些纸钱,只当把你亡化的孩儿荐","烈",就是烧的意思。"(卜儿哭科,云)孩儿放心,这个老身都记得。天那,兀的不痛杀我也!(正旦唱)婆婆也,再也不要啼啼哭哭,烦烦恼恼,怨气冲天。这都是我做窦娥的没时没运,不明不暗,负屈衔冤。(刽子做喝科,云)兀那婆子靠后,时辰到了也。(正旦跪科)(刽子开枷科)(正旦云)窦娥告监斩大人,有一事肯依窦娥,便死而无怨。(监斩官云)你有甚么事?你说。(正旦云)要一领净席,等我窦娥站立;又要丈二白练,挂在旗枪上。若是我窦娥委实冤枉,刀过处头落,一腔热血休半点儿沾在地下,都飞在白练上者。"这个旗枪就是装有枪头的旗子。"(监斩官云)这个就依你,打甚么不紧。(刽子做取席,站科,又取白练挂旗上科)(正旦唱)不是我窦娥罚下这等无头愿,委实的冤情不浅。若没些儿灵圣与世人传,也不见得湛湛青天。我不要半星热血红尘洒,都只在八尺旗枪素练悬。等他四下里皆瞧见,这就是咱苌弘化碧,望帝啼鹃",在这里有两个典故,这也是关汉卿的特点,他即使是用典也会用一些比较通俗的典故,"苌弘"是周的贤臣,被冤杀在蜀地,蜀人把他的血藏起来,三年以后变成了碧玉;"望帝"是传说中蜀的君王杜宇,他被迫把

王位传给臣子,他死了以后灵魂化为杜鹃鸟,日夜悲啼。

"(刽子云)你还有甚的说话?此时不对监斩大人说,几时说那?(正旦再跪科,云)大人,如今是三伏天道,若窦娥委实冤枉,身死之后,天降三尺瑞雪,遮掩了窦娥尸首。(监斩官云)这等三伏天道,你便有冲天的怨气,也召不得一片雪来,可不胡说!(正旦唱)你道是暑气暄,不是那下雪天,岂不闻飞霜六月因邹衍?若果有一腔怨气喷如火,定要感的六出冰花滚似绵,免着我尸骸现;要什么素车白马,断送出古陌荒阡!"这里又用了一个典故,"邹衍"是战国时候的人,他对燕王非常的忠诚,但是因谗下狱,于是他仰天大呼,天为之感动,六月飞霜。"素车白马"是运载棺木的车马,在这里是说,因为我很冤枉,所以上天自然会为我下雪掩埋尸首,不需要素车白马把我送到荒郊野外去。"(正旦再跪科,云)大人,我窦娥死的委实冤枉,从今以后,着这楚州亢旱三年!(监斩官云)打嘴!那有这等说话!(正旦唱)你道是天公不可期,人心不可怜,不知皇天也肯从人愿。做甚么三年不见甘霖降?也只为东海曾经孝妇冤。如今轮到你山阳县。这都是官吏每无心正法,使百姓有口难言。"这里的"东海孝妇"是汉代的一个传说,东海有叫周青的寡妇特别孝顺婆婆,后来她的婆婆因为其他的原因自杀了,周青就被人诬陷,说是她让婆婆自杀的,周青被斩首之前喊冤,说如果我是有罪的,我被杀掉以后血往下流,如果我是被冤枉的,我的血就往向上流,染红长杆,结果她死了以后血果真是逆流的,之后东海大旱三年,直到她昭雪以后才又下雨。其实整个《窦娥冤》的故事就是借鉴了汉代的这个传说。"(刽子做磨旗科,云)怎么这一会儿天色阴了也?(内做风科,刽子云)好冷风也!(正旦唱)浮云为我阴,悲风为我旋,三桩儿誓愿明题遍。(做哭科,云)婆

## 第十八讲 元杂剧——关汉卿《窦娥冤》

婆也,直等待雪飞六月,亢旱三年呵,那其间才把你个屈死的冤魂这窦娥显!(刽子做开刀,正旦倒科)(监斩官惊云)呀,真个下雪了,有这等异事!(刽子云)我也道平日杀人,满地都是鲜血,这个窦娥的血都飞在那丈二白练上,并无半点落地,委实奇怪。(监斩官云)这死罪必有冤枉。早两桩儿应验了,不知亢旱三年的说话,准也不准?且看后来如何。左右,也不必等待雪晴,便与我抬他尸首,还了那蔡婆婆去罢。(众应科,抬尸下)"

我们已经通读了一折戏,其实通常元杂剧就是四个这么长。"云"后面的部分都是道白,唱词的部分是跟在曲牌后边的,而且大家也看到舞台提示了,元杂剧的舞台提示是非常丰富的。

我们之前读过马致远的套曲,关汉卿的这个剧本和马致远的在风格上是有差异的。在元曲中,马致远代表了清爽豪迈的风格,而关汉卿这一路则是非常豪爽的,他的曲词相当朴素畅达。比如说"滚绣球"这支曲子,"有日月朝暮悬,有鬼神掌着生死权。天地也,只合把清浊分辨,可怎生糊突了盗跖颜渊?"从这里面我们可以看到窦娥内心的激奋,她的愤怒和怨恨都表现的很突出,因为她觉得自己是信守道德的,但是她反被冤杀,所以她内心的委屈冲口而出,没有任何回旋,也不需要借助任何一个中间符号。马致远不一样,他有时候是有假借的,我讲过他是文而不文,俗而不俗的,他有的时候会借用景致来抒发感情。但是关汉卿就全部是冲口而出的,抒情的力度非常强烈,风格豪辣,从窦娥出场的这段唱词,到她后面三桩誓愿,都是这样的。

关汉卿的风格除了通俗明白之外,还有曲词和人物的统一。如果我们有机会读关汉卿的其他剧本,大家就会看到他

笔下的不同人物是有不同曲词风格的。比如说,他写使女时会使人物符合使女的口吻,写大家闺秀时又是另一种大家闺秀的口吻,在《窦娥冤》里主人公是放高利贷人家的媳妇,并没有什么文化,所以她的曲词是符合一个普通市民身份的,窦娥的曲词毫不雕琢,无需雅致。窦娥是一个刚烈的人,所以虽然她很孝顺婆婆,但是在批评婆婆的时候她也是非常直接的,最后到了刑场上倾诉痛苦的时候也同样是直接而刚烈的。她还是一个非常善良的人,从小是童养媳的身份,这一点也可以从她和婆婆的对话中看出来,她会说你看在你死去孩子的面上,把祭奠剩下的浆水饭舍给我一点儿吧,这样是非常委婉的。人物曲词和身份的统一也是关汉卿剧本中非常突出的优点。

这个剧本的艺术成就很高,在明代的时候它就已经很受推崇了,孟称舜就赞这个剧本"词调快爽,神情悲悼,尤关之铮铮者也"。二十世纪初,西方戏剧理论输入中国后,王国维更赞扬它"列之于世界大悲剧中亦无愧色"。这出元杂剧在明代的时候被改编为南戏,至今还活跃在舞台上,京剧大师程砚秋先生把它重排为《六月雪》,昆曲和河北梆子等剧种也传演不衰,可见关汉卿所作的这部《窦娥冤》内涵丰富深刻,在艺术上是非常成功的。

# 第十九讲　冯梦龙与他的"三言"

李鹏飞

这一次他们交给我的题目是讲明清小说,小说这种文体在当今可是大红大紫,我相信各位都有过看小说的经历。那么大家有没有想过,这种文体是怎么来的,是从什么时候产生的,发展到今天它经过了什么样的过程？我先简单地说几句,希望大家能够对中国古代小说的形成有一个基本的认识,然后我们再进入具体的讲述,这一讲讲的是冯梦龙和著名的"三言",也就是《喻世明言》《警世通言》和《醒世恒言》。

小说这种文体并不是一开始就有的,从魏晋南北朝到隋唐,在这差不多六百年的时间里,小说逐渐形成并有了发展。那个时候小说的并不是今天的白话文,它们都是文言文。唐代的文言小说的成就很高,我们今天很熟悉的一些戏曲就来自唐代的传奇,唐传奇发展到宋代就开始衰落,也就是文言小说开始衰落了,但是到了清朝出现了蒲松龄的《聊斋志异》,文言小说又发展到了一个高峰,这个《聊斋志异》我们后面也会讲到。在宋朝出现了话本,话本是中国小说史上最早出现的白话短篇小说。为什么叫做"话本"呢？因为它最初是以说唱的形式在大街小巷流传的。打个比方,这就跟现在我们北京天桥书堂说的评书是一样的。在北宋的都城汴梁,也就是今天河南省的开封市,汴梁的大街小巷有很多勾栏瓦舍,那些是通俗文艺的流行场所,里面有很多说书艺人在说书讲故事。他们讲故事方式跟我今天讲课不一样,他们是又说又唱,还会有动作式的表演,他们讲的有历史故事、爱情故事、公案故事这几种。有些说书艺人的口才很好,记忆力也好,临场发挥的能力又强,他们就不需要做什么准备了,到台上一站,立刻就进入状态,能够讲很长的时间,有人把他们讲的这些内容记载下来就有了话本;不过也有些艺人,他们的口才不怎么好,记忆力也不行,讲着讲着就忘了,这样的人就需要事先准备了,我讲这个课要准备几页讲义,他们那个可能要准备几大本了,这些提前预备的材料是他们表演时的依据,这种也叫话本。话本都是白话写的,这是中国最早的白话小说,它叫做宋元话本,因为这在宋朝和元朝最流行。到了明代的时候,就开始有很多文人模仿话本进行创作了,这就是文人的拟话本。我们今天要讲冯梦龙的"三言",这就是拟话本里面最有名的作品。除了"三言",大家可能还对凌濛初的《初刻拍案惊奇》和《二刻拍案惊奇》比较熟悉,但我们今天就不讲这个了。

　　梦龙主要的活动时间是明朝的万历、天启和崇祯三朝,也就是明末,不过他的卒年已经在清朝建国以后了。他是江苏苏州人,出身于书香门第,少年时期就才名远播,但是他的科举考试很不顺利。中国古代的读书人为了参加科考,从幼年就要开始读"四书五经",中秀才之后要参加省级的考试,也就是乡试,乡试如果考中成了举人,第二年的春天就要到北京参加礼部的会试,这就可以中进士、中状元了。在我们今天有的中学生很有才气,他能够写小说、写诗,但是数理化成绩不好,想要破格录取他是很难的,但是在明清时候,读书人就是靠文章打天下的。这样说来,文章写得好取功名应该

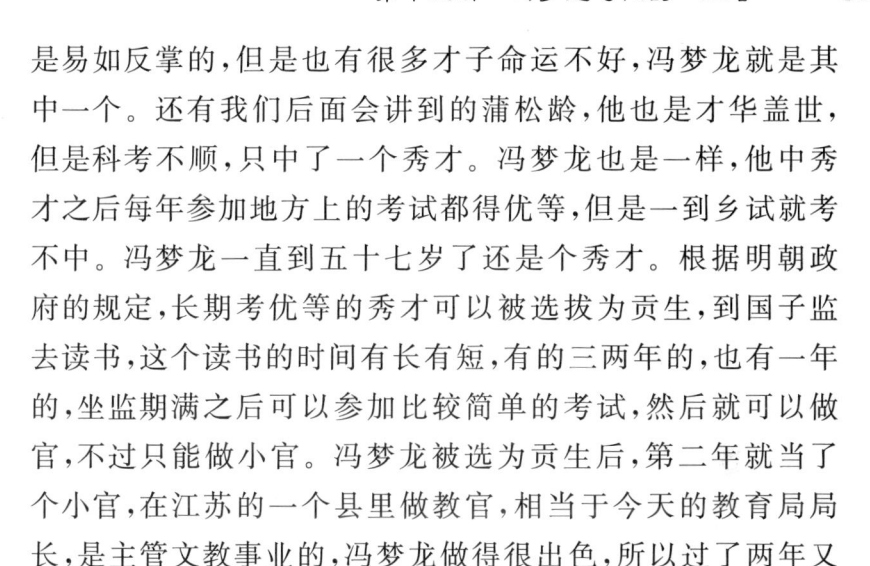

## 第十九讲 冯梦龙与他的"三言"

是易如反掌的,但是也有很多才子命运不好,冯梦龙就是其中一个。还有我们后面会讲到的蒲松龄,他也是才华盖世,但是科考不顺,只中了一个秀才。冯梦龙也是一样,他中秀才之后每年参加地方上的考试都得优等,但是一到乡试就考不中。冯梦龙一直到五十七岁了还是个秀才。根据明朝政府的规定,长期考优等的秀才可以被选拔为贡生,到国子监去读书,这个读书的时间有长有短,有的三两年的,也有一年的,坐监期满之后可以参加比较简单的考试,然后就可以做官,不过只能做小官。冯梦龙被选为贡生后,第二年就当了个小官,在江苏的一个县里做教官,相当于今天的教育局局长,是主管文教事业的,冯梦龙做得很出色,所以过了两年又把他派到福建寿宁县做了三年县令。冯梦龙做秀才的时候非常有才气,当了县官也是一个清官,三年任满就回了苏州隐居,当地的老百姓都非常的尊重他。这个时候明朝已经腐化了,李自成起义爆发,明朝很快就灭亡了。冯梦龙是非常忠诚于明朝的读书人,所以尽管当时他年岁已高,但还是为了挽救明朝的覆亡四处奔走,积极参加抗清运动。不过凭他一人之力是无法挽回残局的,最后终于悲愤而死。这是冯梦龙一生的大致经历。

　　梦龙的成就主要是在通俗文学方面,他搜集了许多民歌小调,而且还写了"三言"等小说。大家要注意,在中国古代读书人的心目中,各种体裁的文学作品是有等级之分的。像古文,或者说是议论文,尤其是写给皇帝的奏章,对他们来说都是非常神圣的,他们自幼学习的就是这些文体,这对他们将来做官有帮助;次一等的是诗词,这些是属于抒情性的,在读"四书五经"之余,如果还有一些闲情逸致,就可以写写诗词。再次一等,或者说是难登大雅之堂的文体,就是民间的

通俗文艺了，像小说就是当时一般人不屑于去写的，在明朝写小说是一件不太很光彩的事，所以即使有很多文人出于经济原因开始写小说了，他也不愿意署下自己的真实姓名，我们现在研究明清小说有一个很头痛的问题就是需要考证作者的姓名。

冯梦龙跟别人不一样，他的思想里面有很多异端的色彩，他很重视通俗文艺，从年轻的时候起就致力于通俗文艺的搜集、整理和创作了。在二十多岁的时候，他就曾经搜集、整理、出版过一本民歌集《挂枝儿》，这本书现在还可以看到，里面都是些明朝流行的民间小调。那些内容大家也可以想象得到，主要是些男欢女爱，也有一些色情的内容在里面。年轻人永远是追求时尚的，当时的年轻人就很喜欢看这本书，甚至不惜倾家荡产去购买他的书，但是这些年轻人的父母就不乐意了，说你这个书败坏人心，有伤风化，于是就去官府告状，要求官府出面惩处冯梦龙。

于是，冯梦龙陷入了困境，他找了当时的名将熊廷弼寻求帮助。这个人很有名，大家可能都知道他，他在早些时候曾经在江南地区做过督学，这个督学也是教官，但是比冯梦龙那个教官的级别高太多了。熊廷弼做教官需要定期主持考试，督促秀才们平时用功念书，那些试卷都是熊廷弼亲自批阅的。这个人很有意思，他看到特别好的答卷心里就高兴，还要倒上一大杯酒来干一杯，可是看到写得很糟糕的答卷呢，就心里郁闷，还需要舞剑去发泄自己的情绪。冯梦龙的答卷写得很好，每次都是优等，熊廷弼对他的印象很深，也非常惜才。后来，熊廷弼离开江南高升去了，在朝廷做了大官，冯梦龙的《挂枝儿》惹上麻烦的时候，熊廷弼正好在故乡武昌休假，冯梦龙不远千里找到熊廷弼，希望他能够出面帮帮自己。熊廷弼也很有个性,他见了冯梦龙第一句话就问,我最近听说你的新书《挂枝儿》天下盛传,你这次过来,有没有带两本送给我?冯梦龙听了之后就很尴尬,连连地认错,说我做的不对,这次来找你来就是希望你出面调停的。熊廷弼说我们先吃饭吧,结果上的都是粗茶淡饭。按说冯梦龙和他是师生关系,人家千里迢迢跑来看你,你应该好茶好酒好饭款待的,熊廷弼这里其实是有心要教训一下冯梦龙。冯梦龙平时锦衣玉食惯了,当时就不知道怎么下筷子,熊廷弼说读书人不要以吃得不好、穿得不好为耻,你看看我大吃大嚼的多香,冯梦龙勉强吃了几口就放下筷子了。等他快要走的时候,熊廷弼也没有说要帮他,根据明清文人笔记的记载,冯梦龙临走熊廷弼只送了他一个冬瓜,他也抱不动,抱到半路就扔了。熊廷弼是觉得他狂放不羁,太放荡,所以必须给他一点教训,不过既然求我帮助,我还是要帮帮忙的,毕竟冯梦龙当年也是他非常赏识的学生。当冯梦龙回到家的时候,熊廷弼的书信也到了地方官的手中,冯梦龙因此度过了一场风波。但是他刚刚从麻烦里面脱身,就立刻开始《挂枝儿》续集的工作了,所以他整理的民歌总共有两本,一个是《挂枝儿》,一本是《山歌》。

  我们今天要讲的正题是"三言"的编撰。"三言"的来源有三个方面:其一是唐宋时期的文言小说,不过都被改成白话文了,这样它的鲜活度也大大增加了;其二是宋元话本,也就是我们刚才提到的宋元短篇小说,冯梦龙对这些也加以改编,收入了"三言";还有一部分就是他自己根据民间的传说故事进行的创作。冯梦龙编撰和创作"三言"的目的是教化人心、改变风俗,这在中国古代社会应该是上至皇帝宰相,下到地方官府承担的一个最重要的职能。那么怎么样去教化

人心、改变风俗呢？当时通行的方式是让大家去读"四书""五经"，考试也考"四书""五经"，他们认为这样对治理国家和改善人心有重要的意义。而地方官们也在做这方面的工作，比如说会像我们今天一样，树立一些道德典型作为大家学习的榜样。此外，古代的读书人们也认为教化人心、改变风俗是他们的天职，不过他们从来不认为通俗文艺能够承担这样的责任。而冯梦龙不同，他认为歌谣小调、小说、评书这些通俗文学也是能够起到教化的作用的，在"三言"里面有很多的篇幅都表现了他这样的意图。

那么我们抽象的东西少说，就直接讲作品吧。根据我的安排，这节课可能会讲三篇作品，但是我们看时间，如果时间多的话就多讲，少的话可能讲一篇就差不多了。今天我要讲的第一篇作品是《喻世明言》里面的第一篇，题目叫《蒋兴哥重会珍珠衫》，大家公认它是"三言"里面最优秀的作品。

这篇小说的主人公是蒋兴哥，他是襄阳府枣阳县的一个年轻商人，祖辈四代经商，他从小就跟着父亲跑广东，因为他外祖父那边的亲戚都在广东经商，所以他常年往返于湖北和广东两地，是一个很老成的少年商人。在明朝，小说的主人公发生了一个很重要的变化，商人阶层开始占据了非常重要的地位。中国古代社会是"士农工商"，"士"就是读书人，社会地位很高；"农"就是农民，中国古代社会是农业的社会，所以"农"可以居于第二位；工匠是第三位，而商人排在最末。所以在中国几千年的文学史上，诗词散文，包括小说，商人基本上没有一席之地，即使有，也是反面角色。在明朝时这种情况发生了变化，这是因为当时的商品经济越来越发达，商人成为社会的重要力量，于是商人不止进入小说，而且还能够成为正面角色。

## 第十九讲 冯梦龙与他的"三言"

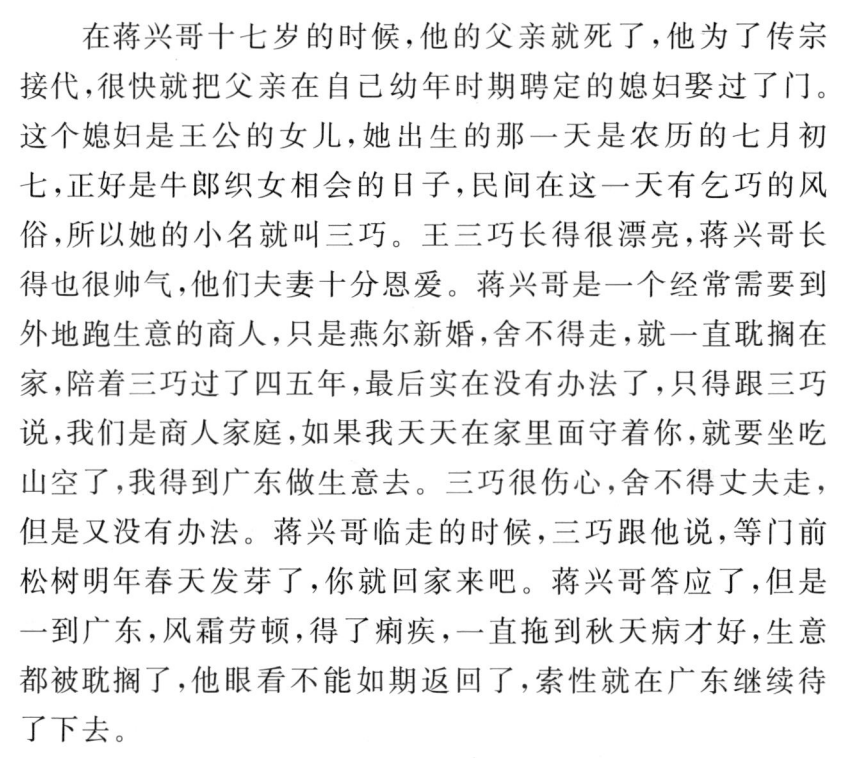

在蒋兴哥十七岁的时候,他的父亲就死了,他为了传宗接代,很快就把父亲在自己幼年时期聘定的媳妇娶过了门。这个媳妇是王公的女儿,她出生的那一天是农历的七月初七,正好是牛郎织女相会的日子,民间在这一天有乞巧的风俗,所以她的小名就叫三巧。王三巧长得很漂亮,蒋兴哥长得也很帅气,他们夫妻十分恩爱。蒋兴哥是一个经常需要到外地跑生意的商人,只是燕尔新婚,舍不得走,就一直耽搁在家,陪着三巧过了四五年,最后实在没有办法了,只得跟三巧说,我们是商人家庭,如果我天天在家里面守着你,就要坐吃山空了,我得到广东做生意去。三巧很伤心,舍不得丈夫走,但是又没有办法。蒋兴哥临走的时候,三巧跟他说,等门前松树明年春天发芽了,你就回家来吧。蒋兴哥答应了,但是一到广东,风霜劳顿,得了痢疾,一直拖到秋天病才好,生意都被耽搁了,他眼看不能如期返回了,索性就在广东继续待了下去。

再说三巧,她一个人在家里面,按照丈夫临走前的叮嘱,足不出户。中国古代的良家妇女一般都不会轻易抛头露面的,如果要去买柴米油盐自有女仆去代劳。王三巧在家里面规规矩矩,每天描花刺绣,眼看就过了年终岁末,家家户户都热热闹闹开始准备过年了,她在自己家里却是冷冷清清,非常寂寞。尤其是除夕那一天,她加倍地想念丈夫,心里盘算着不知道丈夫有没有踏上归途,就派女仆到街上找算命先生打了一卦,算命先生说你丈夫已经在回家的路上了,而且他发了财,很快就能到家了。王三巧听了算命先生的话非常高兴,更是日夜盼望,天天跑到窗前去看。这一天,王三巧果然在人群中看到了一个人,身材、样貌、穿着打扮都跟她丈夫非常相像,她心里面又急又喜,目不转睛地盯着看,结果来人不

是她丈夫,是徽州府一个年轻商人陈大郎。在明清小说中写到徽商的非常多,因为徽州这个地方的商人真的是非常厉害,也常出巨富大贾。这个陈大郎是从安徽跑到襄阳来做大米生意的,要把湖广的大米发到安徽去卖,这天恰好是到蒋兴哥家对面的汪朝奉家去问有没有家信。古代有很多商人、读书人背井离乡,他们居无定处,如果家里要给他写信,该寄到哪呢?经常就会寄到他所在地方的固定店铺去,这些人就会定期去店铺里面问,通过这种方式跟家里互通信息。陈大郎一抬头就看见一个年轻美丽的女子紧紧地盯着自己看,他心里面就想,这个人是不是对我有意啊?他当天回到旅店,简直是失魂落魄,心里盘算了一夜,自己家里虽然有一个妻子,但是跟今天这个女子相比,简直是天上地下啊。那怎么样才能跟她交往呢?想来想去,他想到一个办法,第二天带了一百两银子、两锭黄金到大市街东巷去找牙婆。

中国古代有"三姑六婆"之说,这个牙婆就属于"三姑六婆",她是大街小巷串门入户地去卖各种首饰的人,如果有外人想跟别人家的妇女互通消息,经常就会通过这些牙婆。但是过去的那些好人家,都是不允许三姑六婆随便进门的,就是怕她们勾引自己家的女人。说到这儿,大家一定会想起《水浒传》,即使各位没有看过小说,也一定看过电视剧,西门庆跟潘金莲最初也互不相识,他们就是通过王婆的穿针引线才勾搭上的。《水浒传》塑造王婆这个人物非常成功,她跟西门庆如何设下圈套,如何一步步引诱潘金莲这些,都写得很好。不过在《水浒传》中,西门庆跟潘金莲,一个是浪子,一个是荡妇,两个人一拍即合,并不需要王婆起太大的作用。在蒋兴哥这篇小说里面,情况又不一样,它的基本构思学习了《水浒传》,但是青出于蓝而胜于蓝,大家有机会可以把原文

## 第十九讲 冯梦龙与他的"三言"

好好地看一下,我在这里没有办法详细地去讲。为什么说它写得比《水浒传》还好呢?因为这个作者面对的是两个跟西门庆、潘金莲完全不同的人,尤其是三巧儿,她完全是良家女子,跟丈夫十分恩爱,也一直盼望着丈夫回来,在此之前,从来没有过红杏出墙的举动。就连薛婆跟三巧儿也根本没有打过交道,她怎么样才能把一个素无往来的良家女子,和一个陌生的外地商人撮合到一起呢?这是一个难题。从这个故事的叙述中,我们可以看到冯梦龙这些明朝作家对成年人情感复杂性的深刻把握,那是大大超过了我们今天一般人的。在座的各位朋友也都有了一定的人生阅历,对人性的复杂也有一些体会,那么我们就来看看这篇小说里是怎么样表现它的。

陈大郎找到薛婆,把白银黄金往她面前一摆,说我有事情要请你帮忙,我看上了对面人家的女子,你如果能有办法撮合我们两个,这些白银和黄金都归你,而且我还有重谢。但是薛婆说没有办法,三巧是个贞洁的女子,从来没有任何过失,跟她丈夫的感情也很好,撮合你和别的女人还有机会,王三巧的话是不可能的。陈大郎就跪下来苦苦哀求,说你如果不答应,我就死在你的面前。最后薛婆因为黄金白银的诱惑,而且架不住陈大郎的哀求就答应了。但是她说,你不要限制时间,我得慢慢地帮你安排。

终于,薛婆为他筹划到一个计策,向陈大郎说明了一番,要陈大郎配合他行事。薛婆带了很多珍珠到蒋兴哥家对面去叫卖,这时陈大郎已经等在那里了,他扮演的是买珍珠首饰的角色,把薛婆的珍珠首饰一样一样拿出来在阳光底下看来看去,薛婆要价很高,陈大郎则还价很低,两个人故意反复争吵,引来了很多行人围观。王三巧正坐在房间里面,听见

街上这么热闹,就让丫头去看看,丫头说外面有一个卖珠宝的薛婆,正在和一位客人讨价还价。王三巧让丫头把薛婆叫来,她也想看看那些珠宝首饰,就这样薛婆终于进了王三巧的家门,第一个问题解决了。

薛婆到了王三巧家中,摆出珠宝让王三巧定价,王三巧是内行人,定的价格也合理。薛婆嘴很甜,就夸她到底是个识货的人,而且卖给娘子这样的人物,就算我吃点亏也没有关系。王三巧很高兴,说我要买的很多,但是现在丈夫不在家,我先给你一半的价钱,等我丈夫回来再把剩下的给你。薛婆说没关系,你就是先不给钱,等丈夫回来再给也行。薛婆跟王三巧讲,我本来是有重要的事情要办的,结果跟刚才那个客人讨价还价耽搁了,我把东西先放在你家,你帮我锁好看着,我办完事再来取。结果她这一去就是五天,第六天下着大雨,薛婆打着一把破伞来取珠宝箱。王三巧说雨天天气也不好,一个人家里面寂寞,难得有一个人陪我说话,您老人家就在这里陪我喝喝酒、说说话吧。两个人就一边喝酒,一边聊些家长里短,聊到了黄昏,薛婆还没有走,两个人的关系就更加密切了。而且薛婆能言善道,见识又广,王三巧在寂寞之中就把她当成精神上的依赖了。薛婆临走的时候,王三巧还跟她说以后常来坐坐,多陪我聊聊天,薛婆当然乐意了。这样,第二关又过了。

转眼到了五月,天气越来越热,薛婆跟王三巧说,你这个地方很清凉,夏天蛮好的,我家里地方又窄又热,而且特别吵,让人非常的烦躁。王三巧听了,立刻就跟她说,老人家把您的东西搬到我家里来,陪我住吧,白天出去做你的生意,晚上陪我说说话。薛婆要的就是这一句话,立刻就同意了,跟家里说好,把东西搬到了王三巧家。以前王三巧每天晚上都

## 第十九讲　冯梦龙与他的"三言"

有两个丫头陪睡,薛婆一来就把丫鬟打发到了隔壁,薛婆和她两个人虽隔着一层帐子,却挨得很近,像是一头同睡。经历过大学生活的朋友都知道,晚上灯一熄,在那种氛围里头,是可以说些很亲密的话的。王三巧跟薛婆也是这样,她们两个无话不谈,开始时说的很正经,可是薛婆有心要引动三巧,所以渐渐地就故意说一些风流话,说她年轻时跟邻居家儿子偷情的事,说得王三巧很不好意思,脸红一阵白一阵的,觉得薛婆很不正经。薛婆不管那么多,发现三巧的心思活动了,就又开始讲蒋兴哥的不好,说丈夫为了蝇头小利,把一个如花似玉的娘子抛在家里独守空房,一去就是一年多,在外面估计是有了相好的,所以把你这个妻子抛在脑后了。王三巧不信,薛婆说我女儿的丈夫就是这样的。也不知道是真是假,反正薛婆说她第三个女儿嫁了个徽州朝奉做妾,这个朝奉家里原也有妻妾,可是自从娶了她的女儿之后,就把家里的抛到脑后了,三四年都不回去一趟,就是回去一趟也待个十天八天就急急忙忙跑过来了,你丈夫也像朝奉一样在外面拈花惹草,他肯定已经把你给忘了。

　　薛婆每天这样说,三巧儿的心思就慢慢地活动了,转眼就到了七月初七三巧的生日,薛婆跟陈大郎说好了,让他做好准备,机灵一点,听着安排。那天细雨朦胧,天色昏暗,傍晚的时候,陈大郎埋伏在王三巧的门外,薛婆也带着酒菜来敲门,丫头把门打开,拿着蜡烛照来人是谁,薛婆说我袖子里面的纱巾掉到街上了,你帮我找找去。丫头就拿着蜡烛找纱巾,这时候薛婆的手一招,陈大郎一闪就钻进去了,躲到了门背后。薛婆连忙说纱巾找到了,还在我的袖子里面呢,然后也进去了。陈大郎躲在楼梯后面,薛婆拿着酒菜上了楼。薛婆跟王三巧讲,今天过节,给你厨房里的厨子丫鬟赏两杯酒

吧。那些人喝了酒一个个头重脚轻,都纷纷找地方睡觉去了,只剩下她们两个人在房里面对饮。几杯酒下肚,薛婆又继续说风月之语,说得三巧低下头不说话。薛婆取来扇子扑飞蛾,故意把蜡烛打灭了,她说我再取个灯火去,打开了门,让陈大郎乘着一片黑暗,跑进了房间,躲到了薛婆的床上。薛婆说厨房里的蜡烛都没了,没法点灯,三巧说没有烛火我怪害怕的,薛婆说没关系,我陪你睡,睡在一起正好说话。这个时候她把陈大郎一拽,陈大郎就跑到了王三巧的床上,王三巧酒后神志不清,又被薛婆一席话说得意往神驰,陈大郎就得逞了。

从此二人来往,很快就每天都幽欢密会了,虽然不是夫妇,但是感情胜似夫妇,两个人一直交往了大半年。陈大郎确实很喜欢王三巧,挥金如土,买了很多的珍珠首饰和衣服送给三巧,很快就把钱花光了。陈大郎就跟王三巧讲,我必须回乡一趟,贩卖些货物,等明年我再来看你。王三巧说我愿意跟你私奔,收拾了东西我就跟你走。陈大郎说不行,路上带女人不方便,你在这儿等着,我明年一定再来找你,到时候找一个僻静的地方,我们悄悄地去过一夫一妻的生活。王三巧也没办法,就只得同意了。陈大郎临走之前,三巧送给他一件珍珠衫作为信物,这是蒋兴哥家祖传的宝贝,它是完全用珍珠串起来的衫,夏天穿起来很凉快,三巧说你带着它就像见到我一样。

陈大郎跟王三巧分别之后贩了很多货物,沿着长江从湖北往东走,一直到了苏州,这是商家云集的地方,陈大郎就在这里停下来发卖货物,一待就待了三个月,也认识了很多的商人。其中有一个姓罗的一个年轻商人,是襄阳府人,这个人其实就是蒋兴哥,因为他在广东经商,为了跟当地人搞好

## 第十九讲 冯梦龙与他的"三言"

关系,就改从了外公的姓,对外称自己姓罗,名叫罗德。蒋兴哥跟陈大郎在酒席上认识,两人一见如故,非常投机,就谈起了各自的经历,还有一些拈花惹草的事。这时陈大郎就说,我在你们襄阳碰到了一个非常漂亮的女人,就在襄阳的哪个街上,丈夫叫蒋兴哥,你认不认识?蒋兴哥听了心里一惊,但是他面不改色地说我不认识,于是陈大郎就一五一十地把他和王三巧交往的情况讲了,还把身上的珍珠衫给他看,蒋兴哥表面上不露声色,实际心里又羞又恨,第二天就收拾行装,要返乡去了。陈大郎说你既然回去,就顺道帮我给王三巧儿捎一份情书、一条汗巾,和一个簪子吧。蒋兴哥在船上打开情书一看,觉得特别心痛,把书信撕得粉碎扔到了江里,簪子也被他一掰两半了。很快蒋兴哥就后悔了,刚才应该把这些都留着作证据的,回去好跟妻子算账啊,于是他捡起簪子和汗巾赶回了家乡了。

  蒋兴哥到了自己家门口,心里很矛盾,不愿意进家门,但是没有办法,还是要见妻子。他见到王三巧并没有说什么,也没有责怪质问她,只是淡淡的,不像夫妻久别重逢那么亲热,王三巧心里有鬼,也不敢跟丈夫说什么。蒋兴哥说,我刚回来,先出门去看看你的父母吧,其实他根本没去,是在船上坐了一夜,左思右想了一个晚上。第二天他回到家里,跟王三巧讲,我昨天到你家里去,发现你的父母得了重病,你快回去吧,我随后就到。王三巧听说父母病重,急急忙忙地乘了轿子回家,蒋兴哥却没有跟着去,只叫家中仆妇拿着自己写的信送去给老丈人。王三巧回家一看父母好好的,说为什么丈夫骗我呢?王公也很吃惊,女儿怎么无缘无故突然跑回家来了?因为中国古代女子出嫁后,要回娘家看父母不是说想回去就回去的,必须是娘家有人来接你回家住几天,或者是

103

过节日，夫妻一起去拜望父母才行。现在王公看到女儿一个人跑回来了，心里吓了一跳，这时仆妇把信交给了王公，王公打开一看是蒋兴哥写的休书，说王三巧在我家里犯了"七出之条"，我把她给休了。王公一看特别地生气，凭什么无缘无故就把我女儿给休了呢？王公问王三巧，究竟发生什么事了？王三巧痛哭流涕，王公再怎么追问，她一句话也不说。王公没有办法，派人去问蒋兴哥，蒋兴哥说你还是去问你的女儿吧，我把我们家祖传的珍珠衫交给她保管，这个珍珠衫现在下落何处，她要是能把珍珠衫找出来还给我，万事皆休，如果她找不出来，此事无可挽回。王公回去跟三巧一说，三巧明白丈夫已经什么都知道了，可仍旧是一言不发，只是加倍地痛哭流涕。王公一看情形，知道错的肯定是女儿这边了，唉声叹气的也没有办法。王三巧一边哭一边想，自己以前跟丈夫感情那么深，现在做出了这样的行为，辜负了丈夫的恩爱，是我对不起他，我也没有什么脸面活在世上了，不如一死了之。于是趁着父母不注意，王三巧上吊了。幸亏她命不该绝，被母亲及时救下，母亲就劝她，你年纪轻轻，才二十多岁，人生还长得很，你将来再找一个，照样可以过好下半生。

　　过了不久，有一个南京的进士要到广州去做官，途经襄阳，他的妻子长期不生育，想娶一个小妾传宗接代，听说王公的女儿长得很美，正好被丈夫给休了，就派媒人前来说亲。王公和王三巧都同意，王公就到蒋兴哥家里去问，我的女儿现在要改嫁了，你同不同意？蒋兴哥说我当然同意，而且当年她陪嫁的十六大箱子嫁妆我也还给你。王三巧看到丈夫对她还是这样有情有义，心里面更加过意不去，但是事已至此，无法挽回，就只得跟着吴进士到广东去了。

## 第十九讲 冯梦龙与他的"三言"

　　陈大郎回到安徽老家,整天思念王三巧,看到珍珠衫就唉声叹气地流眼泪。他的妻子平氏觉得事情蹊跷,问起珍珠衫的来历他又不说,平氏就把珍珠衫给藏起来了。陈大郎跟她大吵大闹,最后负气离家,要重回襄阳,结果在途中遇到强盗,货物被抢劫一空,最后剩下一条性命,带着两个仆人到了襄阳。他们找了一个客店住下来,打听王三巧的消息,听说了王三巧发生的那些事情,陈大郎受到沉重打击,一病不起,病了半个月就一命呜呼了。平氏从安徽跑来给他料理了丧事,本来还剩下一些钱,不料被仆人们席卷一空,平氏流落街头,只得替人家做针线活维持生计。恰好蒋兴哥要重新找老婆,媒人就把平氏说给了蒋兴哥。婚后一天,平氏在屋里收拾衣服,蒋兴哥看到里面竟然有一件珍珠衫,说这个东西是我们家祖传的宝贝,你是从哪里弄来的?平氏说这是我丈夫陈大郎在你们襄阳时,有一个相好送他的。这时候蒋兴哥才知道原来平氏是陈大郎的结发妻子,心里面就想,果然是报应不爽。

　　蒋兴哥跟平氏两个人感情很好,一年之后,他又出门贩卖珠宝,有一个六十多岁的老人偷藏了他一颗很大的珠子,蒋兴哥跟老人发生了争执,抓住他就要搜身,不小心推了这个老人一下,他倒在地上就死了。老人的儿子把蒋兴哥告到官府,要让他偿命。结果这个县官正好是那位吴进士吴杰,也就是三巧后嫁的丈夫,因为他政绩显赫,所以就升到了此处继续做官。吴杰晚上在烛光下看案卷,王三巧在旁边服侍,一眼就瞧见案卷上面的这个人是罗德,这不就是前夫蒋兴哥么,而且犯的是人命官司,她想起了当年的夫妻恩情,跪下痛哭流涕,说这个人是我的哥哥,你无论如何也要救他一命。吴杰说这个事情不好办,三巧儿就拼命地哭,说如果你不救他,妾身我也难免一死。后来吴杰就想了一个折中的方案,让蒋兴哥替这个老人披麻戴孝,以人子之礼给他送葬,老人的儿子也接受了,蒋兴哥不但免了一死,连打也没有挨,这件事就此了断了。

　　吴杰把蒋兴哥叫到自己的私衙,说你的妹妹希望见你一面。蒋兴哥觉得奇怪,我怎么会有妹妹跑出来呢?他将信将疑地跟着衙役进了私衙,跟三巧儿迎面相逢,两人二话不说就抱头痛哭。吴杰看了奇怪,说我怎么看着你们不像是兄妹关系呢,你们到底是怎么回事?三巧儿说其实我们以前是夫妻,蒋兴哥也把过去怎么夫妻恩爱、又怎么休妻的事情讲了一番,吴杰很同情他们,说你在我这边已经三年了,幸亏不曾生下一子半女,你就跟着你的蒋兴哥回去团聚吧!这两个人求之不得,立刻跪下磕头表示感谢。吴杰让蒋兴哥把王三巧带回襄阳,而且把她那十六箱陪嫁又原封不动地还给了他。吴杰因为做了这件好事,也受了好报,后来在北京娶了一个小妾,连生三子,个个都是状元、进士。这篇小说的基本情节就是这样。

　　大家已经看到这篇小说中的巧妙情节了,我们再来分析一下故事的主题,他为什么要讲这么一个故事呢?其实在这个小说的开头部分,冯梦龙已经很明确地讲了,我的目的是告诉世人,破坏人家夫妻间的百年恩义是一定会得到报应的,他引用了一首诗,"人心或可昧,天道不差移。我不淫人妇,人不淫我妻",人心可以被欺骗,但是上天的神灵是不能欺骗的,我不去勾引人家的妻子女儿,人家也不会来勾引我的。这里面包含的就是一种善有善报、恶有恶报的因果报应理论,这个理论是通过陈大郎来表现的,你看陈大郎让薛婆去勾引王三巧,结果自己被强盗抢劫,死在他乡,连妻子平氏也落到了蒋兴哥的手里，这就是所谓的天道循环。

这种思想在明清时期的通俗小说中反复出现，中国的传统社会非常看重夫妻人伦，而且社会舆论也强烈谴责破坏夫妻关系的行为，这和我们今天的社会可能有些不一样，今天大家对这种事情不像古人看得那么严重。在明朝后期，出现了很多的色情小说，当然对我们今天来说这些算不了什么，其中很著名的一本叫做《肉蒲团》，这本书在国内是不允许公开出版的，即使有研究论文也不会允许发表，但是在香港、台湾、美国、法国、日本，大家可以自由地讨论这部小说，并且对它的评价很高，认为这是中国色情小说、甚至所有小说中的一流之作。我前两年在东京大学访问时，到他们的图书馆看了看，我也觉得它的文字太好了，实在是一流的，可惜是一部色情小说，不能够公开传播。这本小说的基本情节就是根据"我不淫人妇，人不淫我妻"这两句话设计的，小说的主人公叫未央生，是一个风流才子，他平生有两大志愿，一是做天下第一流的才子；二是娶天下第一流的佳人。未央生有一天在庙里见到了布袋和尚，布袋和尚的目光很敏锐，一看就知道这个年轻人一肚子的花花心思，就苦口婆心地劝他苦海无边、回头是岸，要克制情欲，皈依佛祖。可是未央生正年轻，血气方刚的听不进去。他回到家去，先娶了一个本地的姑娘做媳妇，很快又把这个年轻漂亮的妻子抛在家里，自己出门云游四方去了，要寻找天下第一流的美佳人。

很多年过去，未央生遇到了很多年轻美貌的良家女子，他想方设法地勾引她们，跟她们发生了亲密的关系。可是其中一个人的丈夫发现了自己妻子和未央生的私情，他就非常愤怒，决定要报复，而且要以其人之道还治其人之身。他打听到未央生家中有一个年轻漂亮的妻子独守空房，就乔装改

扮成了一个佣人，跑到未央生的家里打杂，很快就跟未央生的妻子勾搭上了。后来未央生的妻子怀孕了，因为怕事情泄露，他就带着未央生的妻子远走他乡，在途中生下了两个女儿，到了北京后，这个男的把未央生的老婆卖到了妓院。因为那个老婆很漂亮，又聪明伶俐，所以很快就成了名动四方的名妓，未央生听说后有心一访，千里迢迢跑到了北京，结果见面一看，两个人都大吃一惊，老婆一看竟然是自己的丈夫，羞恨难当，跑到房间里关上门自尽了，未央生一看竟然是自己的妻子，也受到了沉重的打击。这时，未央生想起了当年布袋和尚讲给他的那番话，决心痛改前非，回凤凰山找布袋和尚剃发修行了。这就是《肉蒲团》的基本情节。

  这个故事的结构就是从"我不淫人妇，人不淫我妻"这句话引申而来的，包含的基本思想就是善恶因果的报应。"善有善报，恶有恶报"这句话大家都很熟，那么我们该怎么理解它呢？我看过北大哲学系几位老师写的讨论文章，认为这种话不可不信，也不可全信。为什么说不可全信呢？因为你当了好人，做了好事，也未必会得到善报。更何况中国古人的观念就是施恩不图报，受恩不言谢。赐予人家恩惠，并不是为了图人家的报答；接受人家的恩惠，也不一定非得去感谢人家。不过呢，恶有恶报总是不可不信的，一个恶人总是做坏事欺负人，总会有人反抗的，即使对方非常软弱，他也会想办法去报复，报复不了你还可以等着去报复你的儿孙，所以作恶得恶报是很有可能的。佛教里面也反复地强调因果报应，尤其是恶人一定会有恶报，因为一旦恶行发展到"孽"，这个"孽"就会产生一种情感性的氛围，它像空气一样不会扩散，很难消除，"孽"不断地扩散传播，演变到某一个时刻就成为了你的报应。古话说"恶有恶报，善有善报。不是不报，时辰未到",这并不是一种单纯的信念,其中含有很多人生的经验,这个说法是有价值的,它也有一定的改变风俗、教化人心的积极意义。这也是冯梦龙这些明朝文人在小说中反复宣扬这种观念的目的。

# 第二十讲　明清小说中的骗子故事

李鹏飞

我们这节课要讲的题目是明清小说中的骗子故事，我已经给大家发了一个简单的提纲，一会儿可能会讲到的小说文本都在幻灯片里，所以大家也不用再特意去做笔记了。

这堂课我们讲的是明清小说里边非常有趣的一类故事，其实我们现在的生活里也到处有骗局、到处有骗子，在座的各位大概也都遇到过，或者是听别人讲过吧？前天我跑到电话局刚把话费交了，回家就接了一个电话，说我欠了2500块钱的话费，月底不交就把电话给我掐了，我没听完就挂了。这种电话我已经接到过太多次了，这是北京如今特别盛行的电信诈骗。其实这样的骗局太小儿科、太拙劣了，简直没有任何技术含量，跟我们今天要讲的明清小说中的骗子故事一比真是小巫见大巫。

我们今天要讲明清小说中的骗局是我最近两年在研究的一个问题。据我的调查，这种故事在明清白话小说、文言小说中都是数量非常庞大的。实际上，在唐朝时这样的骗子故事就已经很常见了，而唐朝最有名的骗子故事还跟唐太宗李世民有关系。李世民这个人大家都非常熟悉，他开创了中国历史上有名的贞观之治，为后来的开天盛世奠定了坚实的基础。这个人是一个雄才大略的君主，文治武功都非常突

## 第二十讲 明清小说中的骗子故事

出,虽然当年毛泽东主席写过一首很有名的《沁园春·雪》,那里面说"惜秦皇汉武,略输文采。唐宗宋祖,稍逊风骚。一代天骄成吉思汗,只识弯弓射大雕",认为秦皇汉武、唐宗宋祖带兵打仗都很厉害,文采就要差一点了,但是我觉得这样的评判对唐太宗不是特别公平的。根据我们现在所掌握的资料,唐太宗这个人真的是文武双全,清朝人编的《全唐诗》中,光是唐太宗的诗就有几百首,当然我们不能说他写得很好,但是其中的确也有好诗。除了写诗,唐太宗还有一些比较突出的文艺才能,比如说他特别喜欢书法,字写得很好,平生最喜欢的书法家就是晋朝的王羲之,从他当了皇帝就开始搜集王羲之的字帖了。大家想想,帝王至尊要搜集点字帖不是很容易的事情吗?所以他很快就搜集到了大量的王羲之字帖,天天上朝之余就在宫廷里边临摹。但是他有一个很大的遗憾,这些字帖里边恰恰没有王羲之最著名的《兰亭序》。

唐太宗魂牵梦绕,老念着要搞到《兰亭序》,就派人到处去打听,终于确认《兰亭序》尚在世间流传,而且是传到了王羲之的第七代孙辩才和尚的手中。这个辩才已经九十多岁了,在越州的永兴寺当方丈,大概是今天浙江绍兴一带。唐太宗得到消息非常高兴,就派人到寺庙找辩才禅师去问,这个《兰亭序》到底在不在你手里面,如果在的话能不能借给我或者献给我。可是辩才禅师一口咬定《兰亭序》不在我手中,已经遗失在战乱中了。唐太宗派人问了好几次,禅师都矢口否认了。

唐太宗派人反反复复地调查,确定字帖肯定在辩才手里,是他不愿交出来。唐太宗没有办法,就找大臣们商量,有人出了个主意,说派萧逸去找辩才,他一定可以把《兰亭序》要过来。这个萧逸是唐太宗手下特别有名的一个大臣,他的

祖先是梁朝的皇帝,他本人的文化素养很深,经史百家无所不通,琴棋书画无所不晓,而且非常足智多谋。于是唐太宗就派了萧逸去要《兰亭序》,萧逸设了一个特别高明的骗局,我们下面就讲一讲他是怎么做的。

萧逸乔装改扮,把自己装扮成贩卖蚕种的客商,还向唐太宗要了一些王羲之的其他字帖随身带着,直奔越州永兴寺。唐代寺庙通常会请很多著名的画家画壁画,这些壁画非常漂亮,像著名的诗人王维也是一位壁画家,这个永兴寺也有壁画,萧逸来到永兴寺就假装是在看壁画,他在那里走来走去,尤其是在辩才禅师的方丈门前走了好几趟,终于引起了禅师的注意,把他请进去交谈了。禅师是文化素养极高的,萧逸也是如此,而且他能言善道,温文尔雅,禅师跟他一见如故,两个人谈得非常高兴,禅师就留他在寺里喝茶、下棋,一来二去两个人就混得很熟,成了朋友。

萧逸隔三岔五地跑到方丈禅室里跟他清谈,终于有一天谈到了书法,萧逸说我平生最喜欢的就是书圣王羲之了,而且我还随身带了几份他的字帖。这种字帖是很名贵的,辩才就不相信,说你的那些是真迹么,拿出来给我看看。萧逸就把从唐太宗那里要到的字帖摆出来,禅师也很有眼光,说确实是真的,不过不是王羲之最好的字帖,我这里有一幅《兰亭序》,是我们王氏家族祖祖辈辈传下来的。萧逸也假装不相信,说经过了这么多年的战争,《兰亭序》早就毁于兵火了,你即使有也肯定是假的。禅师说我不骗你,我拿给你看看。禅师方丈的屋梁上边有一个横梁,横梁上凿有一个很深的一个洞,他就从那个洞里把一个盒子很小心地取出来了,打开盒子里面果然是《兰亭序》。萧逸一看当然知道这是真迹了,但他故意说不是真的,这个字哪里写的不对,那个字写得怎么

## 第二十讲 明清小说中的骗子故事

不好,总之说来说去,就是说这个字帖有很多问题。辩才禅师跟萧逸交往了很长时间,知道他是一个行家,他说这个东西是假的,辩才心里边就有点犯嘀咕,不自信了。所以他就没有把《兰亭序》再放回到屋梁上,而是放在自己的方丈里,没事的时候就看一看。

有一天,萧逸打听到禅师到越州城里一户人家吃斋去了,就赶忙来了寺中。因为萧逸跟禅师长期交往,寺里边的小和尚都跟他很熟了,也没有人防备他,萧逸说我的头巾落在你师傅的禅房里面了,我要去取,你给我把房门打开吧。萧逸一进去就带走了字帖,到长安献给了唐太宗。唐太宗很生气,因为我问过你辩才很多次,你都说《兰亭序》不在你手中,这是犯了欺君之罪。好在唐太宗毕竟是比较宽容厚道的君主,又看到禅师年事已高,所以并没有治罪,反而让越州的官府给了他很多的赏赐。不过禅师受了惊吓,又心痛《兰亭序》的丧失,一病不起,几年就死了。

这个故事中,唐太宗跟萧逸联合起来设了一个很巧妙的骗局,实际上这个行骗的过程就是一场心理战,萧逸和唐太宗知道禅师心里肯定是加倍谨慎的,所以要取这个《兰亭序》得先让他的心理防线松懈,然后再乘虚而入。

既然说到《兰亭序》,我们就岔开说两句。《兰亭序》在中国书法史上是无价之宝,根据我们刚才讲的故事,大家知道《兰亭序》是落到了唐太宗的手里,而且据说唐太宗驾崩前,下令将《兰亭序》陪葬,所以《兰亭序》应该是入了他的昭陵了。我们今天还没有完全挖掘昭陵,因为目前的科学技术不足以很好地保存里面的文物,但是在历史上昭陵曾经被盗过墓,所以《兰亭序》现在是昭陵里面埋着呢、是被偷出来流传于世了,还是它根本就没有陪葬,这些我们都不知道。在我

们故宫博物院也有一幅《兰亭序》，有一年冬天故宫晒画的时候我亲眼看到过，他们说那个是真迹，但有人不同意，这个问题引起了长期的争论。我记得上世纪六十年代的时候有很多书法家和历史学家写过论文或专著来专门讨论这个问题，包括郭沫若也写过好几篇文章，不过这个问题到现在还是没有定论。等将来考古学家把唐太宗的昭陵打开，我们再看看里面究竟有没有《兰亭序》吧。

唐太宗跟萧逸骗取《兰亭序》的故事，是中国古代最早的，也是最著名的一个骗子故事。因为这个故事和唐太宗有关系，所以它特别有名，后世的文人基本都知道这个故事，到了明清的时候，就有很多人在小说里边模仿它了。比如说蒲松龄的《聊斋志异》里就写了一篇《局诈》，写的是一个道士从别人手里面骗取一架的古琴的故事，这个故事的手法跟唐太宗、萧逸很类似。到了清朝晚期的道光年间，有一位很著名的文言小说家宣鼎，他写了一本《夜雨秋灯录》，其中有一篇叫《雅赚》，跟唐太宗、萧逸骗《兰亭序》也非常相似。这个故事很有意思，我简单介绍一下。

这里面被骗的人是一个鼎鼎大名的书法家、画家，他就是大家很熟悉的郑板桥。郑板桥是扬州八怪之一，他的书法造诣极高。当时扬州城里最有钱的人就是盐商了，许多盐商巨贾都找郑板桥求字，他们觉得在厅堂里挂一幅郑板桥的字是非常荣耀的事，如果没有，就显得自己品位不高。郑板桥一般是有求必应的，他们给的润笔费也很高，郑板桥写一副字多少钱，都是明码标价的。

扬州城里有一个有钱的盐商，为人非常小气，郑板桥特别不喜欢这个人，所以他去向郑板桥求字的时候，郑板桥就说坚决不给，一万两白银我也不给你写一个字。这个盐商特别地郁闷,别人家里边都挂着郑板桥的字就我没有,多丢人啊,所以他天天琢磨,用个什么办法能搞到郑板桥的字。

郑板桥他平生有两大癖好,一个是游山玩水,第二个是爱吃狗肉。有一年春天,他带着书童到扬州城外游玩,结果走着走着,到了一个特别偏僻的山里,周围都是乱坟,可是这种地方却有一所雅致洁净的茅屋,院子里还种了很多的花木。郑板桥很惊讶,他就叩门拜访,发现里面有一位仙风道骨的人,这个人自称怪叟,"怪叟"就是怪老头的意思。这个怪老头见到郑板桥跑进来,不问青红皂白就让手下的童子把他赶出去,郑板桥书童赶紧说这是扬州城里的郑板桥先生。怪叟一听说是郑先生,就邀请他坐下喝茶,两个人聊了一会儿,觉得非常投机,简直相见恨晚。怪叟说我这个地方离市区太远了,买不到什么好菜、好酒,但是我今天正好炖了两只狗腿,不知道可不可以拿它来招待郑先生。郑板桥一听口水都流下来了,他平生最喜欢吃的就是狗肉,更何况是炖了两只狗腿,于是二话不说就留下了。

这么一来二去的两个人混得很熟,郑板桥隔几天就要过来见见怪叟,不跟他聊聊天、吃吃狗肉就觉得缺点儿什么,时间一长,就成了铁哥们,两个人无所不谈。但是怪叟从来不跟他谈书法或绘画,就好像不知道郑板桥是个书法家或者画家一样。结果有一天郑板桥自己忍不住了,觉得自己的特长得让朋友了解了解,就说我平生有一个爱好,最喜欢写上两个字,画上几笔,我今天想献个丑。然后怪叟一听也很高兴,立刻准备文房四宝,在桌上铺上条幅,磨上墨让郑板桥写字,郑板桥大笔一挥,写了十个条幅,怪叟盛宴款待郑板桥,郑板桥喝得大醉,兴尽而返。

第二天,郑板桥酒醒了,想来看看怪叟,看他把自己的字

挂起来了没有,结果跑到山里边一看,房子还在,但是人没了,字也没了。郑板桥想,难道这一段时间我碰到鬼了?琢磨来琢磨去他才恍然大悟,心想那个盐商真狡猾,竟然效仿当年唐太宗、萧逸骗《兰亭序》的这个手段来骗我的字。郑板桥派书童到盐商家里去打探,一看果然,十几副字已经齐齐整整地挂在盐商墙壁上边了,盐商正在向别人夸耀呢,这是郑板桥上当受骗的故事。

这个骗局跟萧逸、唐太宗骗《兰亭序》的故事模式非常相似,而且他们又投其所好,先打听好了郑板桥本身的癖好,像游山玩水、吃狗肉这些,攻破了他的心理防线,使郑板桥中了圈套。

这几个故事并不会使我们觉得骗子有多么恶劣,所以《夜雨秋灯录》称之为"雅赚",就是说这种骗术本身是比较文雅的,也没有造成特别严重的后果。但是在明清小说里边有很多的骗局并不是这么的风雅,它让被骗的人蒙受了精神或者财产的损失。明清小说中写了这么多骗子故事,它的目的就是让人们了解骗子的伎俩,揭穿他们行骗的手段,防止大家上当受骗。明代的作家们还总结了几点防骗的经验,在我们人性里有许多与生俱来的弱点,如果这些弱点被人利用了,我们就容易上当受骗;同时在我们人性里也有很多善良的东西,我们的这些善良也会被人利用,也可能因此上当受骗。一般来说,因为人性弱点而被骗的情况更多见,明清人总结的就是酒色财气,这个是男人容易犯四个毛病,女性好酒贪杯的可能少一点,但是其他的几点可能也在所难免。我们儒家思想,包括佛教思想讲来讲去的也是这些,要我们克制自己人性里边的酒色财气、贪嗔痴慢。

冯梦龙的《醒世恒言》里有一篇"苏知县罗衫再合",其中

## 第二十讲 明清小说中的骗子故事

有一首《西江月》词讲到酒色财气的坏处,"酒是烧身火焰,色乃剜肉钢刀。财多招忌损人苗,气谓无烟火药。四件将来合拢,不差半点分毫。劝君莫恋最为高,才是修身正道。"还有一部小说《型世言》,这部小说大家可能不太熟悉,这是非常优秀的一部小说,它写到了好几个骗子故事,其中一篇我们今天会重点讲到。像"吴郎妄意院中花,奸棍巧施云里手"这篇小说的结尾,作者总结说"他财莫要,他马莫骑",这个就是不受骗的要诀。

我们来看一看这个故事是讲的是什么。这个故事很典型,我想在座的每一个人在生活中里边遇到的话,或许都很难逃脱圈套,尤其是这些骗子非常聪明,智商都很高,就算你拆穿了他的骗局也没有办法能制他,理亏的反而是你自己。所以我经常和别人讲,中国古典小说有两种类型,一种是骗子类型,一种是公案类型,公案就是清官审案,从这两种类型中,我们就可以看出中国人是何等的聪明,抛开道德评判的因素不谈,中国人的脑瓜子真是非常精明。

我们先看一看《型世言》里边"吴郎妄意院中花,奸棍巧施云里手"这一篇。这是一篇很好的小说,作家把这么复杂的一个骗局讲得条理清晰,纹丝不乱,让读者看得非常入迷。

故事的主人公吴郎,叫吴尔辉,是杭州城里有钱的盐商,这个人特别小气,而且有一个好色的毛病。他家里父母给他娶的老婆很丑,又特别泼悍,所以吴尔辉虽然有花花肠子,但是因为老婆管得严,也不敢乱来,看到漂亮女人只敢死看,不敢轻举妄动。有一天,他在杭州城街上晃来晃去,经过张二郎家门前,看到窗户里有一个女人盯着自己看。这个张二郎到广州经商,已经去了八个月,妻子王氏长得很漂亮,天天独守空房,盼望着丈夫回家,这一天是她在窗前往外看,看得入

了神了。吴尔辉就觉得这个女人对我有意,从此他就天天在张二郎门前天天晃来晃去,想引起王氏的注意。结果王氏没有注意他,一个骗子倒发现了,这个骗子是杭州城里一个很著名的光棍,看到吴尔辉天天在张二郎门前瞟楼上的这个女子,知道这个家伙肯定在打她的主意,就打算想个办法骗他一笔钱。

当吴尔辉又晃到张二郎门前的时候,这个光棍就跑过去拉了他一下,说我看你天天在这里走来走去,你是不是对楼上那个女的有意?那个女的是我老婆,如果你想要的话我可以送给你。吴尔辉说没有的事,就板着脸走了。隔天吴尔辉又来了,光棍站在门口,邀请他到家里去坐一坐、喝杯茶。吴尔辉不接受他的邀请,继续往前走,光棍就在后面跟着他,说我昨天跟你说的话是真的,她真的是我老婆,现在我不想要她了,因为她跟我母亲天天吵架,我母亲让我把她休了。他说我本来想把她卖到妓院里去,换一点儿银子,但是因为我们夫妻感情很深,我也不好干这种缺德事儿,就想把她卖给你,我得几十两银子再去娶一个好的。吴尔辉说我不相信有这样的事,而且前两天我的朋友刚娶了一个有丈夫的女子,发现是被人家讹诈,被骗走了很多的银子,说完吴尔辉就又走开了。

这个光棍就去打听吴尔辉的家在什么地方,找到他的家里面去了,又来跟他去谈这个事。吴尔辉一看就很害怕,因为他老婆知道了就会骂他,所以赶紧扯着光棍到一家酒店坐下来谈。光棍说我真要把老婆卖了,因为我要做孝子,做孝子我就不能做好丈夫了,你不要以为我是在骗你。吴尔辉说那你让官府给你写一个离婚的执照,你给我这个执照,我才相信你。光棍说那没问题,两个人就开始谈价钱,谈来谈去

## 第二十讲 明清小说中的骗子故事

谈好了七十两银子,等光棍拿到官府离婚执照了先付二十两,然后一手交人一手交钱,把另外的五十两再给光棍。

这个光棍跟自己的两个伙计都是一伙的,他们商量了一个主意,写了状纸到钱塘县衙,县官一看是告状人张青,这个是他瞎编的名字,说因为妻子忤逆婆婆,所以要休妻,证人是两个邻居,一个姓陈,一个姓朱。县官就派了衙役去提审这两个邻居作证,那两个邻居其实就是伙计假扮的,他们一唱一和就开始说话,两个邻居说你怎么这么傻呢,你的妻子跟母亲吵了两架,也不要这么性急就把她给休了啊,你再看两个月,瞧两个人还能不能和好啊。光棍说那不行啊,天天在屋里面吵架,把锅碗瓢盆打得稀烂,我这要过日子的人,我宁愿一辈子不娶老婆了,也要把她休了。两个邻居就拼命地劝,说你母亲也有不对的地方,你两边劝和,不要拆散。差役在旁边一听,他们确实是左邻右舍,按当时的规矩,衙门差役出来提审犯人,犯人要给他银两,得好吃好喝地款待,他打官司的时候才能够照顾你。所以光棍也表示想把差役和两个邻居请到家里坐坐喝杯水酒,但是两个邻居说你老婆跟你母亲打架,把锅碗瓢盆都打烂了,心情也不怎么好,你怎么把差官带到家里面去呢,你老婆也没心思来款待人家啊。于是光棍就把这些人带到酒店里边,点了几个菜,吃饭喝酒,搞到很晚了。差役说今天县官已经退衙了,明天我再来找你们吧。这两个邻居说你这个差使没有什么油水可捞,我们也不劳你大驾到家里面去请了,我们明天在什么地方等你,然后你到那个地方跟我们会和,我们跟你到县衙里去就行了。

第二天差役就到那个地方,三个人都在那儿等了,大家一起到钱塘县里,县官就问,张青的老婆是不是真的跟母亲在屋里面打架?大家都说确实有这么一回事,县官一听当然

没有什么问题了,立刻批准离婚执照,盖了一个官府的大印,这个文书骗子就拿到手了。骗子找到吴尔辉,吴尔辉一看果然是盖了官府的印,就把二十两白银付给了光棍。

吴尔辉跟骗子说,我要选一个吉日成亲,但是肯定不能在我家里边,我老妈不打死我才怪,我在杭州城钱塘门外的葛岭租一个房子,到那个地方成亲,时间选在十一日。当时是初七,他说四天后你把人抬到葛岭,到时候我再把剩下的五十两银子给你。接下来这个光棍设计的骗局就更加巧妙了。

光棍找到他的同伴,让同伴装扮成老板,自己装扮成管家,两个人来到了张二郎家门外,问张二哥在不在家。张二哥的妻子王氏在家里面答应,说我们家张二到广东做生意还没有回来。这个假老板就跟光棍讲,前两天明明你们一起从广东动身回的杭州,怎么张二还没有到家。光棍说,那可能他没有到这边,我们改天到那边去找他。说完他俩掉头准备走,王氏在屋里边动了疑心,让丫头赶紧把管家拉回来,要好好问一问他。丫头就把这个扮成管家的光棍拖回了,王氏出来跟他见面,刚才你们说明天到那边找张二是怎么回事?光棍假装不说,王氏一定要问,假管家就说,我们前几天从广东一起回来的,路上张二借了我十两银子,我今天是来找他讨银子的。王氏就很奇怪,张二为什么找你借银子呢?光棍说他的钱都买了货物,盘缠不够,所以途中借了我十两银子。王氏又问,你们跟张二同时动身,为什么你到家了,张二没到呢?而且你为什么说明天那边去找他?光棍故意说我不能告诉你,王氏跑到房里边拿了一千个铜钱送给他,假管家没有办法,装作很犹豫的样子,说你千万不要生气,张二在广东的时候逛妓院,看上了一个很漂亮的妓女杨兰儿,张二回杭

## 第二十讲 明清小说中的骗子故事

州的时候二人难舍难分,杨兰儿愿意自己掏钱赎身,跟他来杭州给他做小,张二就答应了,因为他娶了小妾,途中花销很多,所以找我们借了钱。他回到杭州后怕你生气,所以带着杨兰儿到杭州城外的一个什么地方暂时安顿了下来。王氏一听有名有姓的,就信以为真了,非常生气,说你明天带我去找张二。光棍说那不行,而且就算带你去我也不知道他现在在什么地方。不过我要讨十两银子,所以一定会去找他的,等我找到这个地方之后再来告诉你。

  王氏听到这个消息非常痛恨丈夫,恨不得立刻找到他打一顿。她把她的哥哥王秀才找来了,说有这么一回事儿,等找到张二之后你得帮我出气。王秀才将信将疑,说我们还是不要去找,他自己自然会回来的。王氏说这个王八蛋在外面娶了一个小妾,他怎么可能回来。王秀才没有办法只得答应了。到了初十那天的下午,光棍就来了张二郎家里找王氏,说找到张二了,他在钱塘门外葛岭租了一个房子住着呢,而且他添油加醋,说我也看到姨娘了,你老公新娶的这个小妾还请我进去喝茶,好饭好菜地招待了我,还说这个姨娘打扮得多么多么娇媚,多么多么漂亮。每一句话都说得王氏心里无名火直冒,巴不得立刻找到张二。光棍表示很为难,说明天我带你去找,张二肯定生我的气,那十两银子就不给我了。王氏说没关系,我给你,如果没有银子我拿他的货物抵偿。

  第二天,王氏租了一个轿子,带上王秀才跟光棍,三个人一起出了杭州城,到去钱塘门外去找张二。眼看就快到了,光棍让王秀才他们先等一等,让自己进去把他骗出来,否则万一他不在家,你们冲进去,他们死不认账怎么办?或者张二知道消息跑了呢?王秀才连说有理,他俩就在十来家铺面之外的地方等着,光棍就大摇大摆地进去了,到了吴尔辉新租的房子里,说我已经把人给你送来了,你赶紧把五十两白银给我。吴尔辉说你为什么不把人送到我的屋子里来,我们当面一手交人、一手交钱呢?光棍说,今天是王氏的哥哥王秀才亲自来送亲,这个秀才是读书人,你怎么好意思让我当着他的面把他的妹妹卖给你呢?一手交人、一手交钱,这多不体面,对不对?而且现在人已经在那边,你不相信就派一个人去看看就行了。吴尔辉立刻派仆人去看,果然有王秀才兄妹在那儿等着。吴尔辉就相信了,立刻拿出五十两白银付给光棍,光棍拿了银子就去找王秀才,说张二已经叫我骗出来了,他正在大厅跟惠州的客人谈话,你们赶紧进去,说完这个光棍就跑了。

王秀才跟王氏心急如火,立刻就冲了进去。下边的这个场景非常有喜剧性,因为王氏冲下轿子就喊,欺心王八,你背着我娶了一个小妾。吴尔辉愣了,我和你丈夫你情我愿把你卖给我,有什么欺心的。王秀才也问,我的妹夫在哪里?吴尔辉说学生便是。两边互相争吵,但是说的话又牛头不对马嘴,所以显得特别搞笑。

最后吵闹的动静太大了,官府的人正好从旁边经过,就把这帮人带到衙门里去审问,发现双方都上当了。再想方设法去找这个骗子,哪里还能找得到,这个骗子拿着七十两银子早就远走他乡了。

这个骗局非常巧妙,小说的标题叫做"吴郎妄意院中花,奸棍巧施云里手",这个"云里手"是什么意思呢?就是凭空从半天云里边伸出一只手,施展手段,设计了一个骗局,把两边都骗得一愣一愣的,差点人财两空。大家看,这个骗子利用的就是人性的弱点,吴尔辉是好色,而且怕老婆,王氏是容易动气,这些也是人之常情,但是就被骗子给利用了。在故

## 第二十讲　明清小说中的骗子故事

事的结尾处,作者总结了一句话,说"他财莫要,他马莫骑",就是看到别人老婆长得漂亮,你要去贪图,或者羡慕别人家的钱、马,想占为己有,那么就容易被人骗了。这是《型世言》里边的故事,《型世言》这部书里至少有三个类似的骗局,我们这里不能每一个都讲,大家有空的时候可以把《型世言》看一看,它是一部白话小说,很好读,也很好懂,非常有意思。

我们刚才讲到,有一种骗局特别高明,它的技术含量很高,即使你抓到了这个骗子也无计可施,只能自认倒霉,这种骗局其实是一种逻辑陷阱,发现自己被骗之后根据惯常的逻辑去思考、去推论,会觉得自己本身反而不占理。清朝有一个很著名的才子叫袁枚,他写了一部《新齐谐》,其中记载了一个骗子故事叫《奇骗》,这个故事非常短,但是很巧妙,大家可以想一想如果你掉到了这个陷阱里边能不能逃出来。

南京城里边有一个钱庄,钱庄是可以用银子换铜钱的地方,当时十两白银可以换九千个铜钱。一天有一个老头拿着银子到钱庄里边换铜钱,可是老板说这个银子的成色不纯,不能按照你的要求换铜钱给你。这个老头就跟他争,说我这个银子的成色很高,两个人争来争去不能成交。这时来了一个年轻人,看到老头立刻就说,老人家我跟你的儿子正好在浙江的一个什么地方经商,我回南京时你儿子托我给你捎了一封信,还有十两白银,我正要给你送到家去,没想到在这儿碰到你了。老头很高兴,立刻就把信和银子接过来,那个年轻人就走了。老头跟钱庄的老板说,我儿子给我寄了十两白银,我拿这个换你的钱行不行。钱庄老板说那行,就拿着这个银子过秤,一称发现这个银子不是十两,而是十一两三钱,钱庄老板心里面合计,这我可不能告诉他,我自己落下这一两三钱吧。他就不声不响地按照十两银子的价格给老头换了九千铜钱,这个老头就背着铜钱走了。

老头走了之后,旁边一个人跟钱庄老板说,那个老头是一个老骗子,常年拿着铅胎的假银骗钱。因为铅的密度跟银子很接近,所以有人就在银子里灌上铅,拿着到各个钱庄里边去骗钱。老板一听大吃一惊,立刻拿剪刀把银子剪开,这里边果然灌的是铅。老板就特别懊恼,说你知道不知道这个老头是什么地方的?这个人说他住在离你大概十几里路的地方,我和他是邻居。老板说你带我去找他,我要把这个钱要回来。那人说那不行,我们是邻居,我带你去找他,他到时候怪我怎么办。钱庄老板死活求他,而且答应给他三两白银,到地方就让你走,我不会告诉他是你说的。这个人假装很无奈地说那好吧,你给我银子,我带你去。老板拿了三两银子给他,让他带着自己去找这个骗子,走了很长一段路,发现这个老头正在路边酒馆里跟很多人喝酒呢,而且九千铜钱就摆在桌子上。老板一看就特别愤怒,立刻冲进去抓这个老头,你这个骗子竟然用假银换我的铜钱,赶紧把铜钱还给我。旁边就有很多人问怎么回事,钱庄老板说完事情的经过之后,老头一点儿都不着急,跟钱庄的老板说,你刚才说我是十两银子换了你九千铜钱,那你把我这十两假银子拿来给我看看。钱庄老板把刚才的银子拿出来给他们看,老头说这不是我的银子,我的银子是十两,你这个银子一看不止吧。旁边的人也觉得这个确实不像十两,就找店里边的老板用秤一称,结果是十一两三钱,老头说你看看这个银子肯定不是我的,你拿着这个假银子来骗我,你是一个骗子。旁边的人都认定钱庄老板是骗子,把他抓过来揍了一顿,钱庄老板哑巴吃黄连,有苦说不出,只好走了。

大家看这个骗局的确非常厉害,它里面包含了一个逻辑

## 第二十讲　明清小说中的骗子故事

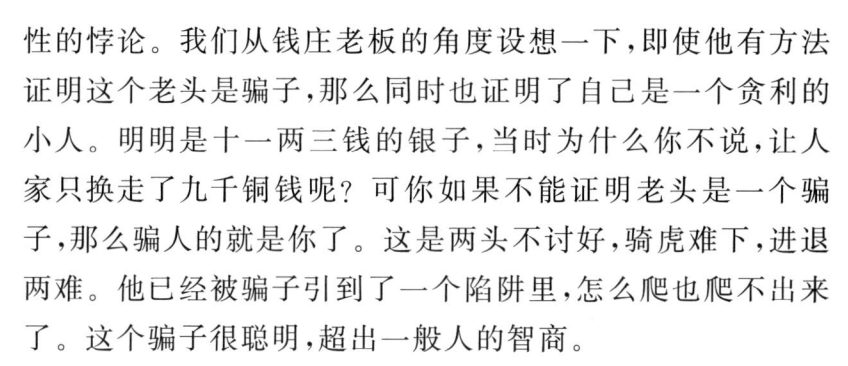

性的悖论。我们从钱庄老板的角度设想一下,即使他有方法证明这个老头是骗子,那么同时也证明了自己是一个贪利的小人。明明是十一两三钱的银子,当时为什么你不说,让人家只换走了九千铜钱呢?可你如果不能证明老头是一个骗子,那么骗人的就是你了。这是两头不讨好,骑虎难下,进退两难。他已经被骗子引到了一个陷阱里,怎么爬也爬不出来了。这个骗子很聪明,超出一般人的智商。

这里边的钱庄老板之所以上当受骗,归根结底还是他自己贪小便宜。如果他当时不贪小便宜,老老实实地告诉老头这个银子是十一两三钱,那么后边他找到这个老头时也许还有办法能够挽回,现在他把自己置于一个不利的境地,钱就要不回来了。

在晚清有"四大谴责小说",其中有一部《二十年目睹之怪现状》,是吴趼人写的,大家一定都听说过。这个长篇小说里边记载了很多的骗局。因为晚清时期跟晚明一样,道德败坏,社会上骗子横行,所以晚明和晚清时期的小说里边骗子是非常常见的。《二十年目睹之怪现状》里边记载了更加高明的骗局,作者发议论说,这样的骗局即使是妖魔鬼怪、神仙道士都逃不掉,你撞上了就只能认倒霉。

这个故事在小说的卷五和卷六里边,这个小说的主人公有一个别名叫"九死一生",它是用第一人称"我"写的。"我"在南京城一个官衙里当幕僚,这个官人是"我"年轻时的朋友,叫吴介之。"我"在吴介之的手下帮他处理一些日常的事务,其中包括一些家务事。吴介之的母亲有几个手镯子,她想让"我"帮她拿到南京城里最大的珠宝商店去估价,"我"拿给掌柜、伙计们一看,他们估了三百两银子。因为"我"经常来,彼此都很熟,所以估完价格之后就坐在店里边跟掌柜、伙计们聊天。但是这回"我"发现掌柜和伙计们都精神不振,还在互相埋怨,"我"就问出了什么事。掌柜有气无力地说,我们这个店里边最近碰到了骗子,这个事儿跟你讲一讲吧,你帮忙看看衙门里的人有没有什么办法。掌柜说我们祥珍珠宝店背后有一排空房子,前不久我们东家写了一个招租告示,想把这个房子租出去,没过几天就来了一个姓刘的人,还带着家眷,把这个房子租下来了,挂上牌子叫刘公馆。这个姓刘的人每天坐轿子出门去访客,天天在店里边来来往往的,一来二去就跟我们店里人混得很熟了。

有一天,这个姓刘的出来跟掌柜、伙计们聊天,说我手头上有几样家传的宝贝,现在急用钱,想把它出脱了,如果你们店不要,放到店里边帮我把它卖掉也可以。掌柜的让他把东西拿出来看看,这个姓刘的就拿出了一个玉佛、一个玉瓶、一个如意,还有一个扳指,总共四样。他们都是行家,一看就说你这个估计能值个三千两白银,可是姓刘坚持要卖两万两。掌柜和伙计们一听简直是漫天要价,反正四样东西也不占地方,放在我们柜台里边还好看,就帮他代卖吧。放了几个月,中间也有人来问价钱,但是一听要卖两万两大家都吓得直吐舌头,也没有人敢砍价,扭头就走了。

一天来了一个人,在这家店里买了几样东西,虽然东西并不是多么贵重,但是从这个人讨价还价的手法来看他是个非常厉害的行家里手。过了几天这个人又来了,还带来了几个人,就看那四样东西,玉佛、玉瓶、如意和扳指,说整个南京城也找不到这么好的东西了。店里边有一个伙计,看到这个人特别想要这个东西,就跟他开玩笑,说如果你想要,我们三万两白银卖给你。这个人说东西虽然好,但是也值不了这个价钱,顶多打一个对折,一万五千两。掌柜跟伙计们一听,这

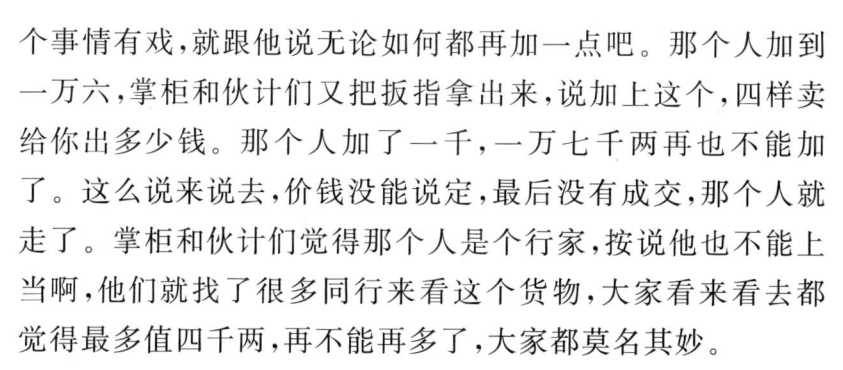

个事情有戏,就跟他说无论如何都再加一点吧。那个人加到一万六,掌柜和伙计们又把扳指拿出来,说加上这个,四样卖给你出多少钱。那个人加了一千,一万七千两再也不能加了。这么说来说去,价钱没能说定,最后没有成交,那个人就走了。掌柜和伙计们觉得那个人是个行家,按说他也不能上当啊,他们就找了很多同行来看这个货物,大家看来看去都觉得最多值四千两,再不能再多了,大家都莫名其妙。

过了几天,那个人又来了,反反复复地看这个东西,说他买这几样东西并不是自己要的,是拿到北京送给中堂做寿的,中堂就是清朝的宰相。这个人后来就经常来,每次一来就加一点儿钱,最后加到了两万四,伙计们觉得这回能大赚一笔了,当时谈的回扣是5%,祥珍珠宝店稳赚了五千两白银,大家觉得这个买卖可以做了,于是说定了两万四千两白银。可是这个人说手头一时拿不出这么多现银,你们等十天,我凑了银子再来取,我这里先给你们五百两定金,十天过了我没有来取货,定金归你们所有,可要是十天之内你们把这个东西卖给了别人,那赔我二十四万两我都不干。掌柜的当场同意,还和他立字为据,双方签字画押,一人一份。

到了第八天晚上,半夜三更的突然听到外边有人砸店门,把门打开就有一个人进来慌慌张张地问刘公馆是不是在你们这儿。伙计们刚把他引到刘公馆去,这个人就号啕大哭,说是姓刘的母亲死了,他是来报丧信的,刘家当时就哭作了一团。第二天早上,姓刘的找他退房,说我母亲过世我要赶回去奔丧,那四样东西既然你们没有卖出去,我就要带走。掌柜一听就说不行,明天是第十天取货的日子,我们签好字据画了押不能给你带走。可是姓刘的坚决要连夜奔丧,绝对不能等,而且以后也不会再来南京了。掌柜的一想,反正明

天取货,有字据有定金,我们就先兑两万两银子给姓刘的,等那人明天来取货交钱得了。店家吃了一千两白银的回扣,姓刘的就带了一万九千两白银坐船离开了南京。

后面的结局如何,大家可以猜想,别说到了第十天,等了几个月也没有人来取货。后来祥珍珠宝店的东家包道守查账,发现有一万九千两白银的亏空,就让掌柜和伙计们均摊去赔,所以大家互相抱怨,说不该上这么一个当,所以都无精打采的。"我"也没办法,跟他说这个东西是你自己心甘情愿买的,只不过买贵了,只值三千两你花了一万九千两,也没法说他是骗子,这个钱要不回来了。

"我"回到家里,跟吴介之这些衙门里的官员说起这个事儿,吴介之说这个事情我知道,你也不用去管它。"我"一听就很奇怪,难道你知道这件事情的首尾吗?吴介之说这幕后的骗子就是祥珍珠宝店的东家包道守。这个包道守在去上海的时候曾经买了十张彩票,回到店里后伙计们都要求分一半,包道首就把十张彩票分了五张给大家,没想到过了半年彩票中了特奖六万块大洋,这个钱从上海取回南京后,掌柜和伙计们分去了三万。包道守很舍不得,就劝他们都拿这个钱来入股,大家当然不乐意,都想拿着现大洋。包道守本来就是靠行骗发财起家的,看到他们不同意就怀恨在心,找人设了这么一个骗局,把他们的洋钱再挖出来。"我"也只能感叹人心险恶了,谁能想到老板是背后的黑手呢。而且这个骗局也确实很周密,第一,即使抓到那个姓刘的也没用,他只不过是把货物卖了一个高价钱,你们一个愿打一个愿挨,不能说他是骗子;第二,即使掌柜和伙计们没有把钱付给姓刘的,让他把货物带走了,那等签字据的人回来了,也得赔钱,而且说不定两万四千两都不够赔。

## 第二十讲　明清小说中的骗子故事

　　这个骗局是很难逃脱的,你只要被它套住就没有办法了,即使抓到骗子也没用。这个故事是我所见到的骗子故事中设计最为精密的,从任何一个角度去分析它都没有逻辑漏洞,每个细节都很巧妙,谁碰到这样的骗局都只能自认倒霉。

　　我们刚才讲到这些骗子都应该受到谴责,但是也有另外一种骗子,大家反而会赞扬他。对任何一种行为的评判都是相对的,我们不能说凡是行骗的都是坏的,著名的哲学家苏格拉底曾经说过一句话,对于骗本身我们不能抽象地说它坏或者是好,关键要看它骗的是谁,如果骗的是朋友,那么就是坏的,是恶;可如果是去骗敌人,那么就是好的,是善。在明清小说中就有这种善意的骗,但是因为时间的关系我们没有办法详细地去讲了,不过可以讲一个唐朝的故事,这个故事很短,但是非常巧妙。这是一个官员通过骗局来判案的故事,它把骗子故事跟公案故事融合在一起了。

　　中唐时在现在的江苏镇江这个地方的农村里有两户紧邻而居的人家,我们把他们分别称为东邻和西邻吧。东邻春天开垦荒地,家里资金周转不过来,找西邻借了一百万的铜钱,说好在秋天庄家丰收之后把钱还给他,两个人写了借据。很快到了秋天,东邻开垦田地果然大获丰收,可是手边现钱只有八十万,就跟西邻商量,先拿八十万还上,剩下的二十万改天再给,西邻也就同意了。因为两家是多年的邻居,关系也还不错,所以东邻还钱的时候并没有让西邻写收据,两个人立的是口头上的君子协定。等东邻又拿了二十万还钱的时候,西邻赖账了,说你借了我一百万,怎么就还二十万呢。东邻说还过了,西邻不承认,东邻心里特别地气愤,但是又没有办法,两个人吵到了镇江县县官那儿。

　　县官说官府办案要有真凭实据,现在你说还了,他说没

还，你没有还的凭据，人家却有你的借据，我听谁好呢？于是就把他们赶出去了。东邻觉得太冤枉了，听说长江对岸的江阴县有一个县令叫赵和，这个人精明强干，最善审清疑案，他就抱着一线希望越境告状，告到江阴县。赵和说根据唐朝的法律，你这又不是一个杀人的命案，是不能越衙告状的，我帮不了你什么忙。东邻拼命地磕头，苦苦哀求，说我真的太冤枉了。赵和看着这个人，心里就琢磨，想个什么办法帮帮他呢，说你在我衙门里边住一晚，我好好想想吧。

　　第二天赵和说有办法了，他写了一个官府的文书，派了手下几个得力的衙役去了镇江，找到镇江县的县令，说我们抓获了一群强盗，他们供出了一个同伙，同伙叫什么名字，多少年纪，长相如何如何，都是按照西邻的情况写的。镇江县令一看，强盗犯案越境提审，必须要配合，就派人跟着江阴的衙役把西邻给抓到了江阴县。西邻开始吓了一跳，后来一想我也没有做过强盗啊，所以他并不害怕，大呼冤枉。赵和说强盗们交代的那些赃物都是金银财宝、绫罗绸缎，都是农民家不会有的东西，你既然说冤枉，那就把家里所有的钱财开个清单给我，我派人到你家里去一一查核，如果确实没有赃物就说明你不是同伙。西邻松了口气，拿了纸笔一样样都写了，说家里边有多少谷子，这是哪一个佃户交的租，家里边有多少匹布，都是家里的织布机织的，家里有多少瓷器，是在什么地方买的，一样一样全都列出来了，最后一样是东邻还来的八十万借款。赵和一看，心中大喜，你虽然不是强盗，但是污蔑你的东邻，贪下了人家还你的八十万，这样一来西邻终于无话可说了。

　　在这个故事里边赵和也是设了一个骗局，把一件无头公案轻而易举地解决了，这是一个好人设局骗恶人的故事，跟

## 第二十讲 明清小说中的骗子故事

我们前面讲的不是一码事儿,这个骗是一种善。

我们今天讲的就是明清小说里的骗子故事,我希望各位听了这个讲座能够提高防骗的能力,提高警惕,绝不上当受骗。好,我们今天就讲到这儿。

# 第二十一讲 《聊斋志异》
## ——狐、鬼、花、妖的艺术世界(一)

李鹏飞

我们今天要讲的是蒲松龄的《聊斋志异》。在讲具体的作品之前,我们先简单地讲一讲蒲松龄。蒲松龄这位小说家大家应该都不陌生,因为过去有一个电视剧叫《聊斋先生》,它把蒲松龄的平生经历和《聊斋志异》中的故事结合在一起了,那个电视剧本身拍的不怎么地,我只看过一两集就看不下去了,可能在座也有看过的。那里边讲蒲松龄有很多虚构的地方,我们今天要讲的蒲松龄生平,是经过学者考证的比较真实的内容。概括起来说,蒲松龄这一辈子七十五年时间里,他主要做了三件事,第一件事是考试。第二件事是教书坐馆,第三件事是著书,就是写了这部《聊斋志异》。那么我们下面就具体地来介绍一下这三件事。

首先是考试。这是中国古代读书人苦读的一个重要目的,先中秀才,再中举人,然后中进士,最后做官。蒲松龄早年的家境是比较富裕的,他父亲是个商人。可惜后来家道中落了,他自幼跟着父亲读书,从小就表现出过人的才智,十九岁就参加了科举考试。

清朝的科举考试基本上分成三个等级,我们来简单地介绍一下吧,因为这个对了解蒲松龄很重要。第一个等级是要通过县里的考试,通过了成为秀才,就可以参加第二级考试了。第二级考试就像是北京市这种直辖市一级的考试,叫做乡试,因为这个乡试是在八月份中秋节前后举行的,所以又叫秋试,如果乡试考中就成了举人。这个举人大家很熟悉,因为《儒林外史》中有一个很著名的"范进中举",范进就是通过了广东省的乡试,他中举之后,就算是进入了一个特权阶层,可以跟地方官府或文人墨客交往了,还有机会做一些小官,中举相当于摆脱了穷书生的处境,人生境遇会发生一些变化。中了举的第二年二月份,就要举行会试,会试当然是在北京了,由礼部主持。考中的名单会公布,大家可以看到进士的题名单,如果中了进士,你的大名就会被刻在进士的题名碑上,这是很荣耀的事。会试因为是在春天举行,所以又叫春试,也叫"春闱"。会试考中以后,再经过殿试,就成了进士。中进士是中国古代读书人毕生最荣耀的事情,所以以前提到人生几大乐事时会说"洞房花烛夜,金榜题名时",还有两句很有名的诗,"十年窗下无人问,一举成名天下知。"十年寒窗苦读,不过是个无名小辈,大家是不知道你的,一旦中了进士,名字就被刻到石碑上面了,过往的人都可以看到你的大名。还有一个"一举成名天下知"的原因,在中了进士以后,你的名字会被写进那一科的进士题名录里,这种书立刻就会被外面的书商刻印贩售,这种东西大家都很关心,通常会卖得很好、很快,凡是家里面有读书人要跟进士们交往的都会买。那里面不止有你的名字,还有你家的祖宗三代,包括妻室儿女的信息都有,大家立刻就知道你是谁,你的家族是什么样的情况。为什么中国古代读书人说考取功名,能够光宗耀祖,就与这个有关系。

蒲松龄十九岁的时候参加了第一级的考试,也就是县试,在县试之后又参加了府试、道试,这三场考试都是考秀才

的,蒲松龄都考了第一名,非常的了不起,可惜他一生的功名就到此为止了。这是非常不幸的,他以这么好的成绩考上秀才,从十九岁开始,一直考到花甲之年六十岁,都没有考到一个举人。这是非常奇怪的事情,很多学者也搞不懂这是为什么。蒲松龄自己搞不懂,我也搞不懂,为什么他秀才考试三次都考了第一,乡试就死活都考不中。打个不太恰当的比方,好比今天一个人,考初中考了北京市海淀区的全区第一,后边一辈子就死活考不上高中了。当然这个比方不是特别恰当,因为考试的科目不一样,今天考的科目很多,数理化、政治、历史这些都要考,而蒲松龄时代就是考律诗和八股文。蒲松龄这个人是个大才子,是中国文学史上数一数二的人物,我们去看看他的《聊斋志异》,他的确是才华横溢的,我们再去看看他参加秀才考试和举人考试的文章,写得也很不错,但是就是没有考官能够看中。蒲松龄自己总结其中的原因,总结出两条,其中一条就是说考官有眼无珠,遇到好的文章他看不出好,遇到坏的文章他反倒觉得好了。蒲松龄参加秀才考试的时候,碰到的考官是当时的一个著名的文学家,叫做施闰章,这个人也是个诗人,他非常有眼光,所以在秀才考试里把蒲松龄选了第一。但是在后来的乡试中,他再也没有碰到一个像施闰章这样慧眼识才的考官了。蒲松龄自己总结的第二点原因就是命运,他觉得自己命不好,所以才碰不到好的考官。其实还有一个原因,可能是他在考试中发挥得不好,清朝的科举考试有很多考场纪律和规则,比如说在考试答卷的时候,要用毛笔写得很工整,不能把考卷给弄脏了。蒲松龄有一次就是不小心弄了一团墨到考卷上,那就只能作废了。还有一次是他写得太快,可能那个时候文思如泉涌吧,他不小心写到了答题范围那个框框之外,考试就又作废了。总之，像蒲松龄这样的一个大才子，考诗文这样的科目都不能中举，是很令人感叹的。

刚才我们讲了，如果中举，就能够进入特权阶层、摆脱贫穷的境遇，所以我们只听说过"穷秀才"，没有听说"穷举人"、"穷进士"。蒲松龄这辈子都是一个穷秀才，他家庭本身就比较艰难，又有好几个孩子要养活，所以维持生计非常不容易。到蒲松龄四十岁的时候，他就只好出去坐馆了，这个"坐馆"就是到大户人家去做家庭教师，时间有长有短，短则一两年，长则五六年，甚至十几年。蒲松龄当时就被淄川这个地方数一数二的大家族请去了，这家的主人叫毕际有，他曾经做过官，而且是一个饱学之士，自己能诗能文，听说蒲松龄很有学问，就把他请到家里，给自己的子弟当老师。蒲松龄在他家坐馆，从四十岁一直呆到了七十岁，为什么做了三十年之久呢？因为他的东家毕际有是个风雅文士，他很尊重、也很喜欢蒲松龄，宾主关系非常融洽，而且毕家为蒲松龄提供了非常优厚的条件，房子很宽绰，藏书也很丰富，蒲松龄过得很舒服，有条件读书，也有条件著书。他在毕际有家里写《聊斋志异》的时候，毕家为他给提供了好多素材，在《聊斋志异》里我们可以看到这方面的材料。蒲松龄在毕家整整做了三十年家庭教师，到了毕际有死后几年，他才撤馆回家，到七十五岁就去世了。这是他人生中做的第二件事，做教书先生。

他这一生做的第三件大事就是著书，这里面最重要的就是《聊斋志异》。这个我们会在后面专门地讲，现在就先讲一讲其他的作品。除《聊斋志异》之外，他的著述非常丰富，诗、词、歌、赋，俚曲俱备。这个俚曲的"俚"意思就是俗，是民间流行的一种通俗小曲，当时在蒲松龄的故乡非常盛行。这个俚曲非常有意思，题材无所不包，富有趣味性，可惜我们没有

时间去细讲了。他还写过剧本,这里的"剧本"指的是戏曲演出的底本,他一共写了三出剧本,都是根据当时他的故乡流行的一种地方戏创造的,这个地方戏的名称叫柳子戏。如果在座有熟悉中国民间曲艺的,或者是山东地区的朋友,可能会知道这个柳子戏,它今天仍在山东、河南、河北的一些地方流传。蒲松龄写的这三部剧本中有一个叫《闹馆》,至今在山东民间的柳子戏中还有传唱。我有一个朋友,他的故乡离蒲松龄的家乡很近,他说小时候在柳子戏里就看过《闹馆》。蒲松龄这三个柳子戏的剧本里,剩下两个是根据《聊斋志异》中的作品改编的,是从小说改写成剧本的。从刚才介绍的情况中我们可以看出来,蒲松龄真正是个才子。为什么这么说呢?因为人可以有一个方面的才华,或者能写小说,或者能写诗,或者能写散文,或者能写剧本,能够精通一个方面就是很了不得的才子了,而蒲松龄诗词歌赋、散文八股文、俚曲剧本,他都能写,而且都写得很好,这就属于全才,真正是一个大才子,无所不通。

蒲松龄写得最好的就是我们今天要讲的文言小说集《聊斋志异》了。《聊斋志异》这本书大概是从他二十岁那年开始写的,也就是他考中秀才的第二年,一直写到了四十岁,用了将近二十年的时间。不过这只是初稿,在四十岁以后他还在对小说不断地进行整改,最后定稿时全书共有五百篇左右。我们今天能够看到的有四百九十多篇,基本上算是比较完整的,这很难得。而且非常幸运的是,蒲松龄的原稿(手稿)有半本保留到了现在,收藏在辽宁省的图书馆。为什么保留在辽宁省图书馆呢?因为蒲松龄的后人曾经带着一部完整的《聊斋志异》手稿出关到了辽宁,中间曾经被人借去看,不小心弄丢了半部,剩下的这半部在1949年后,由蒲松龄的后人

## 第二十一讲 《聊斋志异》——狐、鬼、花、妖的艺术世界（一）

捐给了政府。这部手稿曾经被北京图书馆，也就是今天的中国国家图书馆调了过来，不过又被辽宁图书馆给要回去了，这在今天是一个很重要的文物，我们如果想研究蒲松龄的手稿，除了看影印本之外，就必须跑到辽宁省图书馆去借原稿，这是很不容易的。

清朝有一个文人叫邹弢（tāo），他写过一本笔记，叫做《三借庐笔谈》，其中记载了一个很有意思的故事，是关于蒲松龄如何写作《聊斋志异》的。他说蒲松龄写《聊斋志异》的时候，每天拎着一大壶苦茶，带着一些烟草，拿上一铺席子，跑到村口的大路边摆一个摊儿，凡是有人经过，他就一定要把人家拽过来，请人家喝茶抽烟，让人家给他讲个故事，什么样的故事都可以，等晚上回到了家，他再把故事改编成小说，蒲松龄这样坚持了二十年，就写成了《聊斋志异》。这个故事只是一个传说，我们认为不可靠，为什么呢？因为蒲松龄在《聊斋志异》的序言里面，自己也讲到过聊斋志异的写作过程，他说开始时是自己在写，后来其他人知道了，就通过邮递信件的方式把自己知道的一些有意思的故事寄给他，并不是在村口摆个席子，用茶水请别人讲故事的，如果他曾经做过这样的事情，一定会在自序里面提到。而且除了邹弢外，蒲松龄的儿孙、朋友，有很多人都写过与《聊斋志异》有关的文章，也都没有提到过这种情况。当然这个传说也不能说是完全不真实的，蒲松龄写小说的过程中的确是从民间收集了许多材料，然后再进行加工的。

《聊斋志异》的艺术成就非常高，可以说它是中国小说史上最优秀的作品之一。以前我们也提到过，中国文言小说的一座高峰是唐传奇，那么另一座就是蒲松龄的《聊斋志异》了，它们在中国文言小说史上双峰并峙。《聊斋志异》问世以

后，流传十分广泛，对清朝文言小说的写作产生了深刻影响，有很多人去模仿《聊斋志异》，但是成就都比不上它。《聊斋志异》不仅对中国清代小说影响很大，而且在今天的世界文学史上占有重要地位。根据学者们的统计，《聊斋志异》各种文字的翻译本有二十多种，而且我估计，被翻译成外文译本的小说中，《聊斋志异》即使不是第一名，也一定排在前三名之列。而且我认为，在世界短篇小说的著名的作家中，蒲松龄也可以排在前几名，跟法国的莫泊桑、俄国的契诃夫平起平坐，是和他们同一级别的伟大小说家。

以上是我们对蒲松龄生平和《聊斋志异》基本情况的简单介绍，下面我们就开始讲《聊斋志异》。关于《聊斋志异》的主题思想和艺术成就，郭沫若曾经写过一个很有名的对联，可能大家都看到过，它是对《聊斋志异》成就的精辟概括。在1962年的时候，郭沫若先生到山东淄博市蒲松龄故居去视察，写下了"写鬼写妖高人一等，刺贪刺虐入骨三分"。这个对联是什么意思呢？上联"写鬼写妖高人一等"，是说《聊斋志异》的题材就是写鬼魂、精怪的，而且他比其他人写得好，比宋朝人、比元朝人、比明朝人写的都要好。下联"刺贪刺虐入骨三分"，"刺"当然是讽刺、揭露的意思了，"贪"和"虐"指的都是贪官污吏，就是说它讽刺贪官污吏，揭露社会的腐败和黑暗，是十分深刻的。这个说法相当精确地概括了《聊斋志异》的题材特征，当然了，我们不能说他概括的非常全面，但是相当准确。

我们今天要讲的主要就是他"写鬼写妖"中的"妖"这一部分，这个"妖"就是精怪，那么我们先要说一说什么是精怪。这个东西各位也不陌生，因为大家都看过《西游记》，但是那里面的妖魔鬼怪，我们一般不称为精怪，而称之为神魔，这是

## 第二十一讲 《聊斋志异》——狐、鬼、花、妖的艺术世界(一)

鲁迅先生给它们取的名字。那么神魔和精怪有什么区别呢？它们既有相同的地方又有不同的地方，我分别来说一说。什么是精怪呢？在我们的生活中有很多的动植物，像山里面的狐狸、狼、豹子、虎，日常生活里面的鸭、鸡、猪这些，它们跟人是不一样的，如果它们可以变成人的样子，就叫做精怪。在中国的志怪和传奇小说中，精怪还包括了日常生活中无生命的物品，比如说书，书本身是没有生命的，还有写字的笔，也是没有生命的，再比如锅碗瓢盆、枕头、锄头、刀等等，这些没有生命的用具也可以成为精怪。这个是非常奇特的，它们本身没有生命，但是你用的年头长了，它也可以成精作怪，所以精怪的原形就包括了生活里面的种种事物。在魏晋时期产生了志怪小说，它非常简单，比较粗糙，等到精怪这个题材进入到唐传奇之后，就取得了很高的艺术成就。从魏晋南北朝发展到唐代，精怪小说它有几个很重要的变化，这和我们今天谈的《聊斋志异》有关系，所以我们也要讲一下。

精怪在志怪小说里面，都是被表现成人类敌人的，它们跟人类是敌对的关系。在志怪小说里面，凡写到精怪就是说它们变成人去害人。但是在唐代的传奇中，这种题材发生了改变，当然，仍然有相当一部分的传奇跟魏晋南北朝的志怪一样，把精怪和人表现成敌对的关系，但已经有了很多的名篇佳作，它那里边表现的精怪跟人的关系是十分友好的，比如精怪变成了女人，跟人间的男子恋爱，在一起共同生活了很多年。唐代传奇里还出现了一个比较重要的变化，就是狐狸精的故事变得越来越多。这些对蒲松龄的《聊斋志异》产生了非常深刻的影响。我们看到蒲松龄的书里面有两个特点，一个是狐狸精的故事比重的上涨，像他写的最好的名篇主要都是狐狸精故事，另一个就是它继承了唐传奇中人和精怪的友好关系。而那些魏晋南北朝和唐代故事中,人和精怪敌对关系的主题实际上是被《西游记》继承了,这个大家一听就明白了,因为大家都很熟悉《西游记》,我们看《西游记》里边,被孙悟空、猪八戒他们降服的各路妖魔鬼怪,都是能够变化成人的,它们都要吃唐僧肉,所以精怪和主角们还是一种敌对的关系。不过西游记里面的精怪,我们已经不叫它们精怪了,而叫它神魔,为什么呢?因为它跟唐代小说里面的精怪已经很不一样了,它们除了能够变成人之外,还神通广大,能够跟孙悟空棋逢对手,而且它们中有很多都是天上神仙的坐骑,具有神性或者魔性,所以鲁迅先生就把它们命名为神魔,西游记就是一部神魔小说。这个神魔跟唐传奇里面的精怪、蒲松龄小说里面的精怪不是一回事,尽管它们有相同的地方,大家不要把它们混淆了。

《聊斋志异》里面的精怪小说数量很多,名篇也很多,我们的时间比较有限,只能选几篇有代表性的精怪作品来讲。我们今天选的大部分是狐狸精的故事,只有一篇不是,它是其他的精怪。刚才我们已经讲到了,蒲松龄的精怪小说表现的就是人跟精怪之间的友好关系,关于这个特征我们有一个说法,叫做精怪小说的人情化。人情是说它具有人的情感,这些精怪不但具有人的外观,而且可以像人一样有喜怒哀乐,有道德、有才智。关于这个人情化的特征,鲁迅先生在《中国小说史略》里边,有过这样的一个概括,他说"花妖狐魅,多具人情,和易可亲,忘为异类,而又偶见鹘突,知复非人"。这是说花妖狐魅具有人的喜怒哀乐,我们看到聊斋里的精怪,并不觉得它跟我们有什么不同,但是偶尔又会在小说情节发展的过程中,发现小说中有一个不太合乎情理的地方,这不是我们人类所能够做出来的,所以就从这个很突兀

## 第二十一讲 《聊斋志异》——狐、鬼、花、妖的艺术世界(一)

的事件中发现它终究不是人,还是一个精怪,只是它人情的一面已经占的更多了。我们再来看看具体的作品,看蒲松龄是怎么样去表现精怪的。

我们先从短篇讲起,应该能够讲四篇。第一篇叫做《狐谐》,从标题就可以看出是讲狐狸精的,这篇狐狸精的故事是《聊斋》精怪小说里面最有意思的一篇。狐狸的特征就是狡猾,这是我们从日常生活中得到的印象,但是在蒲松龄的《聊斋志异》里面,狐狸精变成了美丽、聪明和善良的女子形象。在《狐谐》这篇小说中,蒲松龄表现的就是一只狐狸精的过人智慧。

小说的男主人公叫做万福,他住在山东的乡下,因为乡下的劳役特别重,他就逃到了济南城,住在一家旅店里。有一天晚上夜深人静时,来了一个很漂亮的女子,主动地跟他欢好、幽会。在《聊斋志异》里面,所有的狐狸精都是非常漂亮的,而且都会在夜深人静之际,积极主动地寻找人间的穷书生,跟他们住在一起,给他们温暖和爱情。蒲松龄为什么会反复地表现这种故事情节呢?有学者有一个很有意思的讲法,说这样的故事其实是蒲松龄的白日梦。我们刚才已经讲过了,他在毕际有的家里坐馆整整三十年,他的家人也不可能跟他住在一起,所以他一个人度过了漫长的寂寞时光,在这样的寂寞里,他可能就会有很多很多的幻想了,所以狐狸精的情节才会反复地出现。万福在旅店里面就碰到了一位对他有情意的狐狸精,而且狐狸精开门见山,自我介绍说我不是人,我就是一只狐狸,不过你不要害怕,我不会害你。因为当时的一般社会观念认为狐狸精会吸取男人的精气来害人,所以狐狸精先跟万福讲不要害怕。万福看到她长得漂亮,又对自己表白了,他就放了心,很坦然地跟她住在一起

了。不过这个狐狸跟他讲,你不要泄露这个消息,不要跟人说我们住在一起,万福也答应了。这个狐狸因为是个精怪,所以她有一些超出凡人的特殊能力,可以帮助万福这个穷书生搞到他的日常生活里面所需要的钱财和物品,他们就这样在一起生活了一段时间。

万福有几个朋友,孙得言、陈所见、陈所闻这几个人经常跑到旅店里面去找万福,有时候一待就是一两个晚上,他们这样赖着不走,让万福深以为苦,但又不好意思赶他们。结果有一天他实在忍无可忍了,就跟他们讲我家里面还住了一个女眷,你们经常呆个通宵不太方便。孙得言是个喜欢开玩笑的年轻人,听说万福金屋藏娇,有这么一个狐狸精变成的女子,就执意要见见。万福没有办法,就去跟狐狸精讲了,狐狸精说见我干什么,我长得还不是跟你们人一样。客人只能听到狐狸精说话的声音,看不到她的样子,因为她是隐形的,在蒲松龄的很多作品里面都是这样,狐狸精只对她所喜欢的穷秀才露出真面目。孙得言非得强求一见,说你的声音这么动听,我都已经神魂颠倒了,今天见不到我就要得相思病了。这个人喜欢开玩笑,所以说出的话并不是很尊重,带有一些轻薄的意思,所以狐狸精就不客气了,她口齿伶俐,非常厉害,"贤哉孙子!欲为高曾母作行乐图耶?"这话什么意思呢?这个客人姓孙,她的这个玩笑跟这个人的姓名很有关系,"贤哉孙子"是双关语。中国古代称某人叫某子表示尊称,比如孔子、孟子、庄子,"子"就是某位先生的意思,但是日常生活里面,我们说什么什么子,有的时候可能反而是一种很轻视的称呼,而且这个客人姓孙,"孙子"也有了称呼晚辈的意思。所以这里既能够说是《孙子兵法》那种尊称,又可以开玩笑把那个人称作晚辈。而且她后边说"欲为高曾母作行乐图耶",

## 第二十一讲 《聊斋志异》——狐、鬼、花、妖的艺术世界（一）

也是从称呼晚辈的角度来开玩笑的。这句话就变成了好孙子,你想为你的曾祖母作行乐图,逗我开心行孝吗?这里的双关语,好像是尊称,实际是骂人,所以客人们就哄堂大笑,觉得她很诙谐。

这个狐狸精接着讲,我既然是个狐狸精,就给你们讲一个跟狐狸有关的故事吧,客人们都说想听。狐狸精就讲了,从前有一个乡村旅店,里边闹狐狸,因为中国古代的农村靠山,经常会有狐狸在村里面出没,这件事被大家一传二传三地传开去,客人们都不愿意到这个店里去住了,所以主人就非常郁闷烦恼,特别忌讳人家提到狐狸这个词。后来有一天,终于来了一个远方的客人,他不明就里,来到店里面住宿,正在办入住的手续,在外边有一个人经过,偷偷地告诉他不要住,这个店里面闹狐狸。客人很害怕,跟主人说我不住了,我要换地方。主人跟他发誓,说我这个店里面绝对没有狐狸精,你不用害怕。客人就信了,到了房间里面就住下了,可是刚刚躺到那个床上,床底下呼啦呼啦窜出来一群老鼠,客人吓坏了,大喊大叫说狐狸出来了。主人赶紧跑来问,客人说你明明说没有狐狸的,可是我的屋里面跑出狐狸了。主人就问你看到什么了?客人是这么描述的,"细细幺麽,不是狐儿,必当是狐孙子",就是说这个东西长得很细,大家知道狐狸也很长,虽然老鼠跟狐狸不一样,但是乍一看还有点相似,所以说这个东西长的很细,不是狐儿就是狐孙子。这实际上是在骂人。于是"座客粲然",大家听了都笑了。客人说你既然不愿意出来,那我们就留在这儿不走,不让你们睡觉了。狐狸精说你待在这儿没关系,但是如果我不小心冒犯了你,你不要怪罪。客人们怕她恶作剧,一听就都走了。但是从此以后大家隔三岔五地就来,来了一定要跟狐狸精开开玩

笑,狐狸精说话很诙谐,经常让宾客们捧腹大笑,她口齿伶俐,这些人都不是她的对手。

有一天万福请客,大家一起饮酒、谈笑,主人家的桌子是那种长方形的,主人坐一头,主人的妻子坐另一头,两边坐上客人,大概是这样的格局。万福就坐在这头,另一头空着,客人说狐娘子也出来跟我们一起喝酒吧。狐娘子说我不会。客人说不喝酒没关系,坐到这儿跟我们聊聊天也行。狐娘子就坐到了这个地方,不光跟他们一起喝酒,还行酒令。中国古人特别喜欢在喝酒的时候行各种酒令,大家看过《红楼梦》,一定非常熟悉,当然了,《红楼梦》里面的那些酒令是比较高级、比较文雅的,万福它们行的酒令叫"瓜蔓之令"。这个令我们现在没有考证清楚究竟是什么样的,只推测它大概跟瓜蔓这个名称有关系。有一个客人输了,必须要罚酒,他对狐娘子开玩笑说,现在我们都已经喝得差不多了,就你一个不喝酒,你现在比较清醒,能不能帮我们担一杯。狐娘子说我确实不会喝酒,这样吧,我给你们讲个故事助助酒兴。孙得言因为以前老被她骂,就捂着耳朵说我不愿意听,客人们也说,"骂人者当罚"。你可以讲故事,但是不能再骂人了。狐娘子说行,我不骂人,我骂狐狸怎么样?他们一听骂狐狸,那当然可以,你讲吧。

狐狸精就说,以前有一个中国的大臣,出使红毛国,这大概是荷兰国,因为欧洲人身上的体毛是红色的,所以我们就叫红毛国。中国的大臣出使到红毛国去,他头上戴了一顶狐腋冠,这是狐狸腋下皮毛做的帽子,非常的温暖,也非常的柔软,红毛国的国王没有见过这种帽子,就问是什么皮毛做的,大臣就说是用狐狸的皮毛做的。红毛国孤陋寡闻,没有见过狐狸,就问狐狸的"狐"字怎么写。中国的大臣就在空中写,左边是一个小犬,右边是一个大瓜。大家想想狐娘子坐的位置,左边是客人,右边也是客人,孙得言、陈所见、陈所闻也都在其中,她说左边是一只小狗,右边是一个大瓜,大瓜在山东的方言里面就是傻瓜的意思,现在山东的日常语言里面还有这个词。客人们听到之后就哄堂大笑,不过被骂了心里还是很不爽的,说你又骂人了,很不像话,万福你应该管一管。狐狸精说我这个故事还没有讲完呢,你们不要起哄。她说这个大臣骑的是一匹骡子,红毛国的国王又没见过,就问这是个什么东西?大臣就说"此马之所生",是马和驴交配生的一种动物。国王又很奇怪,说马他见过,骡子没见过。大臣就继续跟他介绍,说在中国"马生骡,骡生驹驹",当然,实际上骡是没有生育能力的,它不能生出什么驹驹来。国王还是不明白,又问究竟是怎么个生法?是个什么样的动物?大臣说,"马生骡,是臣所见;骡生驹驹,是臣所闻",就是说这个马生骡我见过,骡生驹我只是曾经听说过。大家看,她这里其实是骂了陈所见和陈所闻,大家都很佩服她的机智和诙谐,又是哄堂大笑。

　　大家有没有发现,狐狸精所讲的两个故事有一个很重要的共同特征,就是使用双关谐音的技巧,使故事的情节内容跟现场的人、事发生一种联系,而且主要是通过这种方式来讽刺在场的人,我们将其称为情境笑话或者情境故事。相信各位都不陌生,我们在生活里面可能经常会听到类似的笑话,在蒲松龄生活的明清时期也有很多这样的笑话,他能够想到把这样的故事和笑话装到精怪小说里面去,体现了一种很高的才智。这样的故事,要非常聪敏,非常有智慧的人才想得出来,一般人是编不了的。不过第二个故事在中国的民间其实是广为流传的,有很多类似的例子,蒲松龄的小说很

有民间文学的渊源,它并不仅仅是文人的创造。

　　隋朝有一本书叫《启颜录》,我们一看这个书的名字,就知道它是一本笑话书。这是隋朝一个叫侯白的人写的,他是隋朝时候一个特别著名的秀才,生性幽默诙谐,很善于讲笑话。隋朝有一个重臣叫杨素,他就最喜欢听人讲笑话,知道侯白会讲笑话之后,他就经常派人把侯白请到府中,一讲笑话就是大半天,甚至整整一天。有一回侯白给杨素讲了一天的笑话,他也累得够呛,到了傍晚的时候才被放出来。结果刚刚出来杨素的府门,迎头就碰上了杨素的大公子杨玄感,杨玄感跟他老爹一样也有听笑话的嗜好,一把就拽住侯白说侯秀才你不能走,得给我讲一个好笑话才行。侯白没有办法,就讲了一个故事,说有一只老虎,"欲向野中觅食",就是在野外找吃的,"见一刺猬仰卧",看到路边草丛里面趴着一个刺猬,刺猬大家都见过,肉乎乎像肉团子一样,但是身上有刺。老虎看见刺猬以为是个肉团,一口就咬住,结果刺猬团成一团卷住了老虎的鼻子,老虎就吓了一大跳,撒腿就跑,一路狂奔累得半死,在跑的过程中,刺猬早就掉下去了,老虎跑着跑着发现刺猬没了,就放慢了脚步,慢慢地走到了一个橡树底下,橡树的果实也是圆圆的、小小的,上面也长了很多刺,跟刺猬很像,这类似于我们刚才说的狐狸跟老鼠的关系。老虎已经是惊弓之鸟了,一抬头看到橡实吓了一大跳,赶紧恭恭敬敬地对橡树说,"旦来遭见贤尊,愿郎君且避道!"就说是我今天已经给你父亲讲了一天的笑话了,我现在累得够呛,请郎君给我让条道儿,让我走吧。杨玄感听了之后大笑,很佩服他的机智,就让他走了。这个故事跟蒲松龄《狐谐》里面讲的故事技巧相似,是大家非常熟悉的故事。

　　再举一个例子,《红楼梦》里面宝玉也对林黛玉也讲了一

## 第二十一讲 《聊斋志异》——狐、鬼、花、妖的艺术世界（一）

个这样的故事，大家还记不记得？就是"香芋"这个故事，大家都知道，我就不详细地讲了。它也是在结尾的时候，把我们吃的芋头跟林黛玉就联系起来了，"香玉"是古代读书人夸奖女子长得很白，而且这个词本身还有嘲笑的意味，必须是很亲密的关系才能够说。宝玉说盐课林老爷家的小姐才是真正的香玉，实际上是在拐弯抹角地嘲笑林黛玉，不过同时也是夸奖黛玉长得很漂亮，身上有香气而且很白。然后黛玉就爬起来掐宝玉，宝玉讨饶。这也是几乎完全相同的形式，只不过它不像之前的故事那么有趣，因为跟上下的情节不是那么和谐。

其实在我们的生活中，这种故事是非常多的。我记得我在上大学的时候，有一个民间文学的课，老师让我们收集民间故事作为课堂作业，当时同学们八仙过海各显神通，到北京的大街小巷找人讲故事。有位同学也收集到了类似的故事，可能大家听过，是小虾米和小王八的一个故事。是说龙王要宴请海中的动物，但是有一个条件，体重必须要达到一两以上，低于一两的没有资格参加。在海里有一个小虾米跟一个小王八，它们两个的体重都不够，都只有半两，怎么办呢？小虾米想了个主意，说我趴到你耳朵里面，咱们加起来不就够一两了吗？小王八说好，那我们就这么干。两个人就去了，来到龙宫门口称体重，小王八爬上秤，一称刚好一两，刚想爬进去，就有虾兵蟹将发现小虾米趴在小王八的耳朵里，立刻就把它们拽住，说小虾米你在干什么？其实后边这个话就是骂人的，也是一个圈套，就说小虾米在给小王八讲故事呢。

类似的情景笑话非常多，在民间举不胜举。我们可以看到蒲松龄这种文人创作的小说，在情节中也包含了很多民间

故事的成分。当然他不是完全照搬的,而是根据他自己所要采用的精怪题材,把它们天衣无缝地结合起来。这不仅仅需要模仿能力,还需要很了不起的创造力。大家想一想这几个人的名字,"万福"、"陈所见"、"陈所闻"这样的名字得先编出来,然后才能去编故事。所以蒲松龄这个人真正是一个很有智慧的作家,不仅仅是有才气而已。从某种意义上说,《狐谐》里面的狐狸精就是蒲松龄自己,狐狸精的智慧就是蒲松龄本身的智慧,因为这个故事就是蒲松龄编的,狐狸精也是他塑造的。所以有很多学者就说,《聊斋志异》里面很多的主人公,包括很多的狐狸精其实就是蒲松龄自己的化身。

后边还有一部分,但是我们没有时间细讲了,只能简单地说一下。孙得言出了一个对联嘲笑万福,说"妓者出门访情人,来时'万福',去时'万福'","万福"就是跟人家行礼,来的时候要行礼,去的时候要行礼。孙得言就让大家对这个对子,大家绞尽脑汁对不出来,狐娘子说我想到了,她怎么对的呢?"龙王下诏求直谏,鳖也'得言',龟也'得言'"。就是说龙王下了一张诏书,让手下的大臣们直言进谏,鳖也得进谏,龟也得进谏。这样就把孙得言又骂的狗血淋头。这个确实非常厉害,蒲松龄的才智真是不可企及。《狐谐》的故事我们就讲完了。

现在我们再讲另外一篇,就是《郭秀才》,这篇小说非常短,但是非常巧妙,这篇不是写狐狸精的,写的是写另外一种精怪,这个精怪非常奇特,它是"路",就是今天我们走的"路"。那我们来看一看,这是一个什么样子的精怪故事。小说的主人公姓郭,叫郭秀才,他是广东人,有一天晚上拜访朋友之后回家,在山里面迷了路,转来转去就到了一更天的时候。这时山上传来了说笑的声音,他赶紧跑过去,看见十几

## 第二十一讲 《聊斋志异》——狐、鬼、花、妖的艺术世界(一)

个人席地而坐在饮酒、谈笑。这些人看到郭秀才来了都很高兴,说我们这儿正好还差一个人,就让郭秀才坐下来一起喝酒。郭秀才看到这些人都是戴着头巾的秀才,就请他们给指路。有一个人笑着说,现在月光如水,你急着回家干什么,这么好的月光你不跟我一起赏月、饮酒么?说着就给他端了一杯酒。这个郭秀才很喜欢饮酒,酒量很大,他也不客气地端起酒来就喝,结果这个酒芳香扑鼻,"一饮则进"。大家看到这个人这么善饮,就又给他倒酒。郭秀才很豪爽,一口气就喝了十几杯。这些人见了就特别高兴,都称赞他爽快,是个好朋友!

郭秀才也是个放荡不羁的人,而且他有一个特长,很擅长学各种鸟叫,喝酒到中间的时候,他要方便一下,偷偷地学燕子叫,其他人听到之后觉得很奇怪,三更半夜山里怎么会有燕子叫呢?然后郭秀才又学杜鹃鸟叫,大家就更奇怪了,杜鹃怎么又叫起来了?这个郭秀才又强忍着笑回去坐下,大家议论纷纷,半夜三更的太奇怪了。郭秀才就又转过头去,学起了鹦鹉叫,大家想想鹦鹉是能够学人说话的,郭秀才本来就是个人,现在又去学鹦鹉学人说话,这个很有意思,他说了句什么话呢?这个也很巧妙,他说:"郭秀才醉矣,送他归也!"郭秀才想回家了,又不好意思说,就学鹦鹉叫,告诉大家他已经醉了,你们赶紧送他回家吧!这帮人很惊讶,竖着耳朵静悄悄地听,却没有听到任何声音,不久又听到鹦鹉叫:"郭秀才醉矣,送他归也!"这个时候他们才听明白,原来是郭秀才在学鸟叫,于是哄堂大笑。大家都喝多了嘛,也都想学一学鸟叫,但是没有一个学的像郭秀才那么像。然后有一个人就说,既然学鸟叫我们学不了,那我们给你表演一个绝技吧,这个绝技叫做"踏肩之戏"。其实很简单,就是搭人梯,可

能大家小的时候玩过这个游戏,尤其是男生,就是扶着墙,一个搭一个的搭人梯,看能搭多高。大家就一起站起来开始搭人梯了,一连搭了十几个人,高的都接到天上,看不到了。郭秀才正抬头看呢,忽然这个人梯就倒了,"化为修道一线",化成了一条长长的道路,像一根线一样。"郭骇立良久,遵道而归",郭秀才看得目瞪口呆,等他回过神来就沿着这条路回家了。第二天郭秀才肚子痛,他跑回到昨天的山里边,发现遍地狼藉,都是昨天晚上的残羹剩饭,但是残羹剩饭的周围全是草丛灌木,根本没有路。

　　这个郭秀才的故事非常巧妙,为什么?因为中国古代的精怪小说发展到蒲松龄的时代已经将近一千年了,在这一千年的时间里有无数的志怪传奇小说,各种各样的动物、植物,都被别人写尽了,但是没有任何人想到把路变成精怪,写到小说里去。因为人很容易形成思维惯性,在过去的小说里面人们经常写的那些动物、植物已经成为了我们最熟悉的思路。而日常生活中的道路,可能我们就想不到它也能变成精怪,给它编一个故事。但是蒲松龄想到了,这是一千多年没有人想到过的,他能想到这个题材就不简单。这个故事的本身也很巧妙,为什么?我们看郭秀才要找路回家,那帮人不给他指路,反而是用了这么一个很特殊的方式告诉他道路,搭成了一个人梯,人梯倒在地上变成路,郭秀才沿着这条路回到了家里。这个故事的情节和题材结合得非常完美、巧妙,从这里我们也可以看出蒲松龄的才智了不得。其实这个故事的结尾跟刚才我们讲的情境笑话有异曲同工之妙,大家仔细想一想,它们的情节发展方向跟小说所要表达的主题全都是紧密相关的。我认为这种构造情节的能力并不是每一个作家都具备的,中国的小说家里我看来看去,真正具备这

## 第二十一讲 《聊斋志异》——狐、鬼、花、妖的艺术世界（一）

样一种超人的智慧的，一个是蒲松龄，另外就只有一个曹雪芹，这两个人都是清朝的作家，他们的才气和智慧不相上下。

因为时间的关系，最后两篇没有时间再讲了，或者我们下一次再讲，或者大家下去自己找来看一看。《婴宁》《小倩》也是聊斋里面写狐狸精的名篇，任何一种《聊斋志异》的选本，都会选这两篇的，它们写得非常漂亮，请大家一定找来看一看。

# 第二十二讲 《聊斋志异》
## ——狐、鬼、花、妖的艺术世界（二）

李鹏飞

这次我们接着讲蒲松龄，我选了两篇特别著名的小说，《小翠》和《婴宁》。上次课之后有一位听课的老先生跟我说，他觉得蒲松龄的文笔特别漂亮，我今天就特意找来了《小翠》和《婴宁》的电子文本，我们根据文本来讲课，一边看文本，一边进行分析，这样大家就可以直观地体会到蒲松龄的语言魅力了。根据学者们的一般看法，蒲松龄的小说语言是一种比较典雅凝重，同时又很华丽丰赡的文言体，这个"丰赡"就是说它描写的细节丰富细腻，这是《聊斋志异》语言的一个基本风格，我们一边看文本一边分析，大家一定会对他的语言成就有所体会的。其实各位如果想学习文言这种文体的写作的话，《聊斋志异》是一个非常好的教材，因为如果大家去看唐宋古文，可能会觉得它讲的都是些高深的道理，没有什么兴趣，甚至不免会打瞌睡，而《聊斋志异》则是本小说，很有趣味性，我把它推荐给各位。

下面我讲《小翠》，这篇小说是一个狐狸精题材。我们讲过，《聊斋志异》里面最重要的题材类型就是精怪，比如各种动物怎么样变成人，尤其是变成女性，然后跟人交往等等。《小翠》和《婴宁》这两篇是狐狸精题材中最著名的。我在一会儿讲的过程中，遇到比较重要的地方我就念原文，不太重

## 第二十二讲 《聊斋志异》——狐、鬼、花、妖的艺术世界（二）

要的地方，我就给大家概括地介绍一下基本内容，这样我们的时间就够用了，要不讲不完。

这篇小说讲的是一个狐狸精受恩报恩的故事，但是它里面夹杂了很多其他的内容，主题非常丰富。蒲松龄小说名篇的主题并不是那么单一的，如果只是一个非常简单的主题，就不足以成为佳作了。现在我们公认的那些文学作品里的主要名篇或者佳作，肯定都是内容特别丰富，或者特别复杂的，这样大家才可以一代一代地反复阅读，而且每一个时代的人都可以读出自己的不同感受来，这才能够成为经典。

《小翠》的情节非常复杂精细，而且很有趣味性。这篇小说的主人公有三位：一位是王太常，一位是王太常的儿子王元丰，还有一位是狐狸精女子小翠。王太常在少年时期曾经有一天躺在屋里的床上休息，天上打雷下雨，突然有一只像猫一样的小动物，跑过来爬到他的床底下躲避，一直等到雨停了它才离开。王太常开始以为是只猫，后来仔细一看，发现这个东西不是猫，他就特别害怕，把自己的哥哥喊来一看，哥哥说这是好事，你将来一定会大富大贵的。因为哥哥认出这个动物是只狐狸，它是跑到贵人的身子底下来躲避雷劫了。在中国古代的传说中，狐狸成精以后上天不会容它危害人类的，所以会借着雷雨天消灭狐狸精，不过如果它能够找到一个适当的地方藏身，就可以躲开雷劫，比如说来到贵人居住的房子里面躲着就行。这是中国古代很常见的一种观念，一个人如果天生是个贵人的话，身边就会有很多天兵天将保护他，任何危害性的因素都不能接近他。后来王太常果然年纪轻轻就考中了进士。这个不容易，因为中国古代的进士很难考，一般人要到三十、四十，甚至五十岁才有考中的可能，上次我讲了蒲松龄考到六十岁连个举人也没有考中。王

太常考中进士以后就做县官,政绩很好,又被朝廷擢升为侍御史,这个职务就是我们所说的监察御史,它是监察文武百官的,像我们今天的纪委一样。

王太常的官场顺利,但是个人生活就不太顺利了,他生了个儿子叫做王元丰,王元丰是这部小说另一位主人公,小说里面说他是"生来绝痴",是个天生的弱智儿童。比如说他十六岁了还"不能知牝牡",就是不分男女的意思,那他对男女之事当然就更加不懂了。所以大家可以想象,对这样一个痴呆公子肯定是"乡党无与为婚"了,左邻右舍、朋友亲戚谁都不愿意把自己的女儿嫁给他做媳妇,所以王太常一直都很忧心。

有一天来了一个中年妇人,还带着一个小姑娘,主动找上门"自请为妇",要把女儿送给王元丰做媳妇,这真是从天而降的好事。王太常看这个小姑娘"嫣然展笑",她的笑容很美,像仙女一样。王太常问她姓名,她说是"虞氏",女儿叫小翠,今年十六岁,正好跟元丰一样大。王夫人问她,你把女儿送给我做媳妇,要多少聘礼呢?这个中年妇女说,我女儿跟我在一起饭都吃不饱,"是从我糠籺不得饱",现在到你们家来做媳妇,"置身广厦,役婢仆,厌膏粱,彼意适,我愿慰矣,岂卖菜也而索直乎!"就是说她能住在你们家里,呼奴唤婢,好吃好喝,她过得舒服,我心里也就满足了,我把女儿送给你们做媳妇,难道会像卖菜一样讨价还价要彩礼么?王太常的夫人一听,那何乐而不为呢,就非常高兴地把姑娘留下来了。中年妇女临走之前叮嘱自己的女儿,他们以后就是你的公公婆婆了,你要好好地服侍他们,我很忙,我先走了,过几天我再来看你。王太常想要派仆人送小翠的母亲,但是她坚持说不要送,路程很近,王太常也就算了。

## 第二十二讲 《聊斋志异》——狐、鬼、花、妖的艺术世界（二）

母亲走了，小翠也没有什么悲伤，也没有多么留恋，很快就进入了当媳妇的状态，"便即奁中翻取花样"，就跑到夫人的房子里面做刺绣的花样去了，高高兴兴地融入了他们家庭，"夫人亦爱乐之"，有这么一个聪明伶俐的儿媳妇，她当然非常喜欢了。不过几天后，小翠的母亲并没有再来看她，王家就问小翠，你家究竟是住在什么地方，小翠"憨然不能言其道路"，她就光憨笑，也说不出家住在哪里。我们从前面这些也看不出小翠有什么不像人的地方，不过是一个贫穷人家的姑娘，被送给了王太常做儿媳妇而已，最多会觉得有点奇怪，老妇人怎么把自己聪明伶俐的女儿送给王元丰一个痴呆儿做媳妇呢？另外，我们可能会觉得有点不对头的是小翠竟然不知道自己家住在什么地方。所以蒲松龄他在小说里并不会一开始就告诉我们女主人公是个狐狸精，他只是慢慢地一步一步露出线索，让我们觉得这个地方有点奇怪，那个地方有点不对头，好像并不是一般人类会有的行为，慢慢地向我们展示小翠不是个普通的女孩子。

王元丰的父母准备让元丰跟小翠结婚，亲戚邻里们听说他们娶了一个穷人家的姑娘做媳妇，"共笑姗之"，大家在背后都议论纷纷。结果到了成亲的这一天，大家一看这个姑娘这么好看，"群议始息"，这些背后的议论就渐渐平息了。这也是人心之常态，穷家人送来女孩子给富贵人做媳妇，如果又穷又不好看，大家就说这个是没有办法了，因为痴呆儿嘛，没有更好的女孩子肯嫁了，只能找一个又穷又丑的。可是成婚这一天，大家发现小翠太漂亮了，前面也说过是"嫣然展笑，真仙品也"，大家的议论就平息了，原来并不是随便扒拉了一个给元丰做媳妇的啊。

而且小翠非常聪慧，"能窥翁姑喜怒"，就是说很善解人

意,公公婆婆什么时候不高兴,什么时候生气了,她一看就能看到。重点是越往后看,她这种善解人意的能力就越发明显,甚至还能预测人世间很多事件的发展趋势,提前做出相应的安排,所以王公夫妇对她"宠惜过于常情",就是王公夫妇对她的宠爱非同一般,他们心里就怕这个聪明伶俐的姑娘会嫌弃傻儿子,但是从旁边观察,发现"女殊欢笑不为嫌",小翠天天高高兴兴的,也并不嫌弃自己的丈夫是个痴呆儿。这些写的都是小翠的种种优点,但后面也讲了她美中不足之处,"第善谑,刺布作圆,蹋蹴为笑。着小皮靴,蹴去数十步,给公子奔拾之,公子及婢恒流汗相属。一日王偶过,圆然来直中面目。女与婢俱敛迹去,公子犹踊跃奔逐之。王怒,投之以石,始伏而啼"。这一段写得非常生动,其实文言小说这种文体是不太自由的,总觉得不如今天我们的白话文那么有表现力,但是蒲松龄的文言写得非常好,很生动。小翠没有别的毛病,整天就嘻嘻哈哈跟元丰和丫头们在一起嬉笑玩闹,她用布料做成圆球,这个圆球其实就是中国古代的足球,叫"蹴鞠之戏",大家如果看过《水浒传》,一定会记得高俅,高俅就是因为特别善于踢球才得到皇帝宠信的。当时没有橡皮之类的原料,球主要是用布料做的,这个活动在两宋的民间和宫廷都特别盛行,无论是达官贵人,还是民间百姓都喜欢玩,所以有人说足球运动是起源于中国的,这个说法也得到了大部分人的认可。小翠玩的这个游戏,也是用布做一个球,跟元丰踢球玩,她穿一双小皮靴,一脚就把球踢开了几十步远,元丰傻乎乎的,和丫鬟们跑来跑去捡球,累得汗流浃背。可是这一天,他们因为踢球闯祸了,王太常正好从旁边经过,走着走着一个球迎面飞过来,正中王太常的面门。"女与婢俱敛迹去,公子犹踊跃奔逐之",这个写得非常好,很有意思,小翠跟丫头一看闯祸了,不得了啊,把主人给打了,得赶紧躲,可公子比较傻,还像往常一样捡球呢,他的父亲看了很生气,就"投之以石",元丰就趴在地上哭,这其实都是小孩的个性。

我们需要注意的一点是,他既是在写小翠,同时也是在表现元丰。元丰在小说里是一个"绝痴",十六岁连公母都分不清,是很傻的一个儿子,如果一般人家里面养了这么一个儿子,肯定家长饭也吃不下,头也疼死了,整天愁眉不展。但是在《小翠》里,蒲松龄把他艺术化了,写得像一个天真的小孩子一样,虽然已经十六岁了,但是童年还没有结束,一直没有进入少年时期,他只是不成熟罢了,我们后面越看,越会觉得元丰可爱,像这一处描写,我们就觉得元丰趴在地上哭,很惹人怜爱。

王太常跑去跟夫人告状,说小翠带着儿子在外面踢球,打了我一下。为什么找夫人告状?因为中国古代,其实现代也是,在很多家庭里面,公公一般不会去责怪儿媳妇,很多事情都是婆婆出面跟儿媳妇打交道的,古代尤其如此。所以小翠闯祸,公公不会直接跟她去谈,而是让夫人责备她。但是我们看小翠的表现,"俯首微笑",她就低着头,脸上带着微笑,右手还扣着床在那儿玩,不当一回事。离开了夫人跟前,她还像以前那样调皮捣蛋,而且又找到了新的游戏花样,用自己的脂粉把公子脸上涂的花花绿绿,看上去像一个鬼面,夫人见到就很生气,又把她找来骂了一顿,"倚几弄带,不惧亦不言。夫人无奈之,因杖其子"。小翠就靠着桌子,手里面一直玩她衣服上的带子,脸上也没有表现出害怕的神色,也不说什么话,夫人也拿她没有办法了,无奈之下,就只能打自己的儿子。元丰那种小孩子脾气,立刻就大哭大吼了,这个时候"女始色变,屈膝乞宥。夫人怒顿解,释杖去",小翠很心疼元丰,因为毕竟是她丈夫,而且元丰在她心目中就是一个小孩子,所以看到夫人拿棍子打元丰,脸色就变了,跪下来向夫人求情,夫人打自己的儿子本来就很心疼,现在儿媳妇跪下来求情,母亲的怒气立刻就抛到了九霄云外,扔掉棍子就走了。这个地方也可以看出小翠跟元丰相处虽短,但感情很深。

这种感情我们很难说是妻子跟丈夫之间的,因为小翠只有十六岁,元丰也是十六岁,还像个顽童一样心智不成熟,对男女之事完全不懂,所以小翠跟元丰的关系很特别,虽然他们成亲结婚了,但并不是严格意义上的夫妻关系,更像是母亲和孩子之间的关系。看到后面大家就会了解,蒲松龄写的就是小翠跟元丰这样一种非常奇特的关系,开始时像是母亲跟孩子,后来才慢慢具备了妻子和丈夫的关系,是妻性和母性的复杂融合。我相信各位都是过来人,对人生的种种情感都有所体验,应该可以比较理解这样一种感情了。我记得以前看过一本很著名的苏联小说,叫《日瓦戈医生》,这部小说大家可以看看,写得非常好。小说里有一对恋人,男的叫帕萨,女的叫拉拉,两个人是大学同学,他们在读书时相恋了,毕业就结婚。拉拉比帕萨大几岁,所以在他们的夫妻关系里面,拉拉有意无意之中会把帕萨看作自己的弟弟,很心疼他,很关心他;但是帕萨觉得自己在妻子的心目中不像丈夫,反而像个儿子一样。两个人不是夫妻关系,似乎仅限于姐弟了。他就很不平衡,觉得失望、沮丧,终于有一天就离家出走了。当然,拉拉很伤心,她觉得帕萨不能理解她心里面的感情。后来过了很多年,经过了战争,经过了很多悲欢离合,帕萨终于能够理解拉拉对他的复杂情爱,而且明白了妻子对他

## 第二十二讲 《聊斋志异》——狐、鬼、花、妖的艺术世界(二)

爱的是很深的。很可惜,等他明白了,已经晚了。我觉得小翠跟元丰之间也是这样一种复杂的情爱关系,到后面我们就会很明白了。

我们看下面怎么写的,公子被母亲打哭了,小翠就把他拉到房间里面,"代扑衣上尘,拭眼泪,摩挲杖痕,饵以枣栗",把元丰身上的土抖落了,把他的眼泪给擦了,摩挲他母亲打的伤痕,又喂他吃好吃的东西,完全是跟哄三岁顽童一样的。"公子乃收涕以忻",公子就破涕为笑,也不哭了。然后小翠又开始跟他嬉笑玩闹了,"女阖庭户",把门关了,"复装公子作霸王,作沙漠人;已乃艳服,束细腰,婆婆作帐下舞;或髻插雉尾,拨琵琶,丁丁缕缕然,喧笑一室,日以为常"。这是说小翠跟元丰在屋里面,两个人化妆以后在演戏,演的是一个霸王别姬,一个昭君出塞。两个人在屋里这样演戏"日以为常",这个地方大家要注意,蒲松龄是在不动声色地做一些铺垫。表面上看,这是写小翠跟元丰儿童式的游戏,嬉笑玩闹,无忧无虑,但是到后面我们就会发现蒲松龄这么写实际上是为了后面的情节,这些日常嬉闹其实都是小翠的有意安排,因为她知道公公在官场上会遇到一些危机,她化解危机的方式非常巧妙,我们在后面就会看到狐狸精的超常神力是如何在人类世界中表现出来的。

我们先看后面,"王公以子痴,不忍过责妇,即微闻焉,亦若置之"。王太常看到他们整天在屋里面疯疯癫癫的打闹,也不好多去责怪小翠,自己听到了就跟没听到一样,因为儿子是痴呆儿,小翠不嫌弃他,能够心疼他,还陪他玩,已经非常不容易了。所以虽然王公觉得官宦人家的媳妇跟儿子天天这样玩儿很不成体统,但是考虑到刚才说的这些原因,他也就不去管了。

接下来情节上就进入了另外一个段落,开始讲王太常的官场危机了。跟他们同巷住了一个王给谏,请大家注意,这一个小小的细节安排也是有讲究的。这个人也姓王,名字叫"给谏",我们从名称就可以看出来,他跟谏官是有关系的。皇帝有了过失或言行之间有不妥当的地方,谏官要随时指出纠正,所以谏官是一个很危险的职务,动不动就有被皇帝杀头的可能。王给谏这个官跟王太常所担任的侍御有一点相似,但是二者不一样,侍御是监察御史,负责监察百官,而给谏则是给皇帝提意见的,他们所面向的对象不同。这两个人同朝为官,又住在同一个巷子里,隔的不远,但是"素不相能",两个人的关系不好,都是搞监察的,相互之间的矛盾很深。当时正好是"三年大计吏",古代官场里三年要进行一次考核,由监察部门考察官吏,政绩好就升官,政绩不好就罢官,甚至要治罪。王给谏"忌公握河南道篆,思中伤之",碰上了考核官吏的机会,他就想找一个理由陷害王太常了,监察院里面有十三个部门,负责全国十三个道的官员监察,唯有王太常负责的河南道监察权利特别重,所以王给谏就很嫉妒王太常。王太常心里也知道他想暗中陷害自己,心里就很忧郁,但是又没有办法。

有一天,王太常很早就睡了,小翠却穿上了官员的服饰,戴上了官员的帽子,"饰冢宰状,剪素丝作浓髭,又以青衣饰两婢为虞候,窃跨厩马而出,戏云:'将谒王先生。'驰至给谏之门,即又鞭挞从人,大言曰:'我谒侍御王,宁谒给谏王耶!'回辔而归。比至家门,门者误以为真,奔白王公。公急起承迎,方知为子妇之戏。怒甚,谓夫人曰:'人方蹈我之瑕,反以闺阁之丑登门而告之,余祸不远矣!'夫人怒,奔女室,诟让之"。到这里我们可以看到这个情节,他写小翠跟元丰两个人在一起串演戏文,在这个地方就派上了用场,小翠把自己装扮成当朝宰相,说我们要拜访王先生,结果跑到了王给谏的门前,她又假装骂侍童,说我们要拜访的是王侍御,不是王给谏,我们走错了,然后就回马到家,家里开门的人以为真的是宰相来了,赶紧跑到里面把王公从床上拽起来迎接宰相,王太常爬起来一看,结果发现是自己的媳妇小翠假扮的,就非常的生气,王给谏正好想找我个过错呢,现在家中的女子假扮宰相跑到人家家里去拜访,这不是正好让人家抓住把柄么,我的祸事马上就要来了。王太常就跑去责怪小翠,但是小翠"惟憨笑,并不一置词",她还是傻笑,一句话也不说。

  这其实是小翠故意设的一个圈套。官场上的事情是非常微妙的,宰相半夜三更跑来拜访王侍御,王给谏知道风声就会去打听,派人到王公门前一侦查,发现半夜三更宰相还没有从王侍御的家中离开。这就让他很害怕了,宰相跑到他家里,一待就待这么久,王给谏就怀疑宰相跟他是在搞什么阴谋。第二天上早朝的时候,王给谏碰到王侍御就问,昨天晚上宰相是不是到你家里去了?王公心里面有鬼,他听到王给谏这句话以为人家已经发现小翠乔装宰相的事了,是在暗示他你有小辫子你被我抓住了,咱们走着瞧。所以"公疑其相讥,惭言唯唯,不甚响答",就是说王侍御以为人家话里是在讥讽自己,所以嘴上就微微敷衍,也不做什么肯定的回答。这样王给谏就更加怀疑了,他本来想暗中设一个圈套,但是现在不敢了,因为宰相跟王公关系密切,所以王给谏的阴谋就平息了,反而去跟王侍御搞好了关系。"公探知其情窃喜,而阴嘱夫人劝女改行",王侍御暗中打探到消息,心里很高兴,不过还是让夫人去劝小翠今后不要玩这种危险的游戏了,小翠笑笑就答应了。

不过官场中的风波是一浪接着一浪,一波未平一波又起的。小说里面反反复复写官场中的尔虞我诈,实际上也是跟狐狸精所从属的世界之间形成一个对比。蒲松龄笔下的狐狸精变成女性后,都是具备善良、仁惠、孝顺,尤其是知恩报恩的美德的。他其实是想说,在人身上很难看到的品质,反而出现在动物身上了。这个也是中国古代文学,尤其是小说里反复表现的一个主题,其实说白了就是一句话,人类在某些情况下可能连个动物都不如。这句话当然是具有很多层面含义的,比如中国小说中反复提及的一句话,"宁做太平犬,不做乱世人",这个是从生活状态来比喻的。在座的各位中很多人年岁已高,有的朋友可能经历过战争或者动荡,大家一定会有深刻的体会。即使是七八十年代出生,没有经历过动荡的人,也能从电影小说里感受到。在那种特殊的环境里面,人活着的确还不如一个太平盛世中的动物安乐。再比如,这句话还可以从道德伦理方面来理解,在某些特定的情况下人的道德状态还不如禽兽,孟子就说过"人之异于禽兽者几希",人跟动物之间的差别是很小的,一念之差就可以从人堕落到动物,全看你的信念、言行,和道德伦理意识了。所以,蒲松龄的狐狸精小说中往往隐藏着这样一层含义,在某种程度上他认为动物是可以作为人类榜样的。

一年之后,那位在王起谏心目中跟王太常有亲密关系的宰相免官了,正好这个时候宰相写给王侍御的一封密信被送信的公差送错了,送到了王起谏的手中。我们来看这个情节,蒲松龄把王侍御跟王起谏设置成同姓、同巷,都是为下面的情节做铺垫的。王起谏拿到密信,就开始敲诈勒索了,要让王侍御借给他一万两白银,王公拒绝了,结果王起谏亲自来了,王侍御就赶紧找官服要出门接见他。但是奇怪了,找来找去官服找不到,没有官服就出门见客太不合礼数了,显得目中无人,人家正在找你的麻烦呢,你还这么怠慢,人家肯定会很生气的。其实如果相互之间关系很好,古人甚至还有把鞋子穿倒了都顾不上、急急忙忙出门迎接的情况,那是因为来客跟自己关系亲密或者很受自己看重。不过眼下显然不是这种情况,王起谏在外面等了半天,正要愤然离开的时候,突然看到王元丰"衮衣旒冕,有女子自门内推之以出,大骇;已而笑抚之,脱其服冕而去",王元丰穿着皇帝的衣服、戴着皇帝的帽子,由一个女孩子推进来了。王起谏看到吓了一跳,皇帝听的音乐一般人都不敢听,王元丰竟然穿着皇帝的朝服,这可是杀头之罪,所以王起谏看到之后先是吃了一惊,继而觉得这正是个好机会,于是"已而笑抚之,脱其服冕而去",把皇帝的朝服从王元丰身上脱下来拿走了。这个时候王侍御正好找到了官服,急急忙忙地跑出来,发现客人已经走了,而且是拿着元丰穿的皇帝朝服走的,"王公闻其故,惊颜如土,大哭曰:'此祸水也!指日赤吾族矣!'"王公号啕痛哭,说我们家就要有杀头之祸了。夫人拿着棍棒跑到小翠的闺房里面要打小翠,小翠已经知道自己肯定要被责怪了,就把房门关住,任从公公婆婆骂她。王公当时愤怒到什么程度呢,他看到门关着,就找了一把斧头要把门砍开,他决定要把媳妇给揍一顿,结果小翠在屋里不但不害怕,反而笑着跟公公开玩笑,说公公你不要生气,"刀锯斧钺妇自受之,必不令贻害双亲",所有的责任都有我一个人承担,一定不会殃及公公和婆婆的,您用斧头劈门冲进来,难道是想杀人灭口吗?小翠说的最后一句话很厉害,大家想想,元丰假扮皇帝的事情已经被王起谏抓住把柄了,而且铁证如山,推之不翻,你现在把我给杀了,是妄图消灭罪证,等皇帝要查的时候找不到

我,那你不是罪上加罪,罪加一等?公公一听果然不敢劈门了,也没办法。

王起谏拿到罪证立刻就跑到皇帝面前上书,揭发王侍御图谋不轨,想谋反,还呈上朝服作为证据。皇帝听到也很惊讶,但是仔细一看,发现"其冕旒乃粱黔秸心所制,袍则败布黄袱也",皇冠是用高粱秆编的,黄袍是用破布做的,皇帝看了之后就很生气,难道我戴得皇冠就是高粱秆编的么,我穿的龙袍是破布做的么?所以认为这个是诬告。"又召元丰至,见其憨状可掬,笑曰:'此可以作天子耶?'"皇帝把王元丰招来一看,这个孩子傻乎乎的,皇帝就笑了,说这样的也可以做天子吗?于是就治了王起谏诬告之罪。可是王起谏又继续告,说王公家里面有妖怪,他指的当然是小翠了,当时在民间玩弄法术也是有罪的,所以他就揭发了这一条。于是就又把王家的仆人都找来询问,问来问去,大家的口供都很一致,"惟颠妇痴儿日事戏笑,邻里亦无异词。案乃定",就是说不过是小翠两个人在家里游戏打闹罢了,街坊邻居也都是这么说的。于是王起谏的诬告之罪就被定案了,他被充军云南,王侍御的官场上的一个死对头被除掉了。

现在我们再回过头来看前面,蒲松龄是怎样不动声色地表现小翠的狐狸精身份的?她整天跟元丰在一起踢球,扮演戏文,表面上看起来是在跟一个痴呆儿疯疯癫癫地玩耍,其实里面暗藏着玄机。只有这样整天嘻嘻哈哈地玩乐演戏,才能够扮演宰相扮演得很像,并且让大家都知道这家里有"颠妇痴儿",到后面才能够使王起谏的诬告之罪定案,因为她知道官府审案一定会把左邻右舍叫去取证的。这样我们就发现前面的所有情节其实都是铺垫,同时也是小说情节的一个有机组成,这就是蒲松龄非常厉害的地方。同样的内容在别

## 第二十二讲 《聊斋志异》——狐、鬼、花、妖的艺术世界（二）

人笔下，也许只能具备一种功能，但是到了蒲松龄笔下，就可以同时具备好几层含义了。这种表现手法在后来的《红楼梦》里，被曹雪芹发挥到了极致。这是曹雪芹小说中最重要的一种笔法，同样的一句话，同样的一段故事，同样的一个情节，他会有两个三个四个，甚至更加丰富的含义隐藏在里面，这也是经过我们反复研究才发现的特点。在蒲松龄的小说里运用的就是这样一种技巧，这是非常了不起的，小说中能有这样的弦外之音是很不简单的。

下面我们接着看，小翠做了一件更加神奇的事情，她把王元丰的痴呆病给治好了。看到这里，大家一定会有一个疑问，小翠既然是个狐狸精，能治好王元丰的痴呆，那为什么不一开始就把病给治好呢？这样既避免了公公婆婆整天伤心，自己也能跟一个正常的丈夫生活在一起。大家有这个疑问，说明读的很细心，这件事的原因我们刚才已经讲了，她是有计划的，必须要等到一个适当的时机才能给元丰把病治好，提前治好了不就完蛋了，皇帝把元丰找去一看，这个孩子很聪明，也很有气派，那很有可能就是真的要谋反做天子了。

王给谏被充军云南之后，王公在官场上少了一个心腹之患，他的注意力就转移到个人生活中去了，他已经五十岁了，还没有孙子。中国古人很看重后嗣，甚至在很多人的心目中后嗣问题比做官更重要。小翠跟元丰结婚之后"夜夜与公子异寝"，他们每天晚上没有睡在一起，"似未尝有所私"，他们夫妻之间没有男女之事。元丰的屋里面有两张床，平时可以分开睡，也可以睡在一起，现在为了让他们生孩子，就把屋里面的一个床搬走了，而且"嘱公子与妇同寝"。结果特别好玩，元丰很可爱，确实是"十六岁不能知牝牡"，没过几天，他就跟母亲告状了，说"借榻去，悍不还"，把我的床抬走了，也

不还给我，我跟小翠睡在一起，"小翠夜夜以足股加腹上，喘气不得；又惯掐人股里。婢姬无不粲然。夫人呵拍令去"。这是非常有意思的，蒲松龄写出这样生动有趣的情节，也体现了他很高的能力。就是说每天晚上小翠都把自己的腿放在他的肚子上面，让他喘不过气来，又经常掐他的腿，这其实是夫妻之间的情事，但是元丰不懂男女风情，当着大家的面跟母亲告状，所以旁边"婢姬无不粲然"，母亲也没有办法，哄哄他就让他走了。

下面就是写小翠怎样给元丰治病的。有一天小翠正在洗澡，公子看到了就想跟她一起。大家如果看过《红楼梦》，可能会记得宝玉跟丫头混在一起洗澡的情节，这在中国古代是家常便饭。小翠让他等一等，在浴盆里面添了很多热水，让元丰把衣服脱了，把他扶到浴盆里，这个水很烫，就跟洗桑拿一样，元丰就大喊大叫地要出来，但是小翠不让，还使劲地把他摁到里面，一会儿就无声无息了，然后一看，元丰已经气绝，昏过去了。"女坦笑不惊，曳置床上，拭体干洁，加复被焉"，小翠一点都不害怕，很坦然地笑着，把元丰抱到床上，擦得干干净净，用几床被子给他盖上，大家想想，已经泡水晕过去了，还给他加了好几层被子捂着。这时候夫人听说儿子已经被闷死了，"哭而入，骂曰：'狂婢何杀吾儿！'，女䩄然曰：'如此痴儿，不如勿有。'"她就开玩笑地说，这样的傻儿子不如没有。夫人本来就心急如焚了，这时心里更加生气，就用头去撞小翠，旁边的丫头赶紧劝她，"一婢告曰：'公子呻矣。'"这时候公子突然醒了，满头浑身都是大汗，把被子全都湿透了，他突然睁开眼睛环顾家人，似不相识，"曰：'我今回忆往昔，都如梦寐，何也？'"这里写得非常好，大家想想元丰突然从痴呆儿变回正常人了，他的第一反应会是什么？从这

## 第二十二讲 《聊斋志异》——狐、鬼、花、妖的艺术世界(二)

里就可以看出作家高明的技巧,元丰醒来说我现在回想以前好像做了一场梦。我们看到这句话就知道元丰是真的不傻了,已经变成一个正常人了。"夫人以其言语不痴,大异之。携参其父,屡试之,果不痴",就带着元丰去拜见他的父亲,父亲反复地考试他到底是不是真好了,结果真好了,一家大喜,"如获异宝"。

到了晚上,王家心里念念不忘的还是要传宗接代,"还榻故处,更设衾枕以觇之",把拉走的床又抬回来了,还在床上铺得整整齐齐的,他们偷偷地观察,看元丰有什么表现。"公子入室,尽遣婢去。早窥之,则榻虚设。自此痴颠皆不复作,而琴瑟静好如形影焉",以前想方设法让他们夫妻欢好,但是元丰不懂,现在他变成正常人了,一进屋就把丫鬟们支走,第二天早晨一看,公子没有睡到自己的床上,是跟小翠睡在一起的。从此夫妻和睦,形影不离。从这个地方我们就能看出来蒲松龄的语言非常精炼,他写夫妇关系没有太多的描写,但是已经能够让我们感受到他们两个人的甜蜜了。这也是非常具有说服力的,因为前面写小翠跟痴呆的元丰在一起生活了三年,那个时候小翠就非常地疼爱他,现在元丰痴病好了,小翠跟他的关系当然就更加和睦甜蜜了。

一年之后,王侍御又被王给谏朝中的同党抓住了过失,遭到了弹劾,再次面临危机。他想跟朝中掌权的官员处好关系,就从家里面找出了一个玉瓶,这个玉瓶是广西一个巡抚送他的,值一千两白银,其实蒲松龄在这里也暗示了当时官场互相贿赂勾结的腐败。小翠拿着这个瓶子看来看去,结果不小心失手,把这个瓶子掉到地上给打碎了。王公夫妇心里面很不高兴,就过来骂小翠,小翠心里面很痛恨,跟公子说,我在你们家救过你们全家的身家性命,还保住了你父亲的官

位,"所保全者不止一瓶,何遂不少存面目?实与君言:我非人也。以母遭雷霆之劫,深受而翁庇翼,又以我两人有五年夙分,故以我来报囊恩、了夙愿耳。身受唾骂,擢发不足以数,所以不即行者,五年之爱未盈。今何可以暂止乎"?就是说我在你们家里面待了几年,做了这么多事,难道我还不如一个玉瓶贵重?现在我打碎了一个瓶子,你父母就这样斥责我,一点都不留情面,实话告诉你们,其实我不是凡人,我的母亲当年躲避雷劫,被你父亲救了一命,所以我现在是来报答当年恩惠的。而且我跟你有五年的夫妻缘分,所以在你家受了很多的打骂都没有离开,现在我实在是不能再忍受下去了,"盛气而出,追之已杳",小翠就很生气地离家出走了,等他们去追赶的时候,已经了无身影了。

  小翠走了之后,王夫人爽然若失,追悔莫及,元丰跟小翠夫妻之间的情感很深,他在房间里"睹其剩粉遗钩,恸哭欲死,寝食不甘,日就羸瘁。公大忧,急为胶续以解之,而公子不乐。惟求良工画小翠像,日夜浇祷其下"。公子非常思念小翠,寝食不安,逐渐消瘦,王公深怕公子再因此搭上性命,所以非常担心,想给他再找个妻子,但是公子不愿意,他找了一个画工画小翠的肖像,把肖像挂在墙上每天祭祀,这样持续了两年。古代妻子死了,丈夫可能半年一年就会再娶一个老婆,在中国小说里面有很多对这种行为的谴责,当然丈夫死了,妻子很快改嫁的情况也很多。但是在这里我们看到元丰是情深义重的,小翠走了两年,他天天在肖像下面跪拜,下面我们就看到小翠可能就是被元丰的情意感动了,再加上他们情缘未尽,所以终于又重逢了。

  有一天,元丰经过他们自己家的花园,听见花园里面有人嬉笑玩乐,他就从墙上看,发现是小翠在里面和一个伙伴玩耍,元丰就赶紧从墙上爬过去跟小翠见面。这个地方写得很感人,夫妻俩别后重逢的场景写得很好,小翠从墙头把元丰接下来,说:"二年不见,骨瘦一把矣。"你怎么才两年就瘦得剩下一把骨头了。大家想想这句话,里面的情意很深,既有母亲对儿子的疼爱,同时也有妻子对丈夫的疼爱,这种复杂的情感在这句话里表现得很深刻。"公子握手泣下,具道相思",小翠说"妾亦知之,但无颜复见家人",我也知道你心里一直很想念我,但是我已经没有脸面再去见你的家人了。公子把这件事报告给夫人,夫人给小翠赔礼道歉,请她回到家里跟他们住在一起,可小翠不愿意再回去,就要求住在花园里面,派两个仆人来照顾他们。因为她心里已经知道了他俩只有五年缘分,时间一到,她就得离开,所以她不愿意再回王家去。

小说的结尾写得非常感人,元丰跟小翠在花园里住,小翠每天劝公子,我跟你在一起这么多年,一直都没有生孩子,后嗣之事很重要,希望你另外再娶一个。公子一直不肯不同意,小翠就做了一个特别奇特的安排。又过了一年,小翠"眉目音声渐与曩异",她的长相和声音慢慢地都发生了变化,和以前不一样了,"出像质之,迥若两人",拿以前的画像跟现在一比,好像完全是两个人。小翠跟元丰讲,"视妾今日何如畴昔美",你看今天的我跟以前一比,哪一个更美?公子说今天你仍然很美,但是跟以前比好像有一些不如,小翠就说你是嫌我老了,公子说二十岁的人怎么会老了呢。"女笑而焚图,救之已烬",小翠在谈笑之间就随手把自己当年的画像给烧了,元丰过去抢,但是已经来不及了,画像被烧成了灰烬。这是小翠的有意安排,我们看后面就知道了。

有一天小翠跟元丰讲,我不能生孩子,现在你的父母亲

都老了,你为了家里的传宗接代着想,一定得再娶个妻子,将来她也可以服侍你的父母,我也仍然跟你在一起。元丰觉得她说的话很有道理,父母也老了,不得不考虑后嗣的问题了,所以"纳币于锺太史之家",公子到钟太史家里面去说亲,要娶他的女儿。等到婚期将近,小翠亲手做了衣服送到王元丰的家里,等到新人进门后,大家很惊讶地发现,她的形貌和举止跟如今的小翠一般无二,大家都觉得很诧异。王元丰心里面就有一种不祥的预感,他赶紧跑到花园去,发现小翠已经不见了,他就问丫头们,丫头拿出一个红巾,说娘子刚回娘家去了,留下了这个给你。元丰打开一看,发现里面有一个玉玦,"玦"在这里是有双关意的,是诀别、永别的意思,实际上是表示从此跟公子分开,永远不会再回来了。公子"心知其不返",心里面就知道小翠不会再回来了,"遂携婢俱归",虽然他心里时时刻刻不能忘了小翠,"幸而对新人如觏旧好焉",这句话写得非常深刻,元丰看着锺太史的女儿,就像小翠仍然在他眼前一样。"始悟锺氏之姻,女预知之,故先化其貌,以慰他日之思云",他要娶锺氏,小翠已经预先知道了,所以就把自己变化成了钟氏女儿的形貌,并且跟元丰生活了一段时间,然后再离开,让元丰面对新人时能够感到一些安慰。

　　这确实写得非常深刻,而且非常动人,小翠作为一个狐狸精好像是冷漠无情的,但是她心里对元丰的情意有很深的感受,为了自己离开元丰时不至于让他过分伤心,所以预先做了非常周密的安排。大家从元丰的立场来想一想,小翠离开了,他当然会很伤痛了,但如果今天的妻子跟小翠的举止长相都一模一样,那么即使很伤心,也能多少得到一些安慰。

　　另外一篇小说里讲过一个类似的故事,当然有一些细节上的不同,我简单地讲两句。有一个叫刘子富的人,他喜欢

## 第二十二讲 《聊斋志异》——狐、鬼、花、妖的艺术世界（二）

店铺里面的姑娘阿秀，就天天去买东西，虽然很多东西都不必要，但是为了见阿秀，他就天天去买，买回家的东西越来越多，都在屋里堆着。后来他的父母觉察到了，怕出事情，就搬家到别的地方去，但是即使搬走了，刘子富心里也不能忘记阿秀，以至于相思成疾，都要病倒了。他的父母没有办法，只好又回到这个地方，还派了他的舅舅去阿秀家提亲，可是一问，阿秀在这两天刚刚被聘给了别的人家。刘子富悲愤欲绝，心里面就想，如果天下还有一个人跟阿秀长得一模一样，那我就可以再续前缘了，最好是阿秀有一个双胞胎姐妹。这种情感非常真实，而且很深刻，我想每一个人都会有这种想法，自己失去了爱人，还可以再去找个跟她长得一样的人，心里面不至于太失落。所以蒲松龄在小说的结尾就深刻地表现了人的这种情感，这是他非常高明的一点。小说这样结尾，当然是很感伤的，毕竟王元丰深深地爱着小翠。

# 第二十三讲　清代拟话本小说《五色石》与《八洞天》

李鹏飞

上次讲完之后,有朋友跟我说他对小说发展的历史有兴趣,希望能多讲一些知识性的东西,那么接下来我就会根据情况增加一些小说史的常识内容。这一次课我们接着讲明清文人的拟话本小说。在开始讲《八洞天》之前,我先向各位简单地介绍一下白话小说的发展情况,在各位的讲义里面并没有这部分内容,这是我后来增加的,等我讲完课之后,会根据何老师的安排把增加的讲义上传,大家可以去看。各位可以根据这些篇目,到书店里面去买书,这都是比较好的作品。而且现在网上买书很方便,我们老师有时候也需要一些书,在书店里面买不到的时候,都会到网上去购买。现在最有名的一个旧书网站就是孔夫子旧书网,这个网址我已经写到黑板上了,各位可以把它抄下来,根据这个网址到网站去,先申请一个账户,就可以在网上购买了,非常的方便,以前出版过、现在已经找不到的书都可以买到,比如我们今天讲的文人拟话本小说就可以通过这个网站买到。

拟话本小说用今天的术语来讲就是白话短篇小说,我们在第一讲的时候其实已经涉及这个问题了,当时讲的是冯梦龙的"三言"。白话短篇小说最初是在宋元时期产生的,所以我们把它称为宋元话本。宋元话本的来源主要是当时民间

## 第二十三讲　清代拟话本小说《五色石》与《八洞天》

说书艺人说话的底本，或者是有人根据他们说话实况做的记录。它是民间的说唱文艺，非常类似于今天北京天桥、茶馆里说书的那种文艺形式。宋元时期的说话艺术导致了白话短篇小说的产生，不过它流传到今天的数量不是很多，幸好有一部分保存在"三言"里面，我们还可以看得到，白话短篇小说最多的还是明清的文人拟话本。宋元话本中的一些作品传到明朝，当时的文人们模仿宋元话本进行白话短篇小说创作，这样就产生了文人拟话本。明朝后期是文人拟话本的繁荣期，也就是明朝泰昌、天启、崇祯这二十五年，冯梦龙的"三言"，《喻世明言》《警世通言》《醒世恒言》，主要就是在这个时期编纂刊行的。明代最后的崇祯朝一共有十七年，在这十七年中文人拟话本发展得很兴盛，有大量的作品集，出现了很多优秀作品。到了清代，顺治朝的十八年也是文人拟话本创作非常繁荣的时期，它接续了明朝末年的发展势头，产生了大量的话本小说集。比如说最有名的李渔，大家可能都听说过，李渔有《无声戏》跟《十二楼》，我准备下一次课就讲它们，这是写得非常好的话本小说集，大家可以买两本去看一看。然后到了康熙朝，康熙是中国历史上在位最长的皇帝之一，在康熙朝的前三十年里文人拟话本也是比较繁荣的，产生了十几部文人拟话本小说集。到了雍正朝，文人拟话本小说的创作就开始走向衰落了，作品的数量急剧减少。后面嘉庆、道光、咸丰几朝的作品也比较少，在光绪年间曾出现过少数几种文人拟话本，其中比较有名的是《跻春台》，这是一个比较重要的文人拟话本小说集，现在我们认为它是清代拟话本小说中的最后一部作品。这个小说写得很不错，它采用了一种比较特殊的形式，是说唱结合的，在叙事性散文中夹杂一段演唱的韵文，像弹词或者大鼓书一样，这个《跻春

台》韵散夹杂很特别。这样我们就对中国古代白话短篇小说的发展有了一个基本的概念,宋元时期是它的草创期、发展期,晚明二十五年和顺治、康熙的八十年加起来大约有一百年,这一百年是它的繁荣期。

那么从宋元话本到明清文人拟话本,它在艺术上有什么变化呢?我们简单地来说一说,宋元话本小说是产生于民间市井的,非常注重娱乐性。因为如果它娱乐性不强,就不会有听众了;没有听众它就没有收入,就像说相声不逗乐,就不会有人听,只能关门倒闭。宋元时期的说话艺术,以及明清时期的评书艺术,都是非常讲究故事性和娱乐性的,一定得紧紧抓住听众的心,让人不断地听下去,欲罢不能,连饭都不想吃,连觉都不想睡。我记得有一个相声,说天津有一个小伙子,听评书听得入了迷,晚上睡觉都在想评书,整天茶饭不思,这就说明说书艺人的水平很高,很能吸引人。从保存到今天的一些话本小说中,我们也可以看到它的故事性是非常强的,从一开始它就能把你紧紧地抓住,很有悬念。我印象很深的是一个宋元话本,现在很难断定它是宋代还是元代的了,我们看到的这部话本肯定已经不是原貌了,是经过整理的,但是它基本上保留了说话人的特色,它的标题叫做《三现身包龙图断案》。我举这一个例子,借这个例子给大家看一看,说话艺人是怎么样吸引观众的。

这个男主人公叫孙押司,他是衙门的一个小官。有一天他退衙之后,在回家的路上看到一个路边摆摊算命的,围了很多人,都说他算得很准。这个人就很好奇,他挤进去让算命的也给他算算生辰八字,算命人跟他说你这个命很凶险,不说也罢。孙押司一听心里就很紧张,我这个命再凶再险你也要告诉我。这个算命的就跟他说,你这个命不能讲,讲完

## 第二十三讲　清代拟话本小说《五色石》与《八洞天》

也没用,因为没有办法能破解凶险。孙押司非得要他讲,你不讲我今天就不放过你。算命的说你今晚就有性命之忧,注定会在今天晚上三更三刻三时丧命。大家看,他把时刻都说的非常细,孙押司一听当然就会很紧张了。回家后孙押司就跟妻子说,今天算命的告诉我,今天晚上几时几分我要丧命,他妻子说算命的话你怎么能信。这就是故事的开头,大家如果是在现场听,或者是看报纸,就一定会非常好奇的,这个算命的他算的准不准？如果他算准了的话,为什么会这么准？这是一个巨大的悬念,会吸引我们把故事听完或者看完。后来孙押司到那个时刻果然就死了,而且是溺水而死的。具体的故事我们今天没有时间去细讲,这是一个冤案,大家可以找"三言"把它看完。

　　到了明清文人拟话本小说大量涌现的时期,它的艺术特征就有了一些变化,文人参与创作之后一定会有变化的,中国的诗和词最初都是来自民间市井的,非常朴素生动,充满了生活的气息,但是到文人手中以后,它就变得越来越精致,越来越完美,越来越细腻了。拟话本小说也经过了一个同样的发展历程,它在情节上变得越来越细密严谨,文人气越来越重。所以我们说,宋元话本到明清,是一个文人化的过程。刚才我们讲到宋元话本的情节性、娱乐性,这些在文人手中仍然保留了,但是有所减弱,同时还增强了劝惩教化的功能。"劝惩"就是鼓励和训诫,"教化"就是改变世俗人心,通过故事情节告诉大家要做好人,好人有好报,恶人一定有恶报。因为文人认为自己肩负着教化世俗的重任,所以会在保留娱乐性的同时强化教化的功能。这些是明清话本小说在主题上的重要变化。具体到艺术技巧方面,宋元话本的娱乐性、情节性虽然很强,但是仍然是一种比较天然的状态,它不会

去刻意地制造情节,但是明清文人不一样,他们会去人为地强化情节的复杂性,比如会增加大量的偶然情节,这个是写作技巧上面很重要的变化。

我们今天要讲的是清朝初年的《五色石》和《八洞天》,它们就非常典型地代表了明清文人拟话本的特征。首先我们要说一说作者和时代,刚才我们已经大概的讲了一下,文人拟话本主要是在晚明的二十年和清朝前期七八十年里面繁荣发展的,《八洞天》和《五色石》的产生时代大概就是在清朝前期的顺治、康熙或者雍正朝。它究竟是出现在顺治年间,还是康熙、雍正年间,学术界还没有形成定论,有人认为产生于康熙、雍正年间,并作者就是清朝的著名文人徐述夔,但是也有人反对,认为作者不是徐述夔,而是顺治年间的某一个文人,那个人究竟是谁,目前还没有办法考证清楚。我个人目前的意见倾向于顺治说,我认为这个小说产生于顺治年间的可能性比较大。不过这个问题不是很重要,大家只要知道这个小说产生于清朝前期就可以了,这并不影响我们对小说的理解和阅读。现在我们基本能确定一点,《五色石》和《八洞天》的作者是同一个人,不过也有一位学者提出过反对意见,欧阳健先生认为《五色石》和《八洞天》是不同的作者所写,这个说法没有获得太多人的赞同,他的证据稍嫌不足,我个人也不太同意他的说法,因为这两部小说的写作方式是非常相似的,这一点我觉得没有什么疑问。

现在我们来讲一讲《五色石》《八洞天》的主题思想和创作技巧,根据时间我们可能会讲一篇或者两篇。我们刚才讲了,文人拟话本的重要意图就是推行教化,劝惩人心,《五色石》和《八洞天》在这方面是非常典型的,从它们的标题和序言我们就可以非常明白地看出这一点。

## 第二十三讲 清代拟话本小说《五色石》与《八洞天》

比如说《五色石》,这个标题大家应该很熟悉,因为《红楼梦》里面有过类似的内容,宝玉一生下来就衔了一块五彩晶莹的玉,这个玉是怎么来的?就是那个非常著名的女娲补天的神话故事。在上古时期,地陷东南,天倾西北,东南的地就塌下去了,西北方向的天空也陷下来了,所以女娲炼五色石以补苍天,《淮南子》中就记载了这个神话。曹雪芹把这个神话故事做了引申,说女娲炼了 36501 块五彩石头去补西北方塌下来的天,但是只用了 36500 块,最后剩下一块,这块石头因为自己无材入选,不堪补天,天天号啕痛哭,被一僧一道看到了,就把它缩成很小的五彩晶莹的玉,被宝玉含在口中,带到了人世间,《红楼梦》就是这么开始的。关于它这个五色石的构思,当然与神话传说有关,但我个人同时认为,曹雪芹很可能是看了《五色石》这部小说,受到了启发,因为这个小说产生于清朝前期,在曹雪芹出生之前就流行了,曹雪芹又读书广博,完全是有可能看过的。《五色石》这部小说的序言跟曹雪芹补天的构思非常类似,《五色石》的序言是假托主客问答来写的,就是那种一问一答的形式,这跟中国古代的赋很相似,虚构一个主人和一个客人,由他们一问一答地展开讨论。

"五色石何为而作也",五色石是为什么而写的?"学女娲氏之补天而作也",我是学习女娲氏炼五色石以补苍天的举动,才写作了这部小说的。"客问予曰:'天可补乎'",客人就问主人,天真的可以补吗?"予曰:'不可。轻清为天,何补之有'",就是说那只是个神话传说,天也不会破,没有什么可补的。客人又问,"然则女娲炼石之说何居",那么为什么会有女娲炼石的神话传说呢?主人回答说,"女娲氏吾不知其有焉否也",我不知道是不是真的有过女娲,"五色石吾不知其有焉否也",我也不知道是不是真的有过五色石,"特昔人妄言之",古人就是随便说说,那么我们就随便听听得了。"然而女娲所补之天,有形之天也;吾今日所补之天,无形之天也。有形之天曰天象,无形之天曰天道。天象之阙不必补,天道之阙则深有待于补",就是说女娲补的这个天,是我们头上有形的青天,我今天要补的这个天,是无形之天,有形之天是天象,无形之天是天道,我们头上的天没有必要去补,天道则是必须去补的。客人就问,什么是天道之阙呢?主人回答说,"天道不离人事者近是",这是中国古人一个很重要的观点,他们认为有天命、有天道,孔子说过,"尽人事听天命",天道和天命是通过人事来体现的,体现在我们的言行之中,体现在我们的日常生活之中,所以作者就说天道不离人事,而我们的人事,也就是我们的日常生活,是有很多缺陷或者不完满的,都需要去补充、完善。作者在后面的序里面,就具体地讲了很多人事之中的不完善,这个我们不能细讲了,比如好人得不到好报,坏人也没有遭到灾祸等等,说了很多种。于是作者就要通过作品去对这种不完善进行修补。那么作者对自己的写作效果究竟有没有自信呢?其实他也不完全自信,"则吾今日以文代石而欲补之,亦未知其能补焉否也",今天我希望用文章来弥补人事,我也不知道究竟能不能够做到,只不过我姑妄言之,你姑妄听之吧,我写出这么一个好人有好报,坏人有坏报的故事,我自己是很高兴、很满足的,希望别人听了也能很高兴、很满足。这就是作者在序言里所表明的写作意图。

《五色石》和《八洞天》都有这么一种非常明确的劝惩意图,每一本小说里面有八篇,一共十六篇,这十六篇小说的主题非常鲜明,每一篇小说基本上都可以用一个字或者两个字

## 第二十三讲 清代拟话本小说《五色石》与《八洞天》

来概括主题。比如说《八洞天》的八篇小说,我仔细地看了一下,每一篇都可以这样去概括,这些篇目我没有办法一个一个念了,我跟大家大概说一下,第一篇讲"孝",第二篇讲"慈",第三篇讲"爱",也就是夫妻的爱,第四篇讲"悌",是兄弟的和睦,第五篇讲"义",是朋友之间的义气,第六篇讲"和",是家庭的和睦,第七篇讲"忠",第八篇讲"廉",就是廉洁。所以《八洞天》的八篇小说主题非常明确,每一篇都有一个非常集中的主题,而且它的孝、慈、义、忠、廉等等,都是儒家反复强调的观念,中国文化很重要的一个特点其实就是看重人际关系,或者说中国文化就是一种人的文化,这些理念已经发展得非常成熟、完备了。明清文人拟话本小说就是非常忠实的、在尊崇儒家伦理道德观念的前提下进行创作的。下面我们就从里边挑一篇,一边讲作品,一边分析,除了分析主题之外,也讲一讲它的写作技巧。这两部小说的写作技巧是非常高明的,我强力推荐给大家,它们的情节非常复杂,以我个人的阅读所及来说,中国、日本、印度、俄罗斯、英国、法国、西班牙、美国,这么多文学大国的短篇小说多多少少我都看过一些,根据我个人的比较,我认为《五色石》、《八洞天》小说情节的复杂性,至少能排在前三位,它的情节精巧而严谨,可以说是滴水不漏。这也是文人小说的重要特点,读书人的心思会比较细密,他花了很多心思、精力去构思小说,所以情节会非常复杂、完整。

我们结合《八洞天》里面的《反芦花》来看一看它的主题思想和创作技巧。《八洞天》和《五色石》的标题很有特点,都是用三个字来表明主题,后边会有一个对偶形式的回目,也做小说标题的一部分。也就是说,它标题有两个部分构成,前面是三个字的标目,后边是对偶句的标题。这篇小说的标目叫做"反芦花",题目是"幻作合前妻为后妻,巧相逢继母是亲母"。一看这个标题我们就知道,这个小说的情节应该是比较奇特巧妙的。

这篇小说的主题是讲"慈"的,就是母亲和儿女的关系。当然这不是母亲跟亲生儿女的关系,因为如果是这个关系,就没什么可讲的了,它讲的是继母和前妻儿女的关系。在座各位很多都是过来人,都对家庭有很深刻的认识,大家可能都知道,家庭中最不好处理的关系有两种,一种是婆媳关系,汉朝有一篇很有名的《孔雀东南飞》就是讲婆媳关系的,另一种关系就是继父母跟继子女的关系了,《反芦花》这篇小说讲的就是这个。

我们先看看《反芦花》这个标题,它里边包含了一个很著名的典故,这也是文人小说的特征,文人诗词喜欢用典故,文人小说也喜欢用典故,文人读的书很多,往往忍不住要卖弄卖弄学问。这个典故各位可能听说过,这和春秋时期著名的孝子闵子骞有关系。闵子骞是孔子的弟子,在《论语·先进》里孔子说过,"孝哉闵子骞!人不间于其父母昆弟之言",就是说闵子骞这个人真是大孝子,他的父母兄弟都夸他孝顺,其他人也都很同意这个说法。闵子骞究竟有什么了不起的孝行呢?《论语》中没有说,但是在西汉刘向的《说苑》中有过详细的介绍。闵子骞的亲生母亲死了,他的父亲为他娶了一个继母,继母有两个亲生的孩子,她很疼爱自己的孩子,对闵子骞就很冷落。冬天来了,她用芦苇花给闵子骞做了一件棉衣,给自己的孩子则是用真正的棉花做的。闵子骞穿着棉袄很冷,冻的手都僵了,他父亲就骂他,说你穿这么厚的棉衣怎么还冻成这样?可是一捏他的棉衣,却发现薄薄的,回到家去捏另外两个孩子的衣服,发现非常厚,他很生气,要把继母

## 第二十三讲　清代拟话本小说《五色石》与《八洞天》

给休了。闵子骞就替继母求情,他说了很有名的一句话,"母在一子寒,母去三子单",母亲在家,只是我一个人受冻罢了,如果你把母亲赶走,我们三个孩子就都成了孤儿了。他父亲听了这个话默默无语,继母也受了感动。元朝郭居敬编了一本《二十四孝》,这本书非常有名,我相信各位都知道。明朝人喜欢刻书,又给这本书配上了插图,它有诗、有序、有文、有图,在中国民间影响非常大。在《二十四孝》闵子骞故事的序言里边,它更加详细地讲述了整个故事,名字叫做《单衣顺母》,其实也就是民间非常流行的《鞭打芦花》,这个故事在戏剧舞台上也有展观。《二十四孝》在刘向的基础上增加了一个很重要的细节,继母用芦花给闵子骞做了一个棉袄,闵子骞冻得哆嗦,他父亲说穿这么厚的棉袄,你还冻得哆嗦,是想装模作样来骗我偷懒是不是?拿起马鞭就抽了闵子骞一鞭,结果布就破了,里边的芦花飞了起来,他父亲才发现他穿的是用芦花做的棉袄。这个故事跟刘向说的是一样的,继母被闵子骞的孝行感动,痛改前非,两个人转变了关系,变得很亲热。"鞭打芦花"这个词本身是指继母虐待前妻儿女的,所以《八洞天》用"反芦花"这个词,就是要反其道而行之,让人世间的继父、继母们不要像闵子骞的继母一样去虐待孩子,要把他们当作自己的儿女。当然这只是作家的一种理想,他想通过这个故事去教化世间的继母,也教化前妻的儿女,希望你们把相互关系处理好。

那么我们来看一看,作家是怎样去表达写作意图的。这一点很重要,我们以前有很多对中国小说的批评,认为它太重说教,很多小说的开头就一定是一段说教,而不是直接开始讲故事,他一定要先讲明白我这个小说里面有什么道理。很多人觉得这种说教没有什么文学性,读者不会有兴趣,但

是我觉得作家的本意是先讲道理,再讲故事,故事正好能够完美地包含道理,也就是通过故事把道理再讲一遍,等于在同一篇小说里面,对同一个道理做了两次表达,可以加深读者的印象。我们也常说要"晓之以理,动之以情",你给他讲道理,可能效果不太好,那么再给他讲一个相关的故事,可能就更有感染力,更容易说服人了。中国的话本小说,就是采用了这样一种表述方式。

《反芦花》的故事非常复杂,因为时间关系,我只能省略大量的细节,把它主要的情节给大家讲一讲了,在重要的部分可能会讲的相对详细一点。

这篇小说的背景是在中唐肃宗时期,当时安史之乱还没有结束,战乱的发生地是武安,也就是今天的河北邯郸附近,后来又发生了变化,转移到了夔州,也就是今天的重庆奉节,这个地方我去过,是在长江上游的岸边。故事的主人公长孙陈,他是个读书人,考中了进士以后,被分配到武安去做教谕,是在县里主管文教的官员,好比我们今天东城区的教委。长孙陈的原配妻子叫辛端娘,生了一个儿子叫胜哥,故事开始的时候他已经七岁了。长孙陈在武安县做教谕的时候,安史之乱的叛军正好攻到武安,来势凶猛,武安县的守将尚存城胆小逃走了,这个人的名字请大家注意。长孙陈本来是个文官,并没有守城抵抗的职责,但是尚存城跑了,长孙陈就想我来组织抵抗吧,他本想组织老百姓守城的,但是老百姓一看武将尚存城跑了,大家也跟着都跑了。长孙陈没办法了,成了一个光杆司令,我手无缚鸡之力,也没办法抵抗了,就带着老婆儿子骑着一匹马逃难了。结果跑到半路,有军队追上来了,一匹马驮不了三个人,走得非常慢,端娘就跟丈夫讲,你们别管我了,两个人赶紧骑马逃走吧,如果让他们追上,我

## 第二十三讲 清代拟话本小说《五色石》与《八洞天》

们一个都活不了,如果胜哥死了,你们长孙家就绝后了。长孙陈说什么也不同意,端娘看到旁边有一口深井,就一头扎到井里面自杀了,长孙陈也没有拉住,情急之中也没有办法去打捞,他和儿子两个人痛哭了一场就赶紧骑上马跑到山里躲起来了。

后来唐朝名将李光弼率军队把乱军打败了,长孙陈带着胜哥从山里出来,准备去打捞妻子的尸体。可是刚从山里出来就听见路人说,李光弼正在抓守城不力的长孙陈,要处死他。长孙陈一听非常紧张,也不敢回城了,他想到岳父正在四川阆州任刺史,这是一个很高的官职,他无处可投,就打算带着胜哥投奔岳父,希望岳父出面,帮他澄清事实,免受处罚。他就带着胜哥上路了,准备赶往阆州。途中住到一户姓甘的人家,这家有一个女儿叫甘氏,长得很漂亮。当晚长孙陈、胜哥一个想妻子,一个想母亲,两个人都在哭。甘氏在里面偷看,觉得长孙陈重情重义,心里就对他很有好感,也向母亲表达了心意,甘家想把长孙陈招为女婿,但是不好意思去说,就找了甘氏的堂弟甘泉,让他去说。甘泉正好是官府的一个小官员,听说长孙陈是逃跑的文官,就说现在官府查得非常严,所有人员都要盘查路引,这个路引就相当于今天的通行证,上面会写你的名字,要从什么地方到什么地方去,等返回的时候必须到官府,或者是你所拜访的人那里去,让他们给你签字盖章作为凭证。甘泉说现在查的很严,你此去路途遥远,没有路引不行,你改个假名,我帮你办一个路引吧。长孙陈就改名叫了孙无咎,也办了一个路引。甘泉又给他堂妹做媒,长孙陈开始不同意,因为他的妻子刚刚死。可是你如果不同意的话,人家就不会给你办路引,也不会再收留你了,而且人家对自己也是一片诚心,所以长孙陈经过反复地考虑,接受了这门亲事,续娶了第二个老婆。胜哥一直思念母亲,看到爸爸又娶了,心里就的非常伤心。

长孙陈跟甘氏结婚之后,把胜哥寄养在甘家,只身一人拿着甘泉开的路引踏上了前往阆州的路途。走到半路的时候,突然听到一个消息,他的岳父辛公已经不是阆州刺史了,他已经升官进京了。长孙陈在半途中就进退两难,因为路引只能到某一个确定的地方,比如说从北京到石家庄,你不能到别的地方去,而且到了石家庄之后,还得盖上石家庄的印章才能回去。现在他的老丈人离开阆州去了长安,他的路引却只能从武安去阆州,现在他阆州也不能去,长安也不能去,就缩在客栈里不知道怎么办了。这时客栈里正好住着一个人,这个人叫孙去疾,这个事情真的很巧,他的名字跟孙无咎的意思很相似,而且他们还是老乡,这个人要到夔州严武的手下去做司户,可是病倒在了客栈里面。

两个人见面之后,孙去疾就给他出了个主意,说不如这样,我们的名字很相似,跟兄弟一样的,反正我现在病倒了,也没办法一个人去夔州,干脆你就冒认孙去疾的名字,你冒充我,我冒充你,我们换一下,你用我的名字和凭证,去夔州做官,我去衙门里养病。孙无咎也没有什么别的办法就同意了。两个人冒充亲兄弟前往夔州,到了严武手下孙无咎就做了夔州司户,而孙去疾则在衙门里养病。过了一段时间,孙无咎派人到武安把甘氏和胜哥接到了衙门,伪称是孙去疾的妻子和儿子。胜哥因为一直想念母亲,就整天在屋里偷偷地哭,甘氏看到继子天天思念生母,就很不高兴,对胜哥非常冷淡,他们的母子关系非常不好。长孙陈就让胜哥去跟孙去疾住在一起,这也是为胜哥考虑,怕甘氏对他不好。长孙陈又派人到武安井里打捞辛氏,可是很奇怪,怎么捞都找不到尸

## 第二十三讲 清代拟话本小说《五色石》与《八洞天》

体。这是为什么呢？小说有一个交代，前面不是说岳父从阆州刺史升到长安做官了么，他就正好经过了武安这个地方，其实我觉得这个地方小说有漏洞，因为从四川阆州前往长安，是不需要经过现在河北的武安的，都是从荆州往北走山西那条路的，不过我们不要去计较了，这是小说故意安排的。辛公经过武安的时候正好在一个亭子下面休息，听到旁边一口井里有人喊救命，他们赶紧把人救起来一看，原来是自己的女儿，这当然非常巧合了。女儿给父母讲了前因后果，辛公又派人去打听女婿和外孙的下落，派去的人一打听，人家说尚存城因为逃跑已经被杀了，他听错了，因为尚存城和长孙陈的发音很像，他听成了长孙陈，辛公就以为长孙陈已经被李光弼给杀了，大家悲痛欲绝，就带女儿一起去了长安，所以井里面当然就没有尸体了。长孙陈不知道妻子没有死，胜哥听说连母亲的尸体都找不到，就更伤心了，在衙门里天天哭，甘氏更加不喜欢胜哥了，理都不理他。

过了几年，甘氏生了一男一女，有了两个亲生的孩子，她对胜哥就更加置若罔闻，跟没有这个儿子一样了。这时传来消息，甘氏的母亲暴病而亡了。按照当时的规矩，衙门里面不能开丧堂，长孙陈就把灵堂设在了附近的一家寺庙里面，派人到武安把甘氏的堂兄甘泉叫过来让他主持丧事。因为灵堂设在寺庙，甘氏这个女儿就不能够抛头露面去哭拜、祭奠了，只有母亲灵柩返乡的时候她才能出来送一送，还不能走长途把母亲送回家乡去。甘氏回到衙门后，天天悲痛欲绝，后来因为悲伤过度病倒在床，很快就奄奄一息了。小说这里写的就非常好了，它表现的是人普遍的一种情感，无论是胜哥还是甘氏，思念亡母都是出于天性。甘氏在临终之前，良心发现，善心萌生了，她躺在床上想，以前是我错怪了

胜哥,我的母亲死了,可以设灵堂祭奠,送尸骨回故乡安葬,我还如此伤痛,而胜哥母亲死在井里面,连尸体都没有找到,他自然会更伤心了。于是她跟长孙陈讲,我现在非常想胜哥,你把他叫来吧。长孙陈说胜哥其实每天都来向你请安,但是我怕你不喜欢见他,所以就没有让他来见你。胜哥来了以后,甘氏在病床上拉着胜哥的手说,我知道你是个很孝顺的孩子,以前都怪我不好,我错怪你了。现在我病成这个样子,眼看快不行了,我走了以后,你的父亲还在壮年,肯定还会再给你娶一个继母的,不知道她能不能对你们好,我这两个孩子就托付给你了,你帮我好好照看,我相信你会不负我所托的。胜哥就哭着说,我没想到母亲你会病成这个样子,你不要想那么多,万一有什么不测,我一定照顾好弟弟妹妹。甘氏就瞑目长逝了。长孙陈把她和胜哥母亲的灵位放在一起,每天哭泣、拜祭。

　　孙去疾的病经过这么长时间的休养也好了,长孙陈就觉得自己不能再冒名顶替了,去跟严武说出了事情的真相。严武也没有怪罪他们,因为他很赏识长孙陈,觉得这个人很有才干,还推荐他在自己手下做了夔州司马。长孙陈很感激,也就同意了。后来夔州出现了山贼,长孙陈跟着严武一起平叛,立下大功,严武就写了一封奏章给肃宗皇帝,肃宗就允许长孙陈恢复了原来的姓名。因为根据唐朝的规定,长孙陈是在有罪的情况下改名换姓的,想恢复原来的姓名必须要立下军功。长孙陈恢复姓名之后又升官去了长安,他带着胜哥和那两个儿女一起同去,到长安之后,长孙陈带着胜哥去拜访自己的岳父,他们都不知道端娘还活着。一见面辛公就问他这些年的情况,听说他续了弦,就很不高兴,怪女婿薄情,自己女儿刚死不久你就又娶了一个。不过看在胜哥面上,虽然

## 第二十三讲　清代拟话本小说《五色石》与《八洞天》

心里不高兴,但是也没有特别怪他。辛公没有直接告诉长孙陈端娘还活着,他要了一个花招,故意跟长孙陈讲,端娘死了,我有一个侄女,跟端娘长的一模一样,我想继续跟你保留翁婿关系,你愿不愿意?长孙陈说,我已经死了两个老婆,不想再娶了。但是辛公强迫他,让他非娶不可,还跟胜哥讲,我的侄女是你姨母,一定会对你好的,你去劝劝父亲吧。这样两边都来劝,长孙陈就没办法了。

　　成婚的这一天很有意思,场面非常具有喜剧性,这也是小说情节巧妙的地方。那天端娘假装成了辛公的侄女,盖着红盖头,跟长孙陈成婚拜堂。拜堂之后按照规矩,新娘要去拜前面两个妻子的灵位,可是到了牌位前,端娘就站着不拜。她假装自己被端娘的鬼魂附体,指责长孙陈对自己薄情,并且让长孙陈把甘氏的灵牌烧了。长孙陈的眼泪就流下来了,说这样我不忍心啊,可是端娘不依不饶,长孙陈就没办法了,真的准备去烧。这时端娘说,我让你烧你就烧,可见是个薄情人。长孙陈左右为难,又把它抱了回来。长孙陈说,既然你不拜甘氏,那你拜端娘吧。可她还是一动不动,说这个我更不要拜了。长孙陈说为什么呢?端娘把红盖头一掀,说我本人就在这儿,还拜什么神位?这时候长孙陈和胜哥才发现端娘还活着,三个人抱头痛哭,胜哥引来弟妹拜见母亲,而且把甘氏临终的嘱托一五一十地讲了一遍。端娘非常的贤淑,说我当然会善待他们的,因为我不希望自己的儿子被继室虐待,所以我也不会虐待前妻的子女。后来她确实对三个孩子一视同仁,照顾得都非常好。

　　以上就是故事的基本情节,不过我们有很多细节没有讲,它的情节设计是非常复杂巧妙的,前后呼应非常严密,没有任何的漏洞,前面有几处巧合的地方也是作者特意设计

的。当然,他写的最好的还是继母跟儿女的关系,这是一个非常巧妙的换位构思,大家看标题,发妻做了后妻,亲母做了继母,正是因为大家经过了换位思考这样一个过程,才能够收到母子关系和谐的效果。我们先看甘氏,她是胜哥的继母,她很疼爱自己的两个孩子,而胜哥思念亲娘经常哭泣,她就很不喜欢胜哥,对他非常冷漠。经过了甘氏母亲过世这个情节,她有了丧母之痛的亲身经验,才发生了很大的改变,在临终的时候能够悔悟。而且她在最后还想到,自己对丈夫前妻的儿子不好,将来长孙陈再续娶,新人也可能会对自己的儿女不好的。她设身处地的这么一想,就明白了自己的错处,于是就向胜哥道歉,还把自己的儿女托付给了他。甘氏的转变是非常可信,她开始对胜哥的不好也很真实,后来态度的转变也很真实。我们再说端娘,这个也写得很好,端娘知道自己的儿子曾经在继母的手下受过冷遇,当然会心痛了,如今阴差阳错,自己成了别人的继母,也就不忍再冷遇甘氏的两个孩子了。通过这样巧妙地换位情节,小说的教化意图就完美实现了。

这部小说不止情节巧妙,而且主题也很有说服力,我相信各位也能够接受它所表达的思想,继母应该善待前妻的孩子,前妻的孩子也应该孝顺继母,这样母慈子孝就能够把继母跟孩子的关系处理好了。《反芦花》这篇小说我觉得写得很不错,大家以后可以再去看看。

# 第二十四讲　李渔的《无声戏》与《十二楼》

李鹏飞

这次我们讲李渔的《十二楼》和《无声戏》,这两部小说我们也不可能全部都讲,只能选一些有代表性的篇目给大家介绍一下。李渔这个人大家也比较熟悉,我们先简单讲一下他的生平经历,然后再讲他的作品。

李渔号湖上笠翁,大家可能听说过李笠翁这个人,其实他就是李渔。他出生于明朝万历年间的一个书香门第,二十七岁考中秀才时已经是明末了,一边是农民起义,一边是清军南下,正是天下大乱的时候,也没办法再继续参加科举考试了。清朝建立以后,李渔回到了浙江兰溪的家乡,那是在浙江杭州的西南部,靠近金华,在那里待了很多年。四十岁左右从兰溪搬到了杭州,在杭州住了八年左右,完成了著名的《十二楼》和《无声戏》两部小说。

《十二楼》这个名字是怎么来的呢？这个小说集一共包含十二篇小说,每一篇的标目用的都是一个楼的名称,比如说下局楼、归奋楼、佘亚楼、伯颜楼,所以叫做《十二楼》。除了标目还有回目,大家看下局楼,这个小说包括三回,每一回都像长篇小说一样有回目,这和我们熟悉的"三言二拍"很不一样,"三言二拍"里的每一篇基本上都是一回,标题就是八九个字一句话,《十二楼》的格式不同,它短则一两回,长的甚

至有六回。这是在明末崇祯年间才开始出现的文人小说新变,它说明了一种趋势,中国的白话短篇小说正在向中篇小说转变,篇幅越来越长了。我特意把它扫描了,大家可以看一下,可以获得一个直观的印象。

《无声戏》跟《十二楼》的形式不一样,它还是传统的小说形式。我们现在看到的一共有十八篇小说,但是根据学者们的考证,《无声戏》原本不止十八篇,它里面有一些作品佚失了,没有能够完整地保存下来。《无声戏》问世后遭到查禁,因为种种原因不能再继续刊刻了,不过这个书很受读者欢迎,有一些书商为了牟利就把《无声戏》改头换面,换了一个名字叫《连城璧》,偷偷摸摸地出售。今天大家去买《无声戏》来看,还能够在序言或者目录里边看出它的版本演变。

李渔在杭州待了大概八年,然后从杭州搬到了南京,在南京居住二十年,这段时间里他主要做了两件事,第一件事是开了一家书铺,明清时候的书铺往往是兼营刻书和卖书的,在中国出版史上李渔的芥子园非常非常有名,它以刻印精美著称于世。大家可能都听说过著名的《芥子园画谱》,到书店里去逛应该都能看到这个影印本,当年学画的人都要买此书来作为学习资料。李渔做的第二件事就是编戏和排戏,他组建了一个很大的家庭戏班,排练了很多剧目,他带着这个戏班子走南闯北,到达官贵人府中去唱戏。大家都知道,在明清时期唱戏的演员地位很低,不像今天的电影演员和戏剧演员,所以李渔组织这种戏班子,还到达官贵人府中去唱戏赚钱,这种行为在当时是很为人不齿的,大家都瞧不起他。这个问题其实很复杂,涉及对人品道德就不是一句话两句话能够讲清的,我们平时对身边的人都不能轻易地判断善恶,何况是对一个历史人物呢,所以这个问题我们不多

## 第二十四讲　李渔的《无声戏》与《十二楼》

讲了。

李渔是一个著名的小说家，也是著名的戏剧家，现在有十出戏能够肯定是李渔所作的，这就是我们今天看到的《笠翁十种曲》。这里面有四出剧目的题材是取自《无声戏》和《十二楼》的，从《无声戏》里取了三种，从《十二楼》里取了一种。我们之前讲蒲松龄的《聊斋志异》时也说过，蒲松龄既能写小说，又能写戏剧，他的戏剧也取自《聊斋志异》小说，李渔也是同样的情况，在编剧的时候多从自己的小说里提取素材，是一个多才多艺的文人。

除了以上这些，他还有一部很有名的笔记，叫做《闲情偶寄》。这本书如果大家在书店里看到了可以买一本，它非常有意思，里边不止涉及编剧、排戏、演戏，还有古董、园林、茶道，明清文人生活艺术的很多方面在里边都有所涉及。

今天我们主要是讲他的小说，关于李渔的小说创作我们只能根据时间讲一个或两个方面了。

为什么李渔在中国小说史上的地位这么重要呢？一个原因就是他的小说追新逐奇，刻意追求情节的离奇巧妙。李渔对自己的这种创造才能也很自负，他说："宏文大篇，非吾敢道，若时歌词曲，以及稗官野史，则实有微长。不效美妇一颦，不拾名流一唾，当时耳目，为我一新。"这里边用了东施效颦的典故，就是说他不愿意去模仿别人，他为自己的创新很自负，认为自己可以让读者们耳目一新，这几十年间要没有我李渔给你们写小说，世人还不知道会多打多少瞌睡呢。后面他又讲了一段话，也是这个意思，就是他平时写小说决不会去模仿别人，大家都相信我李渔不会干这种事，我的小说完全是新创的。这是李渔很自负的表述，他的小说也确实做到了这一点，他有资格自我吹嘘。

李渔小说还有一个很重要的特征,就是喜剧性,特别好玩,特别有趣味。这主要表现在小说的语言方面,他的小说语言非常风趣诙谐,读者会一边读一遍笑。小说情节的喜剧性也跟李渔是戏剧家,能够编剧有关系。李渔对此也有过一个自述,他跟人写信时就说,我平时所写的诗词文章等等著作都是很好笑的,朋友你以后到书坊里买我李渔的书,如果看了几行还不发笑,那这个书就一定不是我李渔写的,一定是冒名顶替的赝品。这也可以看出在明清时期冒名作书的确是很普遍的现象,书店主人为了增加销量,多赚钱,经常会冒充文坛名人来编书、评书或者刻书,当时冒充李渔的作品应该也是很多的,因为大家喜欢看,买的多。但是李渔说你不要瞎买,先翻一翻,看看能笑出来不能。其实这种事儿今天也有很多,二十世纪八九十年代中国出版界刚刚放开时就是很混乱的,盗版书很多,也没有人查禁。我记得九十年代初期我刚刚上大学的时候,金庸特别风行,盗版书商纷纷跟进,海淀图书城地摊上都是金庸的作品。我们学生经常去逛书摊,看到一个书摊摆了很多花花绿绿的金庸作品,可是拿一本看看,觉得这个文字不像是金庸的,我把这个书打开,一看封面,原来那个署名写的是全庸,它用的是红色的字、黄色的纸,一不小心人们就看错了。这说明盗版商很聪明,一方面要冒充金庸,一方面又怕被逮到罚款。有钱赚的地方就有盗版,从明清的时候就有,到今天当然也还有。

此外,李渔的小说也很重视教化。我们在前面也反复地讲过,中国白话小说的作者都很看重作品的教化功能,要通过小说劝说世人做好人、行善事。李渔也很强调这一点,他说我的小说不仅是让大家笑一笑就完事了,我是要在这里边宣传政教的,这对社会风气很有好处,当时每一个作家都会

## 第二十四讲　李渔的《无声戏》与《十二楼》

强调这一点。

接下来我们就通过具体作品来看一看李渔小说情节的离奇性。李渔小说的离奇主要体现在故事情节的巧妙上，很多人写的小说情节都很巧妙，但是李渔尤其注重这一点，他的巧妙已经到离奇的地步了。不过按照李渔自己的说法，他的小说虽然离奇，但是又符合人情事理。做到这一点其实是很难的，追求离奇就很容易不符合事理人情，要符合事理人情就很难做到离奇，那么我们看看李渔是怎么把这两点结合起来的。

我们看《十二楼》里的第十一篇《生我楼》，这篇作品不算很长，情节也不太复杂，但是很巧妙。主人公也只有几位，男主人公叫尹厚，是湖北郧阳人氏，妻子彭氏，另外还有一位男主人公叫姚继，再加上姚继的未婚妻陶氏，一共有四个人。

尹厚是湖北郧阳的一个富翁，他和妻子彭氏勤俭持家，积攒下了丰厚的家业，但是美中不足，两个人二十多岁就成了亲，到三十多岁还没有生下一儿半女。没有儿子继承家业，这对中国的古人来说是一块心病。尹厚就琢磨，是不是家里住房子的风水不好，他就在自己住的屋子旁边盖了一个小楼，邻居看到他这么有钱却盖了一个小楼，就嘲笑他舍不得花钱，给他起了一个外号叫尹小楼。

尹小楼跟彭氏搬到新盖的小楼里边去住，很神奇，刚住进去妻子就怀孕了，还生下了一个儿子，不过这个儿子生来就有一点残疾，他的肾囊里边只有一个睾丸，是个独肾。从这个地方我们就可以看出李渔这个人的构思奇巧了，世界上有千千万万种残疾的种类，他别的残疾不写，专写这么一种残疾，真是亏他想得到，反正我活到现在三十多年，从来没有听说过这个。李渔为什么要写到这么一种残疾呢？他后边自有安排。

  这个孩子四岁的时跟着小伙伴到外面去玩,到了傍晚,别的孩子都回来了,只有他不见了。夫妻俩找了几天也没有下落,当时他们那里经常有老虎出来吃牲畜,所以他们想儿子肯定是被老虎叼走了。两人悲痛欲绝,但是也无计可施,只好继续努力造人了,"造人"这个词最早也是在李渔的小说中出现的。以前我老听人家开新婚夫妇的玩笑,以为"造人"是从"人造"这个词来的,后来才发现是李渔小说中的。两夫妻从三十多岁一直忙到五十多岁,再也没有生下一儿半女,所以心里边也着急了,想着是不是从同族或者同村的孩子里边过继一个,但是他心里又琢磨,我平白无故的把万贯家财托付给人家总是有点不甘心,必须这个孩子对我真心实意的好我才能安心,他决定要好好考验出一个对自己真心好的人来继承家业。考验真情假意这一点,其实是李渔小说里反复出现的一种情节模式,这也是李渔非常聪明的地方。大家想一想,我们平时看小说、看电影、看电视剧的时候,也常会对这种考验的情节特别感兴趣,我们也特别希望自己有这样一种眼力,能够一眼看出来别人对自己是不是真心的,李渔紧紧抓住了这样的心理,在他的小说里设计出了各种各样考验人心的情节。

  尹小楼想出了一个什么办法呢?他给自己乔装改扮成乞丐的模样,穿得破破烂烂,头上带着一个破草帽,上边还插了一个草标。草标就是卖身的意思,古代穷人家的孩子要卖身为奴,就会在头发上插根草标,在大街上走来走去地找买主。他这么打扮了好以后就告别妻子彭氏,开始云游四方,去寻找对自己真心实意的人了。他所到之处大家都觉得很可笑,老头儿五十多岁,头发都白了,还要卖身,别人就开玩

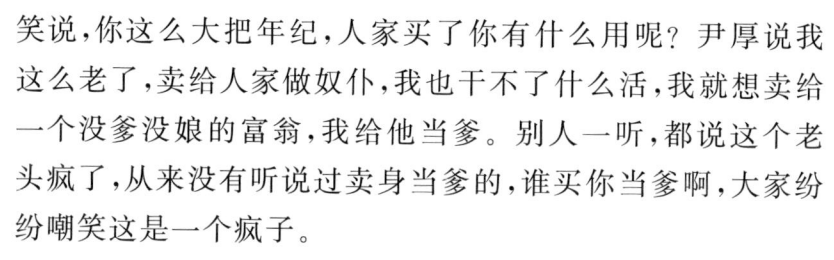

## 第二十四讲 李渔的《无声戏》与《十二楼》

笑说,你这么大把年纪,人家买了你有什么用呢？尹厚说我这么老了,卖给人家做奴仆,我也干不了什么活,我就想卖给一个没爹没娘的富翁,我给他当爹。别人一听,都说这个老头疯了,从来没有听说过卖身当爹的,谁买你当爹啊,大家纷纷嘲笑这是一个疯子。

有一天尹小楼到了松江华同县,也就是今天的上海附近,在街头又被众人围观嘲笑了,这时人群中挤进来一个年轻小伙子,他问清情况之后,就把尹小楼买了。大家都觉得这两个人是一对儿疯子,太不可思议了。小伙子把尹厚买回来之后,真的让他给自己当爹了,先拜了他做父亲,然后问尹厚姓甚名谁,家乡何处。尹厚留了一个心眼,告诉他的是假名假姓,更没有告诉他自己的真实家产,因为他怕小伙子打听到自己的真实情况,就无法试出情意了。

这个小伙子说自己叫姚继,是今天湖北武汉这个地方的人,长期在上海松江做生意,从小孤苦伶仃,所以买了一个爹,可以两个人相依为命。尹厚要试姚继是不是孝子,能不能对自己好,就整天在家里边要吃要喝,挑三拣四的。很奇怪,姚继对他非常孝顺,他的要求全都尽力去满足。过了一段时间,尹厚觉得姚继确实不错,但还想继续再试试,就打算装病,看他能不能为自己接屎接尿的,这一关过了那就差不多了。结果他没有装成病,因为北方乱军南下,江南局势动荡,他就没有心思再装病了,让姚继结清账目,跟自己一起回故乡躲避战乱。姚继说现在账目收不上来,如果还是过去那样是我一个人,我还可以勉强维持生计,饿一顿饱一顿都没有关系,现在我买了一个父亲,不能让爹爹跟着我挨饿受冻。尹厚听到之后心里很感动,就跟他讲了,我不是乞丐,我家财万贯,是想找个好儿子过继才这样假扮乞丐的,你也不用再管你的账目了，赶紧跟我回家吧。姚继一听当然很高兴，这是意外之喜，他就跟着尹厚和其他那些做生意的客商一起沿着长江往西走，其实就是从上海这边沿着长江往湖北走。

在路上尹厚问姚继，说你以前有没有定过亲。姚继说在范唐那边有一个姓曹的人家，那家姑娘长得很好看，我很喜欢她，她也对我有意，我曾经提过亲，但是曹家父母大概是嫌我家里边太穷了，所以一直犹犹豫豫没有答应。现在如果他们知道我成了财主的儿子，说不定他们就会答应的，我们这个船反正会途经汉口，我正好过去提一提这个亲事。船到汉口，尹厚跟船主商量说你等一等，我儿子到岸上去提亲，很快就回来，可是船上其他的客人都不答应，因为战乱时期大家归心似箭，都想回去看看自己家人安危如何。他们父子两个人都没有来得及说上几句话，就被大家推上岸了。尹厚跟着船继续往上游走，很快船就走出了二三十里地，这时尹厚突然想起自己忘了把真名实姓和家庭地址告诉姚继了。后来他想了一个办法，沿路写了很多启示，每到一个渡口都贴一张。

再说姚继，他跑到那户姓曹的人家去，可是一看，那里已经被洗劫一空了，曹家的人下落不明，他没有办法，只好沿着长江到湖北去找他买来的继父。这一天到了湖北仙桃镇，大家都说乱兵在这里开了一个人市，专门贩卖抢来的女人。姚继一听，心里面转了念头，我本来是想娶曹氏的，现在这个姑娘没了，不如我去碰碰运气，买个年轻姑娘做老婆算了。他跑过去一看，乱兵把女人都装在了麻袋里边，让人看不清里边是老是少是美是丑，什么都得碰运气，买了就得拎走。姚继一看这可怎么办，我也不能乱买一个，买回去不喜欢不就白买了。他很犹豫，就想要走，可是看到市场旁边贴了一个

## 第二十四讲　李渔的《无声戏》与《十二楼》

告示,凡是空手走的人一律视为奸细,当场砍头。她没有办法,只能硬着头皮拖了一个麻袋就买了。买了之后当场打开,原来里边是一个满头白发的老太太,已经五六十岁了。姚继又不忍把她扔掉,只好带到船上,姚继的心地还是比较好的,琢磨着我既然买了一个爹,就再当是又买了一个妈算了。老太太正害怕姚继把自己推到长江里喂鱼呢,现在他还要认自己做妈,觉得小伙子人不错,就说你对我这么好,我要报答你,明天乱兵会开始卖年轻的女孩子,我有一个认识的姑娘长得很漂亮,她的衣服袖子里有一个东西,这么长、这么宽,硬邦邦的,我也不知道那是什么,到时候你隔着麻袋去摸她的衣袖,如果有这么一个东西你就赶紧买了。姚继非常高兴,觉都没有睡着。第二天姚继又去了市场,一个一个麻袋去摸,果然摸到一个人的袖子里有这么个东西,立刻就买了,也没敢当场打开,背回到船上一看,竟然正好是曹氏,她的袖子里边是把玉尺,姚继是做布匹生意的,当年就他用这个玉尺丈量布匹,所以把它作为定情信物送给了曹氏,曹氏一直把这个带在身边。姚继因为买了一个母亲,弄来一个妻子,真的是特别巧。

　　三个人一起出发,继续去寻找尹厚,按照尹厚装乞丐时说过的地方找了去,一问没有这个人,姚继就很诧异,父亲怎么会骗我呢?这个老太太就说了,反正你的父亲也找不到了,我家里家产丰厚,不如你们两个人跟着我回家,到我们家一起去过日子吧。姚继和曹氏没有办法,就跟着她去了。船到鄢阳渡口还没有靠岸,姚继就听到一个熟悉的声音在喊,船上的是不是我儿子姚继。姚继一听这不是我买来的父亲么,他怎么到了鄢阳。老太太一听也很奇怪,这个声音不是我丈夫的吗?怎么不叫我,反而叫姚继呢?船一靠岸,尹厚

一眼看到那个老太太就是自己的妻子彭氏,夫妻两个就抱头痛哭,哭完之后又跟姚继见面,姚继把事情的来龙去脉讲了一遍,尹厚说真是天意巧合啊。

　　这样,一家四口就回到了家里,姚继和曹氏成了亲。成亲之后,尹厚跟彭氏就说,说我们屋子旁边有一座小楼,当年我们住进去之后立刻就有了孩子,你们年轻夫妇也住进去吧,希望你们多子多孙多富贵。结果姚继一进楼里就惊呆了,这个地方怎么像是我童年经常玩的呢?我在梦中经常回到这个地方,醒来之后觉得梦里的地方自己从来没去过,那儿跟我住过的房间都不相同,没想到在这里竟然会见到。他还说在梦里边,这个房间中有一个床,床的背后有一只很大的箱子,里边都是我童年时期玩过的玩具。彭氏说我们这间房子的床后正好有一只箱子,里边放的都是我儿子的玩具。姚继一听就立刻跑到床后去找,果然有一个箱子在那儿摆着,打开一看全是他记忆中玩过的。所以姚继就晕了,难道我是在梦游?尹厚心里一动,难道我孩子当年没有死,是被人贩子拐到汉口去了?不过姚继说,我从小到大没有听人家说起过我是从人贩子手里买来的。这时他的妻子曹氏就哈哈大笑了,你这么多年怎么一直在梦中,咱们那个地方的人个个都知道你是野孩子,是姚家从人贩子手里买来的,除了你自己不知道,别人都知道。我爹妈很喜欢你,觉得你人品很好,就是因为听说你是一个野种,才一直犹豫这门亲事的。姚继一听,目瞪口呆,半天说不出话来。尹厚心里边又是一动,他想出了一个办法来验证姚继是不是亲生儿子。大家想一想是什么办法?这个又回到小说的开头了,李渔交代了孩子生下来是有残疾的。尹厚把姚继拉到一边就把他裤子给脱了,伸手一摸,果然肾囊里边只有一个肾子,尹厚说别的东

## 第二十四讲　李渔的《无声戏》与《十二楼》

西都可以冒充,这个可是没有办法冒充的,他肯定是我的儿子了。第二天,设了一个宴席,请亲朋好友,街坊邻里都来,为了证明这个过继的孩子就是我尹厚的亲生骨肉,再次当场验明正身。

从这个地方我们可以看出李渔的喜剧性,他很善于搞笑,构思也非常奇巧,父子悲欢离合的情节在小说中非常普遍,但是一般都会采取滴血认亲的方法,找一个脸盆,里边放上清水,父亲的血滴到盆里,儿子的血也滴到盆里,如果两滴血融到一起了就说明你们有血缘关系。包公审案里边就有这个情节,这是中国古代认定亲生父子最经典的办法,其实没有什么科学依据很难说。

李渔对于这种俗套是不屑一顾的,他用了这么一个稀奇古怪的办法来证明亲生,我想这个比滴血认亲还有说服力,人世间这种残疾确实是很罕见的,概率非常低,李渔小说里设计的巧妙情节一律都是低概率事件,几乎不可能发生的事都在李渔的小说情节里都发生了。大家想一想,姚继在卖人的市场里交易,人都装在麻袋里,就这么买到了尹厚的妻子,而且还是自己的亲生母亲,这个概率得多低,可是李渔把它变为了现实。还有姚继,被人贩子卖到他乡,很多年后,竟然能跟亲生父母团聚,这也是一个很低概率的事件。这也是非常离奇的情节,李渔自己也知道太离奇了,大家可能会质疑,所以就在小说里做了一个解释。所有的巧合都是从姚继买了尹厚当爹开始的,为什么姚继会买尹厚呢?他说这里边其实是有原因的,姚继和尹厚本来就有血缘关系,所以一见面就有亲切感,有这种父子天性他才出手买了。这个解释我们完全可以认可,它很有说服力,中国人大都会信服这种观念,有血缘关系自然觉得很亲近。所以在李渔的巧合里包含有一种特别大的合理性。再比如姚继被人贩子卖到汉口,长到二十多岁,汉口的人都知道姚继的身世,但是姚继本人不知道。这种事我们在生活中见过很多了,也很合理。后来是通过曹氏来揭破姚继身世的,这个安排也非常好,很有说服力。

小说通过这些奇妙的情节表现的也是劝惩的主题,姚继买到一个富翁当爹,还是自己的亲生父亲,又买到了亲生母亲和心上人,这些好事儿为什么都落到了他的头上?李渔是想告诉我们,要做好人,要做善事。因为姚继心地善良,所以他所做的事都是做善事,才有这些好事儿落到他的头上。

这篇小说情节这么奇妙,又完全符合人情事理,这是我个人在中国古典白话小说中看到的情节最离奇的一篇,大家再想找一篇情节比它还要过头的,我相信很难找到了,至少在我有限的阅读范围里是没有第二篇小说能跟它相比的。

刚才我在讲《十二楼》时说过,李渔很喜欢采用考验的情节,就是通过某个情节来考验一个人是真心还是假意,这个情节在小说里边被反复使用。但是我们从生活的常理出发来推想,在生活中其实是很少有机会对真情假意做一个非常准确地甄别的。李渔不止喜欢用考验的情节,而且追求创造性,不肯重复,他的小说里有各种不同的情节来表现考验这种模式。当然,这可能也是我们各位关心的问题,我们也很希望能够一眼看出谁对我是真情,谁对我是假意,如果有仪器能检测当然最好了,既然没有仪器检测,我们就只好凭自己的眼力去看了。

李渔对于为什么要考验人心以及如何才能够实施考验也有一个专门的讲法,在一篇小说的开头,李渔说世界上的人都喜欢说自己是好人,奸臣也说自己是忠臣,逆子也说自己是孝子,奸夫也说自己讲道义,淫妇也说自己守贞洁,所以

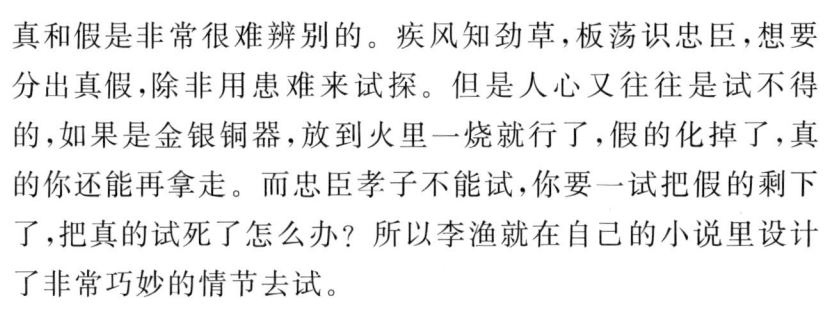

## 第二十四讲　李渔的《无声戏》与《十二楼》

真和假是非常很难辨别的。疾风知劲草,板荡识忠臣,想要分出真假,除非用患难来试探。但是人心又往往是试不得的,如果是金银铜器,放到火里一烧就行了,假的化掉了,真的你还能再拿走。而忠臣孝子不能试,你要一试把假的剩下了,把真的试死了怎么办?所以李渔就在自己的小说里设计了非常巧妙的情节去试。

我们再来看一篇非常有代表性的作品,也是讲考验的,很有喜剧性。它是《无声戏》里边的第十二篇,"妻妾抱琵琶梅香守节",梅香这个词我解释一下,大家如果看过中国的古典戏曲一定有印象,戏曲里边的丫头很多都是叫梅香的,所以梅香就是丫头的代称。这句话就是妻妾改嫁,丫头留下守节的意思。这个故事本身并不复杂,但是编得非常巧妙。

故事的主人公是一个江西的秀才叫马麟如,他非常聪明,精通医术和相术,又会看病,又会看相。大家看明清小说多的话可能会发现一个规律,明清两朝的商人以安徽居多,相士则是江西人居多。马麟如就是个江西人,他自己给自己看相,他觉得在二十九岁会有一个槛儿,这个槛儿很难过,但是如果能侥幸熬过去,以后就会一帆风顺。马麟如存了这个念头,功名之心就变得很淡,也不想去考举人做官了,同时以子嗣为重,希望赶紧能传宗接代,否则自己二十九岁一死,没有了后代怎么办。他二十岁娶了一个老婆罗氏,过了几年罗氏没有生孩子,他又赶紧娶了一个妾莫氏,把家里一个叫碧莲的丫头也收了,收通房丫头在古代也是很常见的。七八年过去了,罗氏还是没有生育,碧莲也没有生育,只有莫氏生了一个小娃娃。这年马麟如正好二十九岁,他看相看得很准,一到二十九岁他果然一病不起,开了很多药方,请了很多名医会诊,全都没有用。

马麟如躺在病床上把妻妾和丫头都叫来,说莫氏生的那个小孩还小,我平生只有这么一点骨血,可你们这几个人我看都不是当寡妇的料,不知道你们谁愿意帮我把孩子抚养大?他的话一说完,罗氏和莫氏这一妻一妾就争相表白,指天斥地,发誓说我们两个生是马家的人、死是马家的鬼,你死了之后我们一定不会改嫁,一定养大你的儿子,但碧莲是一个丫头,她守不守节没有关系,她愿意改嫁就改嫁,我们两个不一样,一定会为你守节的。马麟如一听很感动,说真不亏我这些年宠爱你们,毕竟还是懂大道理的。他又问丫头碧莲,你有什么可说的?碧莲一声不吭。马麟如就再三追问,莫非你心里真是想改嫁?那你就实说没有关系,因为你不过是一个丫头。碧莲没有办法,只好说我心里跟大娘和二娘一样,她俩都替我说了,将来如果没有人替你抚养孩子了,我一定帮你抚养,如果有一天家里边没有人替你守节了,我也愿意给你守节,给你们马家做一个看家狗。她又说,如果大娘二娘都要守节,觉得家里边养不起这么多闲人吃饭,她们让我走,我也就走了,反正我是一个丫头,无关轻重。马麟如一听这个话很实在,但是又觉得她太冷漠无情,心里边就琢磨,将来我死了以后,第一个稳妥的是罗氏,嫡妻是一定会替我守节的,第一个不稳妥的就是碧莲,她是个丫头,一定会改嫁,在稳与不稳之间的是莫氏,她可能会守节,也可能会改嫁。他这么想着就在床上等死,没想到一等半年也没死,也没吃药,病就好了,二十九这一关就过了。病好了以后,马麟如对罗氏和莫氏两个人加倍疼爱,而碧莲因为说了那番实话,马麟如觉得她无情无义,所以对她就非常冷漠,不怎么理了。

马麟如医术很高明,邻里朋友经常找他看病,一般都是

## 第二十四讲　李渔的《无声戏》与《十二楼》

药到病除,所以远近闻名,看病的人很多,他应接不暇,就没有时间读四书五经了。有一年地方上的学官举行秀才考核,考第一等、第二等的会有奖励,考到第五等、第六等的要打屁股,因为他整天忙着看病没有时间读书,所以考了个第六等,就被惩罚了,他觉得自己没有面子继续在家乡待下去了,就想靠着一技之长到他乡去谋求生路。他跟妻妾们说,你们在家里边待着,我到外边去找找机会,站稳脚跟我就来接你们,只留下了一个六七十岁的老仆人在家。

马麟如和一个叫万子渊的朋友就一起上路了,这个朋友跟他年纪差不多,长相也差不多,医术也很高明。两个人到了江苏扬州行医,刚好碰上扬州知府重病在床,当地的医生轮番上阵也没用,听说江西来了名医就立刻请来,马麟如一看原来是医生把症状看错了,内伤被当作了外感来治,马麟如看准了病症,药到病除。太守很感激马麟如救了他一命,就到处替他鼓吹,说整个扬州城里只有一个好医生,其他的都是刽子手。后来扬州知府升官到陕西当布政使了,他要求马麟如跟他一起赴任,马麟如没有办法,又舍不得扔下扬州这么好的生意,他就跟万子渊商量,不如你冒名顶替继续在扬州行医,反正没有多少人认识你我,而且你的医术也很好。两个人安排好,马麟如去了陕西。

万子渊在扬州冒充马麟如继续行医治病,扬州人都把他当成马麟如了,半年之后万子渊在看病的时候感染疾病,死在了扬州府,当地官府把棺材停放了等着家人来收尸,立了一个牌子写着"江西名医马麟如之灵柩"。

再说马麟如家中的妻妾,待了半年没有丈夫的音讯,心里就很着急,派六七十岁的老仆人到扬州去寻找主人的下落,结果到扬州一问,别人都告诉他你主人马麟如病死了,棺

材就放在什么地方,你把他找到带回江西吧。老仆人跑去一看果然是主人的灵柩,就哭了一场,回到江西报信。罗氏、莫氏、碧莲都在家里号啕痛哭,过了几天,罗氏和莫氏都没有提要把棺材弄回来,倒是碧莲说我们得把棺材运回来下葬,罗氏和莫氏推脱说这么远的距离我们没有钱,只能等将来孩子长大了再想办法了。碧莲知道她俩平时积攒的有私房钱,就把自己辛辛苦苦攒下来的五两银子拿出来了,说我掏一半,你们再凑五两就够了。罗氏和莫氏一看,连个丫头都掏钱了,她们没有办法,只好每个人拿了一点私房钱,派老仆人到扬州去把棺材弄回来埋葬了。

这段故事我们就不详细讲了,总之半年之后,罗氏和莫氏守不住了,纷纷准备改嫁,碧莲这个当初没有表忠心的人倒是平心静气地过日子。莫氏嫌儿子是拖油瓶,妨碍自己改嫁,就整天打打闹闹的,碧莲看不过去,可怜孩子,就把孩子抱过来自己带着。罗氏和莫氏迫不及待,她们两个先后改嫁了,只剩下碧莲和六七十岁的老仆人两个,家里又不宽裕,只能靠碧莲每天做针线活勉强维持生计,帮马麟如养儿子。

马麟如到了陕西,知府升了官,是布政使了,就对马麟如讲,你本来是一个秀才,以后就不要再行医了,你接着去考试吧。马麟如推却不过他的这番盛情,就去考了举人,一去就中举了,布政使跟他讲,那你索性一鼓作气,你进京参加会试,去考进士吧。马麟如就出发了,他先到了扬州,一打听万子渊,扬州人都告诉他万子渊跟着布政使到陕西去了,马麟如这才想起来当年两个人把名字换了,就又打听马麟如,人家说马麟如已经死了,棺材都已经被家人驮回江西了。马麟如也没有多想,他以为就是万子渊的家人把棺材弄回去了。马麟如日夜兼程,回到了江西家里,把船停靠在岸边,派新收

## 第二十四讲　李渔的《无声戏》与《十二楼》

的仆人去报信。碧莲和老仆人见了来人觉得很惊讶,我家主人早就死了,怎么会中了举人呢,你肯定是搞错了,就把仆人轰走了。马麟如也很惊讶,难道我家已经穷到这个地步了,连房子都卖给别人了?他就亲自步行到了家门,因为按理说他是举人,应该乘轿子过去的。马麟如一进家,老仆人正好在门口,吓了一大跳,以为主人的阴魂出现了,大喊着就跑了。马麟如很诧异地跟进去,正好跟碧莲打了一个照面,碧莲也吓坏了,说相公你有什么心事放心不下么,儿子我们给你好好抚养着,你别这么吓人了。老仆人躲在房间的屏风后边,也伸出半个头说,你把我们吓着了没有关系,你儿子睡在床上,你别把你的孩子吓坏了。在李渔的小说里边经常有这种情节,大家都以为某个人死了,他突然出现,吓得大家以为是白昼显魂了,他使用这种方式来制造喜剧性的。

马麟如这才恍然大悟,说你们肯定是搞错了,他把来龙去脉讲了一遍,碧莲赶紧走上来给他叩头,老仆人还不敢相信,隔着老远跟主人磕了一个头,爬起来到旁边偷偷看着。马麟如问家里出了什么事,老仆人把罗氏和莫氏改嫁的事情原原本本地讲了出来,马麟如听了双泪交流,这时碧莲抱着孩子走到他身边,说相公你看看,你的儿子如今这样大了。马麟如张开双臂把碧莲与孩子一起搂住,三人放声大哭,马麟如跟碧莲说,现在你不是我的通房了,你从此就是我的妻子,不仅是我的妻子,而且还是我的救命恩人,我的门风被那两个改嫁的淫妇败坏了,如果不是你替我守节,我今天回到家里就是一条丧家之犬了。马麟如抱着孩子跪下,向碧莲磕头。当晚两个人久别重逢,马麟如跟碧莲发誓,说永跟她做结发夫妻,从今绝不再娶。这个地方我们都可以理解,因为马麟如知道了谁对他才是真心实意的,这种真心实意也获得

了应有的回报。

　　后来马麟如进京赶考,中了进士,衣锦还乡。前妻罗氏和莫氏看到丈夫如此荣耀,都追悔莫及,想通过马家其他人跟马麟如递话,希望他把自己再赎回来。马家的人不知道马麟如到底是怎么想的,所以大家都不敢轻易去说。马麟如在家宴请亲朋好友,大家喝酒、吃饭,还叫了戏班子唱戏,马麟如点了一出大家都非常熟悉的戏,就是朱买臣覆水难收那个,朱买臣的妻子在他贫贱时主动跟丈夫离异,后来朱买臣做了太守,妻子又拦住他的马车要求复婚,朱买臣让她端了一盆水,把水从脸盆里泼出来,问她你能不能把水再重新收入脸盆。这个戏上演的时候马麟如大声喝彩,说朱买臣才是大丈夫,马家那些人一听,什么都不用再去说了,肯定没戏。马麟如两个前妻的后夫看到马麟如这样风光,都非常后悔娶了罗氏和莫氏,整天在家里边打骂她们,结果她俩一个自尽了,一个怨恨而死。

　　小说基本上就是这样的,它非常巧妙又非常合乎情理的情节就是马麟如和万子渊互换名姓身份那段,正是因为这样,才造成了众人的误会,以为马麟如死在扬州,妻妾因此改变了誓言,纷纷改嫁,反而是那个没有立誓的丫头为他守节,抚养儿子。这是我们在日常生活里不可能采用的考验方式,只有在小说里边才行。

　　在中国的古典小说里,李渔的考验情节是比较重的,在他的《无声戏》里还有好几篇都采用了类似的情节,大家可以再去看看。其实在"三言"里还有一篇很有名的故事,也在戏剧里反复地表现过,叫《庄子休鼓盆成大道》,它跟李渔的这篇小说非常类似。庄子是中国历史上伟大的思想家,道家学说的代表人物,这个小说说庄子娶了一个非常漂亮的妻子,

## 第二十四讲　李渔的《无声戏》与《十二楼》

她看到别人的妻子纷纷在丈夫死后改嫁,就在庄子面前批评人家。庄子说这种事可说不准,说不定你将来也会改嫁的。庄子还讲了一个故事,有一天我到山里边,看到一个寡妇在拿着扇子扇坟,庄子问她在做什么,寡妇跟庄子讲,我丈夫说过,等他坟上的土干了我就能改嫁了,我心里边很着急,就拿着扇子拼命扇,希望土早点干。庄子说,说不定我死了以后你也会跟这个小寡妇一样的。他老婆很生气,说我绝对不会这样,你们这些龌龊男子不要用你们的心思来揣度我们女人。这个故事很神奇,他跟李渔小说里合乎情理的情节设置方法不同,庄子是有法术的。有一天庄子假死了,妻子把他装在棺材里边,自己每天在灵堂哭拜。过了几天,来了一个长得风流潇洒的书生祭拜庄子,庄子的老婆看到书生就喜欢上了他,在灵堂上跟他谈婚论嫁。两人选定了一个日子,就要把灵堂改为洞房了,这时书生突然心痛晕倒,好不容易才把他救起来。书生说我这个病一旦发作就得吃活人的脑子,现在搞不到活人的脑子我就死定了。庄子的老婆问,非得要活人的脑子吗?我死了的丈夫行不行?书生说没超过七七四十九天就可以,老婆一听,就拿着斧头,壮着胆子把庄子的棺材打开了,刚要取脑子的时候,庄子突然从棺材里坐起来了,那个书生也不见了。庄子说怎么样,我说的话没错吧,你现在自己打自己的嘴巴了。妻子这才知道,种种的事情都是庄子施法幻化的,妻子非常羞愧,就上吊自尽了。

这个庄子的故事也是一个考验,但是完全不合情理,是在生活里根本不可能出现的事情。李渔也有考验的情节,但都是在生活里有可能发生的、合乎情理的。这种考验的故事不仅在中国的小说里边有,在西方的戏剧里也有。因为时间的关系我们不多讲了,以后大家看的时候可以多注意。

# 第二十五讲　论贾宝玉

李鹏飞

这两天我的电脑中了病毒,所以很抱歉没办法给大家提供讲义。《红楼梦》大家都比较熟悉了,没有看过原著的,相信也看过电视剧,所以没有讲义估计也不成什么问题。

今天我们要讲的是《红楼梦》里面的重要人物贾宝玉。其实我犹豫了很久,这部小说到底要不要讲。为什么呢?因为这部小说太难讲了,轻易我是不会去碰的,虽然在北京大学中文系,我们有很多研究中国文学的老师,但是一直没有人专门出来讲过《红楼梦》,它太复杂了,太难讲了,除非经过长期研究,否则一般不会出来讲。

《红楼梦》可以说是中国的古典小说中成就最高的一部了,根据我不是很精确的统计,明清的中篇、长篇小说可能有五六百部之多,但是这几百部里面属《红楼梦》的成就最高。在世界文学史里,《红楼梦》也是最好的长篇小说之一。我个人在平时的工作中有一个爱好,我最喜欢读长篇小说,一般人可能比较喜欢读短篇,我的爱好跟很多人不一样,我就喜欢看长篇,俄罗斯的长篇小说、中国的长篇小说我都喜欢看,看完之后很有成就感,因为你看一部长篇,可能相当于看了几百篇短篇。我个人的阅读体会也觉得在世界的古典长篇小说中,《红楼梦》虽然不能说是最好的一部,但一定是最好

## 第二十五讲 论贾宝玉

的几部之一。

这部小说在中国的文学史上有非常重要的地位,研究它的人也很多,从《红楼梦》在乾隆时期流行以来,阅读、研究这本书的人就非常多了。到了现当代将近一百年的时间里,以《红楼梦》作为主要的研究对象的学者有很多,甚至有人真的是一辈子就专门研究《红楼梦》,连作者的祖宗八代都研究得清清楚楚,他的身世、他的经历、他家族的情况等等,形成了一个所谓的"曹学",就是关于曹雪芹的一门学问。还有人是专门研究《红楼梦》的版本的,《红楼梦》的版本非常复杂,有的先生几乎把毕生的精力和心血都花在这个上面了。还有的人做的是《红楼梦》的探佚,我相信很多人都会对这个特别感兴趣的,我个人也是这样。什么叫探佚呢?顾名思义,它是研究《红楼梦》八十回以后的情节的,因为曹雪芹八十回以后的手稿丢失了,很多人就根据前八十回中曹雪芹留下的线索,去推测故事情节的发展,像贾宝玉最后是什么结局,林黛玉是怎么死的,宝钗和宝玉究竟有没有结婚,大观园中人物的结局如何等等,形成了探佚学。我们八十年代拍的电视剧《红楼梦》,就大大地利用了探佚学的成果,那部电视剧里面的很多情节都是根据学者的研究成果安排的。所以《红楼梦》的每一个问题几乎都可以形成一门专门的学问,这种情况在中国的文学史上是比较少见的,放在全世界也不多。甚至有人说曹雪芹写了一部《红楼梦》,养活了很多的学者。这也说明一个问题,《红楼梦》真的太复杂,成就太了不起了。当然,《红楼梦》的复杂还有其他很多方面的原因,有一个原因就是后面的几十回手稿丢失了。关于《红楼梦》的复杂性,在这里我就不能详细地去讲了,只能简单地讲几个比较重要的方面。

这部小说的技巧很高明,它能够反映人的全貌。当代著名作家王蒙,大家可能都知道他,他在创作之余也研究《红楼梦》,写过好几本关于《红楼梦》的书。他提出的一个看法,我觉得很好,他认为《红楼梦》这部小说反映了社会人生的原生态,也就是原本的形态,一般我们认为艺术作品是生活的提炼,那当然就不是生活的原貌了,是把生活里面零散混乱的东西人为地提炼整理出来,但是《红楼梦》不一样,它是原生态的,这是非常难达到的高度,好像很多人拿着摄像机从各个方位在拍摄一样,一部小说能够让我们有这样的一个印象是非常不容易的。《红楼梦》是一部文学作品,它当然是没有办法真的把人生的全部都反映出来的,但是它能够给我们这样一种感觉,好像人生的各个方面、各个角度它都能写到,而且写得非常深刻。著名红学家周汝昌先生说过一句非常有意思的话,我们读《红楼梦》感觉曹雪芹是无所不在的。他虽然是一个公子少爷,但是对生活中的各种场景都非常熟悉,就连大观园里面厨房的情况他都能写得入木三分,我们简直觉得曹雪芹是无所不在、无所不知的。我想这个跟王蒙所说的原生态是一个对应,就是因为这部小说反映了社会人生的方方面面,而且很深刻,所以才具有了复杂性。

　　大家想一想,生活的全局是我们每一个人都难以完整把握的,面对相同的事件、相同的现象,每个人都有不同的看法,《红楼梦》这部小说也达到了类似的效果,小说中的人物、事件,我们都是不能轻易做评价、下定论的,这也体现出一种复杂性。比如这部小说的主题,《红楼梦》这么大的一部小说,它究竟要表现什么呢?它要告诉我们什么?它要传达一种什么样的人生经验?不同的人就有不同的看法。关于这个问题,我们不能太详细地去讲了。我记得鲁迅先生有一个

## 第二十五讲　论贾宝玉

很重要的说法,经学家,就是研究"四书""五经"的那些人,看见的是"易","易"就是改变的意思,经学家在《红楼梦》中看到了人生的反复无常,像贾府的由盛而衰这些。而道学家呢,他们看见的就是"淫",道学家从《红楼梦》看到了男女的情爱。才子看到的是缠绵,革命家看见的是"排满"。后来,毛泽东主席在《红楼梦》里面看见的就是革命,就是阶级斗争。而流言家,也就是喜欢传播流言蜚语的那些人,看见的就是宫闱密事。鲁迅告诉我们的就是,不同的人从《红楼梦》中会看到不同的侧面、不同的主题。西方有一句话,一千个读者就有一千个哈姆雷特,也就是说不同的读者对哈姆雷特的理解会不一样。我们同样可以说,有一千个读者就有一千部《红楼梦》。

除了主题复杂,《红楼梦》里面的人物也同样具有极大的复杂性。《红楼梦》里面的人物跟以前中国的小说有很大的不一样,像《三国演义》《水浒传》这些大家很熟悉的小说,都有一个很明显的特征,它们的人物的性格比较单一,我现在说出一个人物大家都可以立刻回答出他的性格,像诸葛亮就是聪明,曹操就是奸诈,我们用一个词两个词就可以概括,而且从始到终,人物性格都是一样的,没有什么变化,像林冲、鲁智深、李逵都是这样的。《三国演义》和《水浒传》中的人物性格非常单一,缺少变化,跟真实的生活并不一样,大家想一想,我们从少年到中年,再到老年,个性有相对稳定的一面,同时也一定会有很多变化的,所以这两部小说中的人物形象并不符合人生的真实面貌,还属于小说比较早期的形态,不是十分成熟。这一点在《红楼梦》中就不一样了,它里面的人物是复杂的,像贾宝玉,我们能用一个词来概括他的性格吗?还有王熙凤、袭人、黛玉、宝钗,也都是很难用一个简单的词

来形容的。清代的一部笔记就记载了一个很有意思的故事,当时的文人很爱读《红楼梦》,而且抱着极大的兴趣去讨论,尤其关注这些人物谁好谁坏的问题,这也是人之常情,我们今天看电视剧,第一反应也是这是好人还是坏人。那些文人里有人喜欢林黛玉,有人就喜欢薛宝钗,他们互不相让,越说越激烈,最后还打起来了,架打完了仍旧各执己见,不肯让步。这个故事也反映了一个重要的文学史问题,就是钗黛谁优谁劣,这个问题从清代一直到现在都还有人争论,大家可以到网上去看《红楼梦》的论坛,很多人都在讨论是宝钗好还是黛玉好。二十世纪八九十年代,中国社科院也专门做过问卷调查,《红楼梦》里面的人物你喜欢哪一个,调查的结果是喜欢宝钗的人多于黛玉,但是喜欢黛玉的人也不少。我们在生活中也一样,要对人物做客观评价,尤其要评价他是好是坏很难,只能说是我喜欢这个人,或者我不喜欢这个人。

《红楼梦》人物的复杂性跟小说的真实性很有关系,它里面出现过的人物有九百多个,有名有姓的四百多个,写得好的、能够成为艺术形象的,也得有上百个,在这么多人物里面,我认为最复杂的有两个,一个是王熙凤,另一个是贾宝玉。王熙凤我们今天就不讲了,有一位学者,叫王朝闻,他专门研究王熙凤,写过一本书就叫《论凤姐》。而贾宝玉也有很多著名的文学家写文章讨论过,我今天要讲的就是贾宝玉,我认为他是《红楼梦》里最重要的人物,是《红楼梦》的灵魂,同时他也非常复杂。今天时间有限,我们不可能对贾宝玉的方方面面进行全面的分析,我只能就其中的一些方面谈谈自己的看法。大家如果对贾宝玉感兴趣,想要了解的更加全面,我建议大家可以看看周汝昌先生的著作,这是贾宝玉研究里面我认为讲得比较好的,周汝昌先生在《〈红楼梦〉与中

## 第二十五讲　论贾宝玉

华文化》里面专门有一章是讲贾宝玉的。还有著名作家王蒙先生，他写了一本书叫《双飞翼》，还有一本叫《红楼启示录》，这两本都对贾宝玉进行了很详细的分析，我觉得讲得非常全面，王蒙作为一个作家，讲得非常深刻。此外还有一位王昆仑，这是一位老学者，他写了《红楼人物论》，把《红楼梦》里面很重要的几位人物，包括贾宝玉、林黛玉、薛宝钗，一个一个进行了分析。这几本书我郑重推荐给各位，我认为写得非常好，我个人也受到了他们的影响，今天讲课的时候就不再跟大家一一说明哪个观点来自王蒙，哪个来自周汝昌，哪个来自王昆仑，哪个是我自己的了。

下面我们进入正题，在《红楼梦》里面，曹雪芹本人对他笔下的人物是一种什么样的态度是不会轻易流露的，他往往会通过一些迂回曲折的方式，对人物进行评论。有时候曹雪芹会通过其他人物对贾宝玉的评价来表现自己看法，但是这个看法究竟是曹雪芹自己的，还是只属于那个人物，我们就需要去具体分析了。在小说里，许多人物对贾宝玉的评价都是负面的，有个文学家就提出，曹雪芹这是明贬暗褒的方式，不过也有少数地方对贾宝玉做出的是正面评价，那么我们首先就通过各种人物的评价来看看贾宝玉的形象。这个也是曹雪芹非常高明的地方，大家想想在生活里，我们要了解一个人，也会去打听别人对他的看法，然后再自己去做分辨。在《红楼梦》里，曹雪芹忠实了生活的原生态，所以我们要了解他小说中的某一个人物，也应该先去看看各种人对他的不同评价。而且我们也会发现，《红楼梦》里面对于贾宝玉的评论非常多，超过了其他所有的人物，由此我们可以看出，曹雪芹的确是特别重视贾宝玉的，在《红楼梦》这么多的人物当中，贾宝玉就是灵魂。

我们首先来看一看小说的第二回,大家可能看过电视剧,电视剧里也对这一段做了表现。这一节是"冷子兴演说荣国府",通过冷子兴和贾雨村两个人在酒馆里的谈话,介绍了宁国府和荣国府中的主要人物,这也是曹雪芹安排小说结构非常高明的技巧,因为他写这么多人,怎么把人物引出来呢,他采取的是这样一种方式。冷子兴说,王夫人的第二胎生了一位公子,一生下来就带了一块五彩晶莹的玉,上面还有很多字迹,于是就取名为宝玉了。宝玉这个词有深意,它表现了曹雪芹对贾宝玉这个人物是十分看重的,这个我们可以从其他地方得到印证,在后面讲秦可卿出殡的那一回,"贾宝玉路谒北静王",他在送葬的途中碰到了祭祀秦可卿的北静王,这是一个非常风流、非常有品味的人物,宝玉一直想拜见北静王,但是没有机会,北静王也从别人口中听说过宝玉,也一直想要一见,这一回在路上正好碰到,贾政就带着宝玉去谒见了北静王。北静王看到宝玉之后,他说名不虚传,果然如宝似玉。大家知道,在中国古代,宝和玉是两种最贵重的东西,尤其是在文人生活里,当时文人身上的装饰品很多都是玉,认为它代表了一种很高贵的品格,所以说一个人如宝似玉,是一个极其崇高的评价。我们从北静王对宝玉的评价里,就可以看出曹雪芹将主人公命名为宝玉是有深意的,其中包含着他对贾宝玉个性品质的肯定。那么我们再接着看他在小说中是如何表现这一点的。

冷子兴说完之后,贾雨村就感叹,这个人肯定来历不小。冷子兴说大家都是这么认为的,但是他一岁抓周时,他不取面前的那些荣华之宝,专抓女人用的胭脂钗环,他的父亲就很生气,认为他将来没出息。我们看小说中宝玉见了贾政就怕,跟老鼠见了猫一样,贾政对宝玉管教得这么严厉,跟他周岁抓周应该也有关系。而且宝玉还有一些怪论,他说女儿是水做的骨肉,男人是泥做的骨肉,我见了女儿便觉清爽,见了男人便觉得庸俗恶臭。冷子兴引用了宝玉这句话,问贾雨村你说好笑不好笑,将来必是色鬼无疑了。可是贾雨村不同意,他很郑重地对冷子兴说,你不要这么讲话,说你们不知道这个人的来历,就连贾政老前辈也错把他看成了淫魔色鬼了,除了那些对世间事理有独特理解的人,俗人根本不能理解宝玉这种人物。他说得这么郑重,冷子兴就笑了,说既然这样,那你就说说吧。

下面就有了贾雨村的一番高论,这个长篇大论我们就不详细地讲了,他就是说天地之间有两种气,一种是正气或者秀气,一种是邪气或者恶气,世上有大仁大义的这些人,生来就是禀着正气的,而大恶之人则是生来就禀赋了邪气。在太平盛世是以正气为主的,世界上的每一个角落都弥漫着正气,邪气被正气逼迫,躲了起来,偶尔被风激荡而起,就有可能会遇到正气,二者不能相容,又互不相让,这时如果恰好有一个人降生,他就会处于大恶大邪与大仁大义两者之间,他的心灵灵秀在万万人之上,同时他的性情古怪也在万万人之上,而宝玉就是这样一个人。我们从贾雨村这样一个宏大的理论性描述中,可以看出宝玉身上有两个方面的特征。王蒙就说,曹雪芹在《红楼梦》里对宝玉的态度是一分为二的,既有肯定的一面,也有批判的一面。我们这次课不会重点讲批判的地方,因为我觉得讲这个没有太大的意义,当然我们要完整地理解宝玉得两方面去看问题,大家可以下去后看看相关的资料。

要讲贾宝玉,我们还是从别人对他的评价讲起。第三十五回讲到有别人家的老妈妈到大观园里给宝玉请安,当时正好是玉钏给他喂莲叶羹,宝玉因为她姐姐金钏的缘故,心里一直很内疚,就想要像金钏的妹妹玉钏示好,来让自己的良心好过一点。玉钏喂他吃莲叶羹,宝玉却说不好吃,想这样骗玉钏尝一尝,正在这个时候,两个老妈妈进来了,玉钏不小心碰翻了莲叶羹,宝玉自己烫了手倒不觉得,先问玉钏烫到哪儿了,疼不疼。玉钏说,你自己烫了,还只管问我,这时宝玉才发觉自己也被烫了。两个老妈妈在旁边看到了这一幕,两人离开之后就一边走一边议论,一个人说,怪不得有人说宝玉只是外相好罢了,如今看到他果然有些呆气,自己烫了手倒问别人疼不疼。老妈妈对宝玉的评价是个呆子,可是大家看,曹雪芹对宝玉这种行为的态度是赞成还是贬斥呢?不用说大家都明白。

另外一个人又说了,我头一回来贾府就见到了宝玉的呆气,当时下着大雨,他自己没反应过来要去找地方避雨,反而急着告诉别人下雨了。这其实是《红楼梦》里面一个很著名的情节,宝玉在篱笆外看到龄官拿着个簪子在地上画一个什么字,宝玉在外面偷偷看了半天,想出来是一个"蔷"字,才知道龄官对贾蔷的情意,他看着看着就呆了,这个时候已经下起了大雨,宝玉被淋了个落汤鸡,但是他不觉得,反而担心龄官穿的单薄,身子又弱,被雨淋了可不得了,就赶紧喊下雨了,你赶紧找个地方避雨吧。那个丫头抬起头,也看不清外面站的是谁,以为也是个姑娘,就反问宝玉说,姐姐你站在外面,难道有挡雨的地方么。这么一说,宝玉才发现自己身上也被淋湿了。王蒙讲到这个地方的时候就说,大雨淋湿了贾宝玉,他反去告诉别人避雨,在很多情况下,宝玉心里面首先想到的是别人,把自己都忘记了。周汝昌先生在《〈红楼梦〉与中华文化》里谈到宝玉的时候也说,宝玉这个人的品质可

## 第二十五讲　论贾宝玉

以用八个字来概括,"先人后己,有人无己",这是一个极高的评价了。北京大学的一位先生曾经说过,人的品质可以分为三种不同的境界,第一种境界是心里面没有自己,只有别人,这是最高的境界,圣人才能够做到;第二种是关心自己和关心别人一样多,这就是好人了;第三种则是心里只有自己没有别人,这个就是小人。按照周汝昌先生对宝玉的评价,"先人后己,有人无己",宝玉就是个圣人了,我个人是不赞成把贾宝玉说成是圣人的,还是用周汝昌的"先人后己,有人无己"这句话来评价吧。在这两个老妈妈口中,对贾宝玉做出的是负面评论,那么曹雪芹本人的看法是什么呢?他没有说,但是我们可以有自己的判断,曹雪芹实际上是把这个任务交给读者了。

我们接下来看这两个老婆子的话,她们说宝玉的性情里面还有一个更古怪的地方,时常没有人在跟前,他自哭自笑,看见燕子就跟燕子说话,看见河里的鱼就跟鱼说话,看见星星月亮不是长吁短叹,就是咕咕叨叨的。这个是有点怪,在生活中我们见到这样的人,可能也会觉得这个人神经兮兮的。小说有一回写到紫鹃要试探宝玉对黛玉的心意,就骗他说林家来人接黛玉,要回苏州去了,宝玉一听,立刻就傻了,回到怡红院,袭人让他坐他就坐下,给他放个枕头他就躺下,整个人变成个傻子了。五十八回就是紧接着前面情节来的,宝玉因为受到刺激就病倒了,卧床一段时间后拄着拐杖去看黛玉,从沁芳桥一带走来,看到"柳垂金线,桃吐丹霞,山石之后,一株大杏树,花已全落,叶稠阴翠",大观园里桃花盛开,而杏花已经落了,满树的绿叶,树上结了很小的小杏,宝玉心里就想,我病了几天,竟把杏花辜负了,如今竟然是绿叶成荫子满枝的时光了,因此仰望杏子不舍。这时想起邢岫烟已经

找了婆家,未免又少了一个女儿,不过两年,便也要绿叶成荫子满枝了。大家知道宝玉平生最伤感的就是女孩子出嫁,尤其舍不得大观园中的女孩子。他还把邢岫烟的人生跟杏花进行了一番对比,想到再过几天这杏树子落枝空,再几年邢岫烟也要乌发如银,红颜似槁了,就更加伤心,只管对着杏树流泪叹息。我们普通人在生活中,看到春天的花开了,树上结了果子,也会有时光流逝的感慨,但是宝玉比我们感受的更深,他把这些和身边美丽的女孩子联系在一起了,想到她们的青春很快就会逝去就很难过。正在他流泪叹息的时候,忽然有一只麻雀飞来了,落在树上面啼叫,这个宝玉又发呆性了,他心下想道,这个雀儿大概是杏花盛开时曾来过,现在看到杏花已经落了,树上结满了小杏,所以在这里乱啼,这声韵必定是啼哭之声,可恨公冶长不在眼前,不能问他。不知道等明年杏花再开,这个雀儿还记不记得飞到这里来与杏花相会呢?

宝玉这是怎么样的一种心性呢?我们可以用一个词来概括,就是赤子之心,"赤字"就是婴儿的意思,宝玉就是一个小孩子的心性。在生活中,我们都知道小孩子是最有同情心的,看到布娃娃,小孩子会对她说话,给她洗澡、穿衣服、梳头发,在小孩子心里面世间万物都是有生命、有感情的。宝玉虽然已经长成了一个少年,但是心里的赤子之心并没有消失,我们一般人随着年龄的增长,与生俱来的同情心会慢慢消失的,这是人的成长过程中一个难以避免的悲剧。宝玉不一样,他看到雀儿飞到杏树上,认为它的啼叫是在为杏花凋谢而伤心,还说不知道明年杏花再开的时候,它是否还记得要飞到这个地方跟杏花相会。曹雪芹在好几处地方,或是通过其他人物的评论,或是通过具体的叙述描写,反复具体地强调了这一点,这应该也是他对宝玉个性极其看重的一个方面。为什么赤子之心这样重要呢?因为这是对万事万物的同情心,是宝玉其他情感的基础,是他能够先人后己、关心爱护身边那些的女孩子的原因。我认为这也体现了中国文化里面一个很重要的思想,比如说北宋著名的思想家张载,他写过一篇很有名的文章叫《西铭》,后人把他的思想概括成一个很著名的词语叫作"民胞物与"。这是什么意思呢?他认为儒家知识分子最高层次的修养,就是把世间所有的人当作自己的同胞,把天地万物都当成自己的朋友。这是中国文化中非常崇高的道德观和价值观,在《红楼梦》的贾宝玉身上有所体现。我们一般人也会养一些植物,也很爱护它们,但如果仅仅是为了自己孤独寂寞去找了一个寄托,那么和"民胞物与"还不是一回事。曹雪芹是不是基于"民胞物与"来塑造贾宝玉的,我们不知道,这个也不好说,但我们可以生发出这样的联想。

我们可以从宝玉对待周围人的态度上进一步了解他的这种同情心,关于这一点我们可以分成两个方面来讲,由于时间关系,我们只讲其中最重要的地方。

首先是宝玉对待丫头们的态度,这个我们简单的讲两句。宝玉性格里最重要的一点,就是他没大没小、没心没肺,他跟丫头们其实是主仆的关系,宝玉对丫头有最高控制权,但是他心里从来都是对她们平等相待的。这种平等就是我们刚才说的,他能够真正地站在她们的立场、角度去理解她们的处境、她们的痛苦,我觉得这个是特别重要的,今天常说的"换位思考"是比较容易的,要对别人的痛苦感同身受就很难很难了。

我们举个例子,有一年元宵节的时候,袭人跟鸳鸯的母

亲都死了,晚上荣国府搭台唱戏,大家热热闹闹地过节,宝玉当然也跟贾母她们在一起饮酒作乐,但是在唱戏唱的最热闹的时候,宝玉悄悄地离开了,他去干什么了呢?他想起袭人了,袭人的母亲刚刚过世,他很担心袭人,就想想去看看她,回到怡红院就看见鸳鸯也在,和袭人面对面地躺在床上说话,互相安慰,缓解心情。宝玉一见到鸳鸯也在,他就没有进门,为什么呢?因为之前贾赦想要强娶鸳鸯,鸳鸯不肯,天翻地覆闹了一场,当时贾赦还说鸳鸯不肯嫁自己,一定是等着嫁给贾琏、贾宝玉这些少爷的,鸳鸯当时很愤怒,说我一辈子不嫁人也不会嫁你们这些人的,从此见到宝玉就躲着走,因为很尴尬。宝玉来看袭人,见到鸳鸯也在,就担心自己进去让鸳鸯不自在,所以就默默地走了。

再举一个关于平儿的例子,第四十四回写到贾琏跟鲍二家的偷情,被王熙凤无意撞到,王熙凤大闹一场,贾琏拿着宝剑耍酒疯,在后面追着要杀王熙凤,王熙凤迁怒于平儿,打了平儿一个耳光,平儿当然很委屈了,袭人跟宝玉就把她拽到了怡红院。平儿头发也乱了,妆也花了,就在怡红院里面整理,宝玉一直很敬重平儿,也很想亲近她,但她是贾琏的侍妾,怕别人多心,所以一直不敢接近她,这次才终于得到机会,可以在平儿面前尽一尽心意了。等平儿走了之后,他躺在房间里面就想,平儿实在是不容易,以贾琏之淫、凤姐之威,平儿被夹在这两个人之间委曲求全,已经做得这么好了,这次还受了这样的委屈,她又是没爹没娘,没有依靠的人。这么想着想着,宝玉就觉得非常伤心,他还流泪了,是真心实意地为平儿难过。

还有一个例子,因为前面这些都是宝玉对身边丫头们的同情,我们也许会觉得那些都是年轻美丽的女孩子,关心她们,为她们着想,也没什么奇怪的。那么我们可以看看宝玉对刘姥姥的态度,曹雪芹对此描写的非常详细。刘姥姥可不是什么年轻貌美的姑娘,跟宝玉没有可能发展恋爱关系,但是他对这个农村穷老太婆也非常关爱。刘姥姥应该是前后三入大观园的,不过第三次进大观园的情节在现行本的《红楼梦》里面看不到了。在二入大观园时,贾母带着刘姥姥去逛大观园,让她见见世面,逛着逛着来到了拢翠庵,就是妙玉修行的地方。妙玉是《红楼梦》里面非常独特的一位女子,她有洁癖,在大观园里带发修行,一般人是不会去那里的。但是贾母要带着刘姥姥参观,所以第一个就到了拢翠庵。贾母的身份是非常尊贵的,她既然来了妙玉自然要接待,还给她们泡茶。小说里写到,妙玉将宝钗和黛玉的袖子一扯,把她俩引入了更加隐蔽的内室,因为都是年轻女子,心性也比较接近,可是被宝玉看到了,他就偷偷跟着进了房间。

中国古代喝茶的讲究很多,茶道里面非常注重茶器,不能像我们今天随便找个杯子就大碗泡茶。妙玉请宝钗她们喝的是特别好的茶,煎茶的水是梅花花瓣上的雪,喝茶的器具全部是古玩,我们今天能够有妙玉的一个茶杯,就不愁吃穿,房子都买得起了,卖个几千万大概都没问题。大家正在喝茶,妙玉的仆人进来了,她要把贾母和刘姥姥刚才喝茶用过的茶具收起来,妙玉就特意跟她说,把这一个茶杯拿出来搁到外面去,为什么呢?宝玉在旁边一听就明白了,因为那个是刘姥姥喝茶用过的杯子,妙玉有洁癖,嫌刘姥姥脏,所以说茶杯不要了。可是宝玉临离开拢翠庵的时候就特别跟妙玉讲,那个杯子我知道你嫌脏,既然你不想要了,能不能把它送给刘姥姥,她把杯子卖了也能度日。妙玉说正好这个杯子以前我自己没有用过,如果是我用过的,打碎了也不能送人,

那么我就把杯子交给你了,你去送给她吧,宝玉就把杯子放在袖子里面带出去了。后来刘姥姥要回家了,临走前在打理贾母送给她的礼物,正在收拾的时候来了一个仆人,送来了这个茶杯,说这是宝二爷送你的。用周汝昌的话,这个就是特笔,是在不露声色地写宝玉。这个地方很让我们感动。

在《红楼梦》的第五回有关于妙玉的判词,说到了她的性格,也暗示了她将来的命运。妙玉的判词是"欲洁何曾洁,云空未必空",她是带发修行的出家人,当然是超凡脱俗的,但是根据探佚学对八十回以后情节的研究,妙玉可能被强盗抢掠了,最后流落风尘。"欲洁何曾洁",妙玉想要保持自己的高洁,但是何曾做到了真正的洁净,而"云空未必空"就更是诛心之论了,出家人四大皆空,可是你没有做到,比如说她对刘姥姥的态度,在她的眼中人是有贫穷肮脏、富贵洁净的分别的,佛教的要求是没有分别心,她并不能做到这一点。所以这句判词是曹雪芹对妙玉的讽刺,而且这个情节是用来衬托宝玉的,宝玉没有出家修行,也不去刻意地追求洁净,但是他真正做到了灵魂的洁净和众生的平等。任何人在宝玉心目中都是一样的,无论是刘姥姥,还是丫头们,宝玉对她们比对自己还要关心,这可以说是真正的空,这是让我们非常感动的,也是非常被曹雪芹看重的。

怎么样证明曹雪芹对这种品质的看重呢?我们可以从王熙凤身上得到印证。王熙凤这个人我们没有时间详细地去说了,一般人会认为她虽然聪明但是刻薄狠毒,在她手下伤害了很多性命,对王熙凤的评价很多是负面的。不过曹雪芹在刘姥姥二进贾府那一回中,特别写到了王熙凤对刘姥姥的态度,比如王熙凤送给她很多礼物,炕上的礼物都是王熙凤送给刘姥姥的。有些人可能会说这个是王熙凤为了迎合贾母的喜好而表现出来的，这个说法我们先不去管它，我们来看曹雪芹对巧姐的判词。《留余庆》说，"留余庆，留余庆，忽遇恩人，幸娘亲，幸娘亲，积得阴功。劝人生，救困扶穷"。巧姐的命运在前八十回看不出来，根据学者的考证，大家比较同意在贾府没落以后，巧姐被贾环卖到了妓院，被刘姥姥搭救，把她带到了乡下的家里，刘姥姥一直照顾她。中国古代非常重视行善积德，好人得好报，曹雪芹就说巧姐之所以会获得刘姥姥的帮助，就是因为王熙凤当年积下阴功，做了好事，所以尽管凤姐害过人命，不能得到一个好的结局，但是她做了这么一件善事，最终能够使巧姐跳出火坑，得了善果，这也是曹雪芹在巧姐判词里说的"偶因济刘氏，巧得遇恩人"。

从上面这个例子我们就可以看出，曹雪芹确实是特别看重这样一种品质的，它体现最明显的就是宝玉，宝玉作为世家公子、富贵贤人，完全可以把别人踩在脚下，对像刘姥姥这样的人，他可以像妙玉一样，从心底里看不起她，但是他没有，反而想到要帮助刘姥姥，把杯子送给她换钱度日。虽然在《红楼梦》里，曹雪芹对宝玉还有一些其他的评价，但是我认为他对宝玉更多的还是肯定的态度，曹雪芹在他身上寄托了自己理想的品质，而且这些都是中国文化里面最精华的部分，比如说仁厚爱人，比如说"民胞物与"，曹雪芹把这些都赋予了宝玉，通过他的行为、他的语言，形象化地塑造了出来，并且以此去感化世人。虽然我们对《红楼梦》的主题有很多不同的看法，但是我觉得这一点应该是曹雪芹写《红楼梦》的一个重要目的，也是它艺术价值的重要所在。

《红楼梦》是说不尽的，贾宝玉也是说不尽的，我想三天三夜都说不完，所以只能简单地介绍到这里了。